KB042873

엄마는 정령,
아빠는 영웅,
딸인 나는
전생자.
8
저자 / 마츠우라
일러스트 / keepout

엘렌
주인공. 원소의 정령. 겉모습은 어린아이, 속은 어른(이라고 믿음!).

오리진
엘렌의 어머니. 정령의 여왕. 순수하고 발랄하며 훌륭한 몸매를 가진 절세 미인.

로벨
엘렌의 아버지. 전 영웅. 아내 오리진과 딸 엘렌을 무척 사랑한다.

쌍둥이 여신
오리진의 쌍둥이 언니. 모든 것을 내다보는 여신 보르와 단죄의 여신 바르.

반
바람의 정령. 빈트의 아들. 카이와 계약했다.

카이
견습 기사. 엘렌의 호위로 임명된다.

사우벨 반크라이프트
로벨의 동생. 공작가 반크라이프트가의 당주. 기사단 단장.

라필리아 반크라이프트
사우벨과 아리아 사이에서 태어난 외동딸. 견습 기사.

라비스엘 랄 텐바르
텐바르의 국왕. 엘렌에게 「속 시커먼 사람」이라 불린다. 엘렌에게 참패한 과거가 있다.

가디엘 랄 텐바르
텐바르의 왕태자. 성실하고 언행이 부드럽다.

아기엘
아미엘의 어머니. 아미엘과 함께 행방불명되었다.

아미엘
아기엘의 딸. 교환학생으로 헬그너에 머물고 있었는데…….

헬그너 로레 듀란
헬그너의 국왕. 텐바르를 매우 싫어한다.

헬그너 로레 류르(유이)
죽었다고 알려진, 헬그너 왕국의 전 왕자.

티오츠(테츠)
로레의 권속인 정령. 유이의 호위로서 함께 지낸다.

크라하
헬그너에서 텐바르에 유학하러 온 왕자.

인물 소개
character

이명이 울리기 시작하자, 어째서인지 과거의 싫은 일들만이 머릿속에 되살아났다. 그것은 주마등처럼 선명해서 마치 또 한 명의 내가 '잊지 마' 하고 말하는 것만 같았다.

여덟 살이 되었을 무렵, 지금까지 배워왔던 모든 것이 부정되었다.

아버지라고 들어왔던 사우벨이라는 남자가 친부가 아니라는 말을 들은 것이 시작이었다.

돌이켜보면 어머니 아기엘은 처음부터 사우벨은 내 아버지가 아니라고 했다. 진짜 아버지는 영웅 로벨이라고 말했지만, 주변은 그것을 단호하게 부정했다.

어느 쪽이 진실을 말하는지는 알 수 없었다. 하지만 자신과 어머니를 싸잡아서 경멸하듯 바라보는 사우벨을 겪어온 탓에, 이 남자를 친부라고 인정하고 싶지 않다는 마음 쪽이 이겼다.

그러나 어머니의 주장은 로벨 본인에게 부정당해버렸고, 믿어오던 것에 파사삭 금이 간 듯한 기분이 들었다.

'내 아버지는 대체 누구……?'

그리 생각할 때마다 경멸하듯 이쪽을 보던 사우벨의 강한 시선이 머릿속에 되살아났다.

사우벨을 필두로, 반크라이프트가의 사람들에게 자신들은 지금까지 무얼 해왔던 것일까?

'나는…….'

뭔가 깨달은 것만 같았다. 하지만 깨닫고 싶지 않다고 하는 마음 쪽이 이겼고, 그대로 물을 용기를 묻어버렸다.

어머니와 떨어지게 되고부터는 지옥이었다.

주변은 아미엘이 '옳지 않다'고 주장했고, 옳은 건 이것이라는 '옳음'을 강조했다. 그것은 이쪽의 입장에서는 전부 '옳지 않은' 것이었다.

같은 왕족일 터인 라비스엘과 가디엘에게도 부정당했다.

'대체 뭐가 옳다는 거야?'

쌍둥이 여신은 평등하며 거짓을 밝혀 단죄한다고 배웠건만, 옳을 터인 어머니는 단죄되었다.

'여신님까지 어머니를 부정하는 거야?'

할아버지인 전왕은 이쪽을 보자 더럽다는 말을 뱉었다.

『네 아비는 대체 누구냐?』

'모욕이야! 이게 할아버지라니 믿을 수 없어. 믿고 싶지 않아…….'

양손으로 귀를 막고 주변 소리를 차단해도, 모멸의 말이 달라붙어 떨어지지 않고 들려왔다.

유일한 이해자는 어머니밖에 남지 않았다. 그러나 도와달라고 손을 뻗어도 닿지 않는 곳에 유폐되어버려 얼굴을 보는 것조차 불가능했다.

'그래. 나와 어머니는 왕가의 음모에 휩쓸려버린 건지도 몰라!'

더는 쌍둥이 여신의 비위를 상하지 않게 하려고, 자신들을 본인들 형편에 맞춰버림으로써 다른 자들이 이득을 보려고 하는 것이다. 그리 생각하면 전부 앞뒤가 맞는다.

'그래. 어머니 말대로, 왕은 영웅인 아버지였어.'

영웅은 목숨을 구해준 대신, 정령왕에게 세뇌되었는지도 모른다. 쌍둥이 여신은 정령왕과 자매라고 들었으니, 분명 한패다.

'아버지를 구해야만 해.'

그리고, 모욕한 자들을 단죄하는 것이다.

헬그너 왕도 말했다. 혈연은, 근원이 같은 피로 자정해야만 한다고.

손에서 튀어나온 나이프는 너무 무거워서 한 손으로 들기는 무리였다. 그래서 양손으로 들었다. 도움닫기를 해서, 모욕하고 드는 남자의 배에 나이프를 찔러 넣었다.

남자의 목에서 히익 하는 소리가 울렸다. 미지근한 숨이 얼굴에 쏟아졌다.

'기분 나빠.'

분노를 힘으로 바꾸어 나이프를 쥔 손을 비틀자, 전왕은 신음하며 무릎부터 무너져 내렸다.

나이프를 빼서 엎어진 남자의 등에 몇 번이고 몇 번이고 팔을 휘둘러 내렸다. 지금까지의 원한을 풀기 위해.

'어머니는 옳아. 옳다고…… 그게, 내 어머니인걸.'

시체가 되어버린 남자를 보게 되면 기분이 풀리리라 생각했다. 그러나 시원하게 풀려야 할 마음은 더더욱 어둡고 탁해진 것만 같았다.

'……어째서 이런 기분이 드는 걸까?'

개운하지 않다. 분명 이명 탓이다. 거슬리는 목소리가 머릿속에 울리고 있다.

어머니를 구출하자 조금 전까지 울리던 이명이 멈췄다. 역시 이렇게 하는 것이 '옳은 일'이었던 것이다.

그리 생각했더니 동시에 또 한 명의 자신이 『맞아』라고 긍정해준 것만 같았다.

어머니를 구출하는 데 힘을 빌려주었던 헬그너의 사람들은 이쪽이 저주받았다며 거리를 두었다. 그런 주변에 짜증을 느끼고, 어머니와 함께 마구 화풀이를 해댔다.

'이 저주는 정령왕이 우리에게서 아버지를 빼앗기 위해 꾸민 짓이라고!'

채찍을 휘두르면 주변 사람들은 비명을 지르며 도망쳤다. 그것을 반복하는 사이에, 깨닫고 보니 어머니와 단둘이 되었다.

속은 시원했지만, 어째선지 이번에는 어머니의 채찍이 이쪽을 향해 왔다.

처음 당한 폭력에 망연자실하자, 어머니는 증오스럽다는 듯이 이쪽을 노려보며 소리쳤다.

『너 같은 건 낳는 게 아니었어!!』

『어, 어머, 니……?』

『분해! 그 여자보다 먼저 너를 낳은 탓에, 내가 먼저 부정을 저질렀다며 단죄받은 거야! 너만 없었다면 단죄받는 건 사우벨이었을 텐데!!』

무슨 말을 하는 건지 이해되지 않았다.

어머니가 소리친 말을 이리저리 맞춰서 어떻게든 이해해보려 했지만, 마음이 거부한다.

지금까지 외면하던 것이 어둠 속에서 토해져 나오는 것만 같았다.

『어머니까지…… 나를 부정하는 거야?』

키—이잉 하고 이명이 머릿속에 울렸다. 어머니의 목소리가 멀어졌다. 시커먼 무언가가 마음속에서 소용돌이쳤고, 출구를 찾아 미친 듯 날뛰었다.

그것은 감정과 함께 솟구쳐 올라왔다. 또르륵 하고 눈에서 나온 것은 눈물이라고 생각했지만, 눈앞의 어머니는 이쪽을 보며 비명을 질렀다.

『히익! 괴, 괴물!!』

목에서, 심장에서 소용돌이치던 어둠이 넘쳐 나왔다.

소용돌이치는 슬픔을 토해내고 싶다. 어딘가에 부딪히고 싶다. 그렇건만, 자신을 막으려 하는 것에 화가 났다.

『그래…… 그 녀석들은 죽는 게 당연해…….』

퍼억, 퍼억 하고 벽에 힘을 부딪칠 때마다 주변의 공기도 진동한다.

『나를 부정하는 놈들 따위…… 나는 왕족이야…….』

『슬퍼, 아파, 슬퍼, 잊었어, 우리를 잊었어, 부정했어.』

『그 녀석들이 한 짓인데., 나를, 우리를 부정했어.』

『전부 우리가 잘못한 것처럼…… 저주라고, 부정해…….』

분하다, 너무나도 분하다.

전부 어둠에 삼켜져서, 사라져버리면 좋을 텐데.

제61화 분노

눈앞에서 펼쳐진 아기엘이 징계받는 광경이 눈꺼풀 뒤에 새겨져 사라지지 않는 상태로, 엘렌 일행은 서둘러 그 자리를 벗어났다.

엘렌의 손은 떨리면서도 반의 등에서 떨어지지 않도록 필사적으로 매달렸다. 엘렌의 등 뒤에 있는 카이도 긴장했는지 엘렌이 떨어지지 않도록 몸에 두른 팔에 잔뜩 힘이 들어간 것이 보였다.

'……어째서.'

채찍이 휘둘러지고, 피부를 때리는 소리가 귀에서 떨어지지 않았다.

아미엘은 아기엘을 위해, 자신을 미끼로 삼으면서까지 로벨을 끌어내려 했을 터인데. 그런 제 자식에게 어떻게 그런 짓을 할 수 있는 것일까.

눈앞에 펼쳐진 저주의 소용돌이는 아미엘의 절망과 비명이 뒤섞인 것만 같았다. 그러나 그 소용돌이의 출현은 한순간이었고, 휙 사라져버렸다.

엘렌과 반은 튕기듯 뒤를 돌아보았다.

"저주의 소용돌이가 사라졌다고?"

"대체 무슨……?"

당황스러워하는 엘렌과 반을 보며 카이도 당혹스러움을 감추지 못했다. 카이는 저주가 보이지 않았고, 강풍에 휩쓸린 정도라고 여기고 있었다.

"반 군, 아버지와 다른 사람들이 걱정이에요. 방금 그곳까지 돌아갈 수 있을까요?"

"으음…… 어디쯤이었는지."

서둘러 그 자리에서 벗어난 탓인지, 보이는 곳 전부 산과 숲뿐이었다.

숲에 들어가기 전부터 상공보다 로벨 일행을 보며 몰래 뒤를 쫓았고, 지금은 발아래에 온통 숲밖에 없었다.

게다가 어찌 된 것인지, 조금 전 폭풍이 사라지고부터 저주의 기척이 전혀 느껴지지 않게 되어버렸다.

"저주 가까이로 돌아가는 겁니까? 그, 엘렌 님과 반은 위험한 게……."

불안한 기색의 카이의 말에서는 엘렌과 반을 향한 염려가 느껴졌다. 그래도 로벨이 걱정이었다.

"카이 군, 걱정해줘서 고마워. 하지만 가야만 해. 수경으로 아버지의 위치는 알 수 있을까?"

"…………."

엘렌의 대답에 카이는 잠시 입을 다물었지만, 마음을 정한 듯 말을 꺼냈다.

"조금 전 위치의 바로 옆에는 작은 시냇물이 있었습니다. 먼저 물을 찾고 트인 곳을 찾는 편이 빠를 거라고 봅니다."

"정말?! 카이 군, 고마워!"

"아, 아뇨……."

"그럼, 시냇물부터 찾아보죠."

"응!"

반은 빙글 공중을 차면서 선회하더니, 조금 전 도망쳐 온 곳으로 돌아갔다. 카이와 엘렌은 서로 좌우를 둘러보며 시냇물을 찾았다.

반은 전이를 반복하며 저주에서 거리를 두었기 때문에 상당히 멀리 떨어진 모양이었다.

얼마 후 시냇물을 발견했고, 속도를 조금 낮추고 로벨 일행의 모습을 찾아나갔다. 그리고 드디어 발견한 로벨 일행은 아미엘과 접촉하고 있었다.

"아버지."

"엘렌 님, 기다려주십시오. 뭔가 상황이 이상합니다!"

그들은 무언가 이야기하고 있는 듯했지만, 거리가 있어서 목소리는 전혀 들리지 않았다.

"그렇지, 손거울을 통해서 보면 목소리가 들릴지도 몰라!"

엘렌이 손거울로 그 자리를 비춘 순간, 들려온 내용에 귀를 의심했다.

『그래요! 아버지, 가디엘의 목을 헬그너 왕에게 바쳐요! 그러면 아버지는 헬그너의 영웅이 될 수 있어요!!』

엘렌의 머릿속이 순식간에 분노로 물들었다.

"……윽! 공주님, 안 됩니다!!"

반의 목소리가 귀에 희미하게 스쳐 간 것만 같았다. 그러나 마음 전체가 무언가로 덧칠해진 것처럼 일색이 되어버렸다.

'지금 무슨 말을 한 거야.'

머리에, 가슴에 아미엘의 웃음소리가 꽂혔다.

반의 등에서 둥실 하고 엘렌의 몸이 떠올랐다. 세상의 반짝임으로 가득하던 엘렌의 동공이 쑤욱 작아졌다. 그 시선은 아미엘만을 향해 있었다.

엘렌에게서 일곱 색의 빛이 뿜어져 나왔고, 눈 아래의 숲으로 레이저처럼 쏟아졌다. 그 힘은 주변의 것을 순식간에 날려버렸다.

"으아아아아!"

엘렌의 바로 뒤에 있던 카이는 그 힘을 정면으로 받아 뒤로 날려갔고, 숲으로 떨어졌다.

"큿……!!"

반은 서둘러 짐승화를 풀고, 떨어지는 카이의 팔을 잡아 끌어올렸다.

낙하가 멈추자 카이는 놀란 탓에 넋이 나갔다.

"공주님! 멈추십시오!!"

반은 카이를 안아 든 상태로 필사적으로 소리쳤지만, 엘렌의 귀에는 닿지 않았다.

분노로 물들어 새하얘진 엘렌의 뇌리에 문득 가디엘의 웃는 얼굴이 떠올랐다.

이야기를 걸어도 괜찮을까 하며 이쪽을 살피듯 안절부절못하는 모습.

저주가 술렁이지 않도록 주저주저하며 거리를 두면서도 엘렌과 이야기하고 싶다고 온몸으로 호소해 오는 것이다.

신경이 쓰여서 무심코 "뭔가요?" 하고 물으면 몹시도 기뻐하며 웃는다. 그 웃는 얼굴에 맥이 풀려서, 저주를 받았다고 하는 사실조차도 한순간 날아가 버리는 일도 많았다.

충고한 일. 서로 이야기 나눈 일. 함께 사건을 해결하고, 사업 이야기를 나누었던 일.

엘렌이 제안한 치료원 개혁에 진지하게 몰두하고, 솔선해서 이야기를 들으러 왔던 일.

'가디엘의 머리를 바쳐?'

인적 없는 그 비석 앞에서 고개를 숙이고, 해가 져도 그대로 있었다. 호위가 말을 걸어올 때까지, 언제까지고 기도하던 것을 알고 있다.

가디엘의 진심 어린 참회가 귀에 닿을 때마다 엘렌은 눈물이 멈추지 않았다.

사실은 처음 만난 순간부터, 줄곧 줄곧 신경이 쓰였다. 그것을 모르는 척하며 엘렌은 줄곧 착각이라고 자신을 타일렀다.

정령은 영혼의 목소리를 듣는다. 그것이 연이 되어 인도하듯 이끌리고, 그리고 함께이고 싶다며 인간과 계약을 맺는 것이다.

로벨과 오리진이 처음 만났던 그곳에서 엘렌도 역시 가디엘의 영혼의 목소리를 듣고 있었다.

*

엘렌은 로벨의 눈앞으로 전이해 소리쳤다.

"가까이에 있죠? 아버지를 데리고 가세요!!"

온 힘을 다해서 소리치는 것과 동시에 아미엘의 어둠이 덮쳐왔다. 엘렌은 혼신의 힘을 발동시켜 눈앞의 아미엘을 어둠째 날려버렸다.

나무들이 쓰러지는 굉음과 함께 등 뒤에서 로벨의 고함이 들렸다.

"그만둬!! 이것 놔—!!"

엘렌! 하고 로벨의 비통한 목소리가 다른 대정령들의 기척과 함께 사라졌다.

'아버지는 무사해. 하지만 아직 끝나지 않았어.'

초조함과는 다른 땀이 엘렌의 목을 타고 흘렀다. 심장은 요란하게 울렸고, 정령의 본능이 위험을 알려 왔다.

손의 떨림은 멈추지 않는다. 엘렌은 깊게 숨을 들이쉬면서 눈앞의 흙먼지가 가라앉기를 기다렸다.

가장 먼저 보인 것은 아미엘의 다리였고, 그 주변에서 검은 어둠이 움찔움찔 꿈틀대고 있었다. 엘렌에게 날려간 어둠의 일부는 꾸물꾸물 지면을 기어 아미엘의 곁으로 천천히 돌아갔다.

벌레가 기어가는 듯한 혐오감이 엘렌의 온몸에 내달렸다. 그것은 엘렌의 등 뒤에 있던 자들도 마찬가지였는지, 아미엘을 본 자들이 더는 견딜 수 없다는 듯이 신음 소리를 내고 있었다.

"이게 대체 무슨……."

남아 있던 호위 중 한 명에게서 절망한 목소리가 들려왔다.

아미엘은 고개를 숙인 채, 분명하지 않은 목소리로 중얼중얼 무언가를 말하고 있었다. 그것은 원한을 말하는 것처럼도 들렸고, 도와달라고 말하는 것처럼도 들렸다. 아미엘의 의식과 왕가의 저주가 된 동포들의 영혼의 비명이 뒤섞여 들려 왔다.

엘렌은 로벨이 무사히 정령계로 돌아간 것에 안도를 느꼈다. 이걸로 문제는 하나 정리되었다.

'다음은 이 애야.'

어둠에 삼켜지면 엘렌도 그냥은 넘어가지 못한다. 마음을 다잡고 눈앞의 아미엘을 노려보았다.

"공주님!!"

다급하게 전이해 반과 카이가 나타났다. 카이는 아직 창백한 얼굴을 하고 있었지만, 아미엘을 본 순간 표정이 바짝 굳어졌다.

"엘렌 님, 무사하십니까?!"

"반 군, 카이 군, 조심해!"

다시 덮쳐들려 하는 어둠을 엘렌은 순식간에 바윗덩어리를 맞부딪쳐 날려버렸다.

반은 엘렌의 명령에 따라 당황한 호위들을 차례차례 잡아서는 전이시켰다. 다른 대정령들이 있다는 것을 눈치챘는지, 호위들을 숲의 입구로 전이시키고는 대정령들에게 텐바르까지 보내도록 한 모양이었다.

카이도 엘렌 옆으로 달려가고 싶은 마음을 억누르고, 입술을 깨물면서도 엘렌의 바람대로 정령 마법을 써서 그들을 보호했다.

카이가 정령 마법을 쓸 수 있게 된 것에 엘렌은 내심 놀랐다. 반과 함께 매일 단련을 한 것이리라.

반이 차례차례 호위들을 도망치게 하는 사이에 단 한 사람, 엘렌의 이름을 외치는 자가 있었다. 그 목소리를 듣고서 엘렌은 당황했다.

"엘렌!!"

가디엘이 소리치며 이쪽으로 몸을 내미는 기척이 느껴졌다. 그걸 눈치챈 엘렌은 허둥대며 소리쳤다.

"이쪽으로 오지 마! 반 군, 그들을 어서 안전한 곳으로!"

아미엘의 주변을 바위로 둘러싼 지금 서둘러 도망치라고 재촉했지만, 가디엘은 상황이 잘 이해되지 않는 탓인지, 엘렌에게는 가까이 접근하지 않도록 조심하면서도 "로벨 님은?!" 하고 마주 소리쳤다.

"아버지는 안 돼!"

설명할 틈은 없다. 그러나 의식이 한순간 가디엘에게 향하고 말았다.

그 틈을 놓치지 않은 아미엘은 달라붙은 바위에 힘을 부딪쳐 날려버렸다.

"꺄악!"

"엘렌!"

폭음과 함께 바위 파편이 날아왔다. 그것에 놀란 엘렌은 몸을 웅크렸다. 조금 떨어진 곳에서 가디엘 일행이 엘렌의 이름을 부르는 소리가 들려왔다.

『방해만 해대고…… 날, 방해, 만…….』

탁하고 분명하지 않은 목소리가 어둠과 함께 일렁이며 움직였다. 엘렌은 위험하다고 생각하며 그 자리에서 전이하려 했지만, 하나의 긴 팔이 엘렌을 놓치지 않겠다는 듯이 어둠 속에서 순식간에 뻗어왔다.

"엘렌!!"

가디엘은 달렸다. 허리에 차고 있던 검을 순간 뽑아 들고, 그 팔을 향해 휘둘러 내렸다.

『꺄아아!』

"가디엘……?!"

가디엘이 구해주었다. 엘렌은 놀라 눈을 크게 떴다.

아미엘은 분노하며 이번에는 가디엘을 향해서 차례차례 새로운 팔을 뻗었다. 거기에 지지 않겠다는 듯이 가디엘도 검으로 차례차례 베어 쓰러뜨리고, 소리쳤다.

"아미엘, 그만둬! 이런 짓을 해서 얻을 수 있는 건 아무것도 없어!"

『가디, 이, 에에엘……!』

이대로는 가디엘이 위험하다. 엘렌이 안 된다고 외치려 한 순간, 변화가 일어났다.

일렁, 하고 이번에는 가디엘의 몸에서 어둠이 꿈틀거리는 기척이 느껴졌다.

"크읏!"

너무 가까이 다가갔다. 가디엘에게 달라붙어 있던 저주가 엘렌의 존재를 눈치채고 말았다.

그 상황에 당황한 두 사람의 기색을 아미엘은 곧바로 깨닫고, 히쭉 웃으면서 엘렌을 향해 단숨에 무수한 손을 뻗었다.

"그만둬어어어!!"

가디엘은 아미엘을 등지고 엘렌을 몸으로 덮듯 감쌌다.

엘렌은 가디엘에게 꼭 끌어안겨 눈앞의 광경을 망연히 바라보았다. 어둠에 사로잡힌 탓에 가디엘에게서 저주가 솟구쳐 나왔다.

머릿속이 새하얘져서 움직이지 못하는 엘렌에게 가디엘은 버티며 말했다.

"우리 왕가는 너희에게 심한 짓만…… 정말 미안해……."

"가디엘……."

"나라면 바꿀 수 있을지도 모른다는 말을 들었어. 그럴 가망이 있다면, 나는…… 네게……."

순간 가디엘에게서 뿜어져 나오던 검은 저주가 옅어지며 하얗게 빛났다. 어찌 된 일인가 하며 엘렌은 더욱 눈을 크게 떴다.

"너희도 그래! 언제까지고 도움만 구하며 전부 엘렌에게 떠맡기고!!"

분노한 가디엘은 자신에게 달라붙어 있는 저주를 향해 그렇게 외쳤다. 그리고 엘렌을 끌어안고 있던 팔을 떼고, 다시 아미엘을 향해서 검을 들고 달려갔다.

아미엘에게서 솟구쳐 나오는 어둠에 온몸이 삼켜지려 해도 개의치 않고 가디엘은 검을 휘둘렀다.

“가디엘!!”

엘렌의 외침과 동시에, 가디엘의 검은 아미엘의 목덜미에 꽂혔다.

그러자 아미엘의 어둠이 움직임을 딱 멈추었다. 다음 순간, 가디엘을 감싸고 있던 검은 어둠이 단숨에 흩어졌다.

희미하게 빛나는 무언가가, 마치 어둠으로부터 가디엘을 지키려는 듯 감싸기 시작했다.

“어……?”

무슨 일이 일어났는지 판단할 수 없었다. 엘렌은 놀라면서도 상황을 이해하기 위해 필사적으로 머리를 회전시키려 했지만, 안 좋은 예감이 온몸을 덮쳐 움직이지 못했다.

“그만둬…… 그만둬…….”

아미엘은 일시적으로 움직임을 멈추었으나, 목에 꽂힌 검을 뽑으려 필사적으로 날뛰기 시작했다.

몸부림칠 때마다 아미엘의 몸에서 계속해 어둠이 뿜어져 나왔고, 가디엘을 점점 뒤덮으며 감추려 했다.

“그만둬—!!”

울음 섞인 목소리로 엘렌이 소리쳤다. 엘렌은 온 힘을 다해 주변의 입자를 조작하고, 튕겨내듯 한 방향으로 폭발시켰다. 거기에 정신이 팔린 아미엘의 어둠은, 가디엘에게서 일제히 물러났다.

엘렌은 그 틈을 놓치지 않고 탄소를 조작해 아미엘의 주변을 굳혀 가두었다. 경질화를 진행하자 탄소는 다이아몬드로 변했고, 아미엘은 그 안에 갇혔다.

이번에는 빈틈없이, 그리고 같은 실패를 반복하지 않겠다는 듯이 엄중하게 몇 번이고 몇 번이고, 층을 겹쳐서는 압력을 더해갔다.

그리고 탄소의 양옆에 있는 원소, 질소와 붕소를 화합해 백색 흑연이라고 불리는 우르츠광형 질화붕소로 바꾸어갔다.

우르자이트라고 불리는 그것은 다이아몬드보다 두 단계 위의 위의 경질을 자랑한다. 엘렌의 기억 속에서는 이것이 가장 단단한 물질이었다.

공중에는 아미엘을 감싼 새하얀 구체만이 만들어졌다. 주변은 온통 고요해졌지만, 엘렌의 심장은 두근두근 빠르게 고동쳐서 자신의 심장 소리가 시끄럽게 들리고 있었다.

가디엘은 바닥에 쓰러져 있었고, 그 몸은 꼼짝도 하지 않았다.

"가디엘……?"

가디엘에게 조금 전 끌어안겨 있었다. 맞닿았던 감촉이 있었다. 따뜻했던 그 몸을 다시 한번 확인하듯 엘렌은 엎드려 있는 가디엘의 어깨를 조심스럽게 만졌다.

지금까지 그렇게나 엘렌에게 반응했던 정령의 저주는 어디에서도 느껴지지 않았다. 가디엘을 만질 수 있다는 사실에 희미한 기쁨을 느끼면서, 그 어깨를 흔들었다.

"가디엘……!"

마법으로 가디엘의 몸을 아주 살짝 띄워서 바로 눕혔지만, 그 눈은 감긴 채였다.

"가디엘……."

가디엘의 뺨을 때리고, 몇 번이고 몇 번이고 불렀다. 엘렌의 눈물이 방울방울 가디엘의 뺨으로 떨어졌다.

무사할 리가 없다. 저주의 정체도 아미엘의 어둠도 전부 같은 것이며, 그리고 그것은 가디엘의 영혼과 동질의 것이다.

쌍둥이 여신의 말이 엘렌의 머릿속에서 울렸다.

『이대로는 로벨이 위험해.』

그 미래를 회피하기 위해 여기에 왔건만, 자신을 감싼 탓에 가디엘이………….

"안 돼애애애애애애애!!"

엘렌의 울음소리가 정적을 찢었다.

엘렌의 비명에 놀란 반과 카이는 튕기듯 엘렌을 보았다.

호위들을 전부 무사히 전이시킨 반은 힘을 지나치게 써서 거친 숨을 몰아쉬면서도, 엘렌 옆에 아미엘과 가디엘이 있는 것도 개의치 않고 서둘렀다. 그것은 카이도 마찬가지로, 두 사람은 달려갔다.

"공주님!"

"엘렌 님!"

반과 카이가 소리쳤지만, 엘렌은 깨닫지 못할 만큼 제정신이 아니었다.

가디엘의 이름을 부르고 그 어깨를 흔들면서 일어나라고 몇 번이고 말하며 울고 있었다.

"엘렌 님, 진정하세요."

"카이 군, 어떡해…… 가디엘이……!"

엘렌은 뚝뚝 눈물을 흘리면서 매달리듯 카이를 보았다. 그 모습에 적지 않은 질투를 느꼈지만, 카이는 곧바로 가디엘의 호흡을 확인했다.

"공주님…… 그, 저주받은 자를 만질 수 있으십니까?"

"모르겠어…… 모르겠어. 어쩌면 아미엘의 저주에 가디엘이 삼켜지고 만 건지도 몰라……."

반은 제정신이 아닌 엘렌을 가디엘에게서 떼어놓고, 흐느끼고 있는 등을 진정시키듯 쓸어 내렸다.

카이는 담담하게 가디엘의 맥을 잡고 상처가 없는지 살폈다. 카이는 반크라이프트가의 기사 훈련 외에 정령 마법사로서의 훈련도 해내고 있었다. 그중에는 응급 처치 등도 포함된다.

본래 기사가 된 자는 싸우는 것만을 철저하게 익힌다. 치료는 치료사의 역할이다.

이것은 엘렌이 선두에 서서 재검토 한 제도 중 하나였다. 치료원 개혁 때, 싸워서 승리하는 것도 중요하지만 살아남는 것이 무엇보다도 중요하다고 엘렌은 모두를 설득했던 것이다.

치료사가 부상당한 자 전원을 치료할 수 있을 리 없다. 몇 안 되는 치료사의 부담을 줄이면서도, 모두가 살아남을 방법을 모색한다. 몬스터 템페스트를 경험한 자들은 그 말이 옳다며 고개를 끄덕였다.

"엘렌 님, 진정하십시오. 전하는 무사하십니다. 살아 계십니다."

"하지만……!"

무사할 리 없다며 엘렌은 뚝뚝 눈물을 흘렸다. 엘렌의 그 확신에 찬 말에 카이는 뭔가 걸리는 느낌을 받으면서도 엘렌을 진정시키려 열심히 달랬다.

"정령의 힘으로 치료할 수 있겠습니까?"

"저주받은 자를 치료하고 싶어 하는 정령이 있을 거라고 보나?"

반은 가디엘을 보며 진심으로 싫다는 얼굴로 대꾸했다.

숲은 다시 고요해졌다. 아미엘은 본 적도 없는 금속 같은 구체 안에 있다.

가디엘을 이대로 내버려 둘 수는 없다. 호위를 전이시킨 것처럼 서둘러 가디엘도 전이시켜 성에서 치료를 해야 한다.

"엘렌 님, 가디엘 전하를 왕궁으로……"

카이의 말이 끝나기도 전에 갑자기 반의 날카로운 시선이 한 점으로 향했다. 분노와 함께 경계를 그대로 드러내자 순식간에 주변 공기가 바뀌었다.

거기에 반응한 카이도 검을 뽑았다. 언제든 마법을 쓸 수 있도록 의식을 집중했다.

엘렌을 감싸기 위해 반과 함께 앞으로 나섰다.

"누구냐! 나와라!!"

반의 노호와 함께 주변에 돌풍이 불어닥쳤다.

반이 날린 낫과 같은 바람이 주변의 나무들을 순식간에 베어 넘겼다. 그것은 부자연스럽게 나무들을 베어 쓰러뜨렸다. 마치 도넛 같은 원을 빼끔히 그리며, 중앙에만 몇 그루의 나무와 덤불이 남아 있는 모양이 되었다.

카이는 아주 조금 기가 막혔다. 때때로 반은 이렇게 재주 좋은 짓을 한다. 중앙의 덤불에는 몸을 숨기고 있는 것이 있다는 뜻이리라.

카이는 검을 든 손과는 다른 손으로 허리에 감추고 있던 자그마한 나이프 한 자루를 슬쩍 검집에서 꺼냈고, 손안에서 빙글 회전시키며 순식간에 덤불을 향해 날렸다.

채앵 하고 튕기는 소리가 들렸다. 그 검을 쓰는 솜씨로 실력자라는 것을 간파한 카이와 반은 경계를 강화했다.

"이것 참, 이것 참…… 마치 알몸이 된 기분이군."

키득키득 웃는 청년의 목소리. 그 목소리는 몹시 즐거운 듯했다. 상황에 어울리지 않는 데도 정도가 있었다.

부스럭거리며 덤불에서 나온 인물은 입가에 웃음을 띠고 있었으나, 날카로운 눈빛을 숨기려고도 않는 20대 초반의 검은 머리 청년이었다. 그 바로 옆에서 우락부락한 남성이 청년을 감싸며 앞으로 나섰다.

조금 떨어진 곳에서는 여러 사람이 이쪽을 경계하며 상황을 살피고 있었다.

우락부락한 남성이 청년을 향해서 정중한 말투로 말했다.

"부디 물러나 주십시오."

"무슨 말이냐. 대정령님이 나오라고 명하셨다. 따르는 것이 우리의 사명이다."

청년은 웃는 얼굴로 반을 보았다. 그리고 그 옆에 있는 엘렌에게로 시선을 미끄러뜨렸다. 청년은 진심으로 기쁜 얼굴을 하며 엘렌에게 싱긋 웃어 보였다.

갑자기 나타난 사람의 모습에 엘렌은 울고 있던 것도 순간 잊고 멍해졌다.

그제야 겨우 자신이 얼마나 흐트러져 있었는지를 자각했다. 진정하라고 마음속으로 몇 번이고 자신을 타일렀지만, 가디엘의 옷을 잡은 손의 떨림은 멈추지 않았다.

'안 돼, 진정해야 해……!'

가디엘은 숨이 붙어 있었지만, 무언가가 결핍해 있음이 느껴졌다. 엘렌이 끌렸던 것이, 여기에 존재하지 않는다는 사실이 아플 만큼 전해졌다.

그걸 생각하자 가슴이 찢어져서 또 눈물이 넘칠 것만 같았다.

'나는 여신의 사명을 위해 여기에 온 거야.'

천천히 심호흡을 한 번. 새삼 주변을 쭉 둘러보았다. 자신을 질타하듯 떨리는 주먹을 꽉 움켜쥐었다.

'어째서 이 사람이 여기 있는지 생각하는 거야.'

입을 다물고 있는 엘렌을 향해 청년은 가슴에 손을 대고 경의의 인사를 했다.

"위험하던 차에 구해주셔서 감사드립니다. 대정령님께서 와주시다니 꿈만 같군."

엘렌은 조용히 듣고 있었다. 그 얼굴에서는 표정이 사라지고, 청년을 계속 보고 있었다.

청년은 눈앞에 선 반과 카이에게는 시선도 주지 않고, 오로지 엘렌만을 보고 있었다. 엘렌이 반의 위에 서는 자라는 걸 알고 있는 것이다.

"그나저나 거기 쓰러져 있는 자는 부상을 당한 겁니까? 저희가 치료하죠."

싱긋 미소 지으며 하는 말은 친절했지만, 마치 독을 토하는 듯했다.

부상당한 것을 알면서도 그 안위를 걱정하지도 않고, 이상하리만치 키득키득 계속 웃는 청년에게 엘렌은 무표정하게 말했다.

"필요 없어. 당신에게 넘기면, 그거야말로 무사히 넘어가지 못할 테니까."

단호하게 딱 잘라 말한 엘렌의 태도에 청년의 입가는 더욱 일그러진 호를 그렸다.

"후후후, 처음 보는군. 정령 공주. 나는 헬그너 로레 듀란이라고 한다."

"헬그너의 왕이군."

마치 무도회에서 공주님에게 인사를 하는 것처럼, 헬그너의 왕인 듀란은 엘렌 앞에서 우아하게 인사를 해 보였다.

엘렌은 염화로 반에게 말을 걸었다.

『반 군, 카이 군과 함께 가디엘을 부탁해.』

엘렌은 눈앞의 듀란을 무표정하게 바라보면서 들키지 않도록 염화로 이야기를 하고 있었다. 엘렌을 감싸며 앞으로 나섰던 반의 어깨가 움찔하고 움직였다.

엘렌에게는 해야만 하는 일이 있다. 게다가 조금 전 말한 대로, 이 듀란에게 가디엘이 넘어가면 살해당하고 말 것이다.

반에게서 갈등이 전해져 왔다.

『부탁해. 나로서는 지킬 수 없어.』

『……알겠습니다.』

엘렌은 정령인 반에게는 염화를 할 수 있었지만, 인간인 카이와는 할 수 없었다. 반을 통해 카이에게 전언을 부탁하고, 엘렌은 반과 카이 앞으로 나섰다.

"엘렌 님!"

카이가 당황한 목소리를 냈지만, 바로 반이 제지했다. 반이 염화로 전언을 전하는지, 두 사람이 뒤에서 다투는 기척이 느껴졌다.

가디엘의 호위들은 이미 대피시킨 후라 지금은 옆에 없다. 정령의 움직임을 막는 아미엘의 저주가 옆에 있는 이상, 반도 만족스럽게 움직일 수 있으리라 확신할 수 없었다.

여차할 때 가디엘을 지킬 수 있는 건 카이뿐이었다.

엘렌은 지금부터 해야 할 여신으로서의 사명이 있다. 그 사이엔 가디엘을 지키지 못한다. 다시 다짐을 받듯이 엘렌이 염화로 부탁했다.

그러나 카이는 엘렌을 지키기 위해 여기에 있다. 그렇기에, 엘렌의 부탁에 동요하며 희미한 망설임을 보였다.

순간, 반에게 염화로 호통을 들었는지 카이는 놀라며 그 어깨를 흠칫 떨었다. 이야기를 들었는지 카이는 아주 잠시이기는 했지만 고뇌의 결단을 내렸다.

『알겠다고 합니다.』

『고마워.』

안도감이 엘렌을 감싼다. 엘렌은 알지 못했지만, 카이는 아주 조금 슬픈 얼굴을 하고 있었다.

카이에게는 이제 엘렌의 뒷모습밖에 보이지 않았다. 그 작고 연약한 등은, 인간으로서는 상상할 수 없을 만큼 커다란 사명을 짊어지고 있다는 걸 알고 있었다.

—시간의 흐름이 달라. 나는 정령이야.

카이 안에서 엘렌의 말이 떠올랐다. 호위로서 함께 지내며 느꼈던 평온과 행복.

로벨의 귀환과 함께 엘렌이 반크라이프트가를 찾아온 후로, 주변을 행복으로 이끌어주는 그 미소가 슬픔으로 물드는 것만큼은 절대로 싫었다.

가디엘이 쓰러졌을 때 들려왔던 엘렌의 울부짖음이 머리에서 떨어지지 않는다.

카이는 어금니를 꽉 깨물고 주먹을 움켜쥐었다. 엘렌의 마음이 향하는 곳을 분명하게 보고 말았다. 어째서 자신이 아닌 것일까. 어째서 정령을 학살해 저주받은 왕족에게 그 다정한 마음이 향하는 것일까.

말로 표현할 수 없을 정도로 가디엘에 대한 불쾌한 감정이 마음속에 소용돌이쳤다. 이것은 질투다. 그러나, 그것을 전부 지워버릴 정도로, 조금 전 엘렌의 목소리는 괴로워 보였다.

엘렌의 바람을 이루기 위해, 카이는 주먹을 움켜쥐고 필사적으로 싫다고 소리치는 마음에 뚜껑을 덮었다.

"엘렌 공주라 불러도 되겠나?"

"그래요."

허락을 받은 듀란은 참으로 기쁜 듯이 엘렌에게 말했다.

"나는 부디 듀란이라고 불러주게."

"……."

엘렌은 손을 턱에 대며 고개를 갸웃거리고 생각에 잠기는 척을 했다. 엘렌의 입은 열리지 않았다.

"엄격하군. 이거 꼭 내 이름을 엘렌 공주께서 불러주셨으면 싶어지는데."

웃는 얼굴로 말하는 듀란을 보며 엘렌은 얼굴에는 드러내지 않았지만 마음속으로 주춤했다.

'으음……?'

뭔가 눌러서는 안 되는 스위치를 눌러버린 것 같은 느낌이 들었다.

정령을 신앙으로 삼는 나라의 왕이니 엘렌과 만나서 몹시 감격한 것이리라고 이해는 하지만, 엘렌은 그다지 이름을 부르고 싶지 않다고 생각하고 말았다.

'가디엘도 이름을 부르는 것에 연연했는데, 뭔가 의미라도 있는 걸까?'

곤혹스러워하는 기색의 엘렌을 보며 반과 카이에게서는 살기가 피어올랐다. 로벨이 여기에 있었다면 분명 검을 뽑아서 듀란에게 겨누었으리라.

그러나 여기에서 동요를 보이면 상대가 의도한 대로다. 엘렌이 마음을 다잡는 사이에 듀란 쪽에서 바로 말을 꺼냈다.

"이런 어두컴컴한 곳에서 대화라니 공주에게 어울리지 않는군. 엘렌 공주, 부디 내 성으로 가지."

듀란은 마치 춤 신청이라도 하듯이 엘렌에게 우아하게 손을 내밀었다. 그 손을 본 엘렌은 스륵 오른손을 올리고, 듀란의 손을 잡으려는 듯 보였다.

"공주님?!"

반이 동요하며 반사적으로 소리를 질렀지만, 움직인 엘렌의 손은 듀란의 손을 거절하고, 어느 한 방향을 가리켰다. 모두가 그쪽으로 시선을 돌리자, 아미엘을 감싸고 공중에 떠 있는 구체가 있었다.

"저건 어쩔 셈이지?"

엘렌이 꺼낸 말은 마치 수수께끼 같았다.

아름답게 반짝이는 보석 같은 눈동자로 가만히 듀란을 보고 있었다. 그것을 받은 듀란은 마음속에서 기쁨이 넘쳐흐르고 있었다. 이쪽을 본 척도 않았던 로레와 달리, 정령이 자신을 가만히 바라보고 있는 것이다.

정령에게 시험받고 있다. 소문대로, 보통이 아닌 공주님이라며 듀란은 웃었다.

"저건 엘렌 공주가 봉인해준 것이 아닌가?"

듀란도 엘렌을 시험하듯 답했다. 정령 공주인 엘렌의 자존심을 건드리려고 일부러 한 말이었지만, 엘렌은 어리둥절한 얼굴을 했다.

"당신 스스로 불러들인 재앙을, 어째서 내가 봉인해야만 하는 거지?"

그럴 의리 따위 없다는 엘렌의 말에 듀란과 그 바로 옆에 대기하고 있던 호위는 내색하지 않았지만, 조금 떨어진 곳에 있던 다른 호위들은 명백하게 동요했다. 멀리서 아미엘이 무얼 하는지 지켜보고 있었던 것이리라.

"저건 봉인한 게 아냐. 그저 일시적으로 가두어두었을 뿐. 가둬둔 힘의 본질을 저주가 깨달으면, 바로 깨지고 말 거야."

저주는 마소의 덩어리다. 정령이 쓰는 마법도 역시, 마소의 구현화에 지나지 않았다. 아미엘의 저주는 그 형태를 바꾸어 살아 있는 모든 것을 삼키려 하고 있었다.

자신을 가둬둔 힘의 본질을 깨닫는다면, 엘렌의 힘조차도 삼켜지고 말리라.

"그거 곤란하군."

전혀 곤란해 보이지 않는 듀란은 엘렌이 무엇을 말하려 하는지 알고 있는 듯했다.

“엘렌 공주, 이건 어찌하면 좋을까?”

엘렌이 솔직하게 대가로 조건을 내걸 거라고 듀란은 생각했다.

듀란의 목적은 텐바르 왕족을 없애는 것이기도 했지만, 그보다도 엘렌과 관계를 쌓는 데 있었다.

“이건 이제 인간이 아니다. 인간이 아니라면 우리로서는 어떻게 할 방법이 없지. 엘렌 공주의 힘이 필요해.”

“아까도 말했어. 어째서 내가 당신이 불러들인 재앙에 힘을 빌려줘야만 하지? 이런 일이 벌어질 거라고는 생각도 못 했을 테지만, 내게 이 나라를 구해야만 할 이유가 있다고 생각해?”

엘렌은 단호하게 거절했다. 엘렌의 말투에 옆에 대기하고 있던 호위가 분노를 드러내며 움직였고 반과 카이에게서 긴장이 퍼졌다.

“그만둬.”

듀란은 쏘아 죽일 듯 자신의 호위를 노려보았다. 그 태도에 엘렌 일행도 적지 않게 놀랐다. 어째서 아군일 터인 호위를 향해 그러한 태도를 보이는지 알 수 없었다.

‘……내 기분을 신경 쓰는 건가?’

쌍둥이 여신은 듀란을 두고 「정령을 매우 좋아한다」라고 말했었지만, 엘렌 일행이 그 사실을 알 수 있을 리 없었다.

사죄하고 다시 듀란의 뒤로 한 걸음 물러난 호위를 확인한 후, 듀란은 잠시 생각에 잠긴 척을 하고서 엘렌에게 말을 꺼냈다.

“반대로 어째서 힘을 빌려주지 않는 건가? 거기 쓰러져 있는 남자는 정령에게 증오와 미움을 사서 저주받았다. 우리와 저 녀석을 천칭에 올려놓는다면, 천칭이 기우는 건 우리 쪽이지 않나?”

“…….”

“텐바르 왕족은 공경해야 할 정령을 업신여기며 도구로 삼았다. 저주받은 주제에 어째서 저 녀석들이 정령의 은혜를 계속 받아야 할 필요가 있지? 반크라이프트가가 녀석들에게 심한 처사를 당했다는 소문을 듣고 나는 분노를 감출 수 없었다. 어째서 그렇게까지…….”

거기까지 말한 듀란의 말이 갑자기 끊겼고, 엘렌은 어째서인가 싶어 무심코 듀란의 얼굴을 보았다.

듀란의 표정은 무시무시할 정도로 분노를 표출하고 있었다. 그 모습을 본 엘렌은 놀라며 두려움을 드러냈다.

뒤에서 대기하고 있던 반과 카이가 곧바로 엘렌의 앞을 가로막아 엘렌을 감추었다.

엘렌의 겁먹은 모습을 깨달은 듀란은 자신의 기분을 가라앉히려 천천히 숨을 내쉬었다.

“……아아, 미안하군. 텐바르 왕족은 정말이지 기분이 나빠서 그만.”

큭큭하고 웃으면서 듀란은 엘렌에게 사과했다.

“어떤가? 엘렌 공주. 우리라면 반크라이프트가를 도와줄 수 있으리라 생각하는데.”

“…….”

“성가신 일만 떠넘기는 녀석들 따위 단념하고, 엘렌 공주의 가족

모두 우리 쪽으로 오지 않겠나? 우리라면 그 녀석들 같은 짓은 하지 않을 거야. 우리에게 있어 정령은 공경해야 할 존재니까."

만면에 미소를 띠고서 듀란은 말했다. 그러나 엘렌은 그 모습을 보고 매우 슬픈 기분이 되었다.

"저 아이에게도, 그렇게 말한 거구나."

"무슨 소리지?"

"왕가를 미워하는 마음은 같다. 영웅을 잘 꾀어내어 힘을 봉인하면, 그다음은 원하는 대로 해도 좋다고 말했어?"

그 말에 기대를 품은 아미엘이 취한 행동이 모든 일의 발단이 되었다.

아미엘의 증오를 이해한 척하며 이용했다. 일이 잘 풀린다고 해도, 증오하는 피를 가진 아미엘을 마지막까지 이 남자가 봐줄 리가 없다는 것쯤은 불을 보듯 뻔했다.

"당신은 내 가족에게서 아버지를 빼앗으려 했어."

엘렌은 듀란을 날카롭게 노려보고 아미엘을 감싼 물체를 가리키며 말했다.

"이제 저 아이는 구할 수 없어! 저주에 사로잡혀 주변까지 변질시켜버렸어. 정체된 마소는 수렴을 반복해 소용돌이가 되고, 그리고 갈 곳을 잃고 폭발한다고!"

그게 뭔지 알아? 하고 엘렌은 듀란에게 물었다.

"……모른다."

엘렌의 분노에 약간의 동요를 보이는 듀란에게, 엘렌은 슬퍼하며 말했다.

"저 애는, 몬스터 템페스트의 핵이 되어버린 거야……."

역사에 남을 만큼 각지에서 일어난 재앙. 지금 바로, 그 재앙이 이 땅에서 일어나려 하고 있던 것이다.

엘렌의 슬픈 목소리와 함께 그 자리는 정적에 감싸였다.

반과 카이만이 아니라, 듀란을 포함한 호위들도 역시 엘렌이 한 말의 의미를 이해하기까지 시간이 걸리고 말았다.

"몬스터 템페스트의…… 핵이라고?"

중얼거린 듀란의 목소리에 희미한 동요가 보였다. 핵, 이라는 말이 무엇을 의미하는지는 알 수 없어도, 몬스터 템페스트라는 말이 무엇을 의미하는지는 안 것이리라.

멀리 후방에 있던 호위들 사이에서 눈에 보일 정도의 동요가 파문처럼 점점 퍼져나갔다. 그도 그럴 만했다. 실제로 아미엘이 무엇을 했는지 그 눈으로 목격한 것이다.

텐바르에서 일어난 재해가 다시 이 땅에서 일어나려 하고 있다고 이해한 자들의 감정은 동요에서 두려움으로 바로 바뀌었다.

헬그너에서는 텐바르에서 일어난 재해를 아주 어릴 때부터 자장가처럼 들려주었다.

어째서 텐바르에 그러한 일이 일어났는가. 그것은 정령을 분노하게 하고, 가호를 잃었기 때문이라고 계속 말해왔다.

헬그너에서는 공경받던 로레의 가호를 잃은 지 오래라는 사실을 성에 있는 자들은 알고 있다. 저주받은 자를 끌어들여 정령을 화나게 하고 말았다며 호위들은 새파랗게 질려갔다.

그러나 주변의 두려움을 본 척도 않고 듀란은 당당하게 말했다.

"이걸로 텐바르는 재앙을 일으키는 존재라는 사실이 증명되었다! 그렇지? 엘렌 공주."

듀란은 엘렌의 뒤에 쓰러져 있는 가디엘을 증오스럽다는 듯이 바라보며 말했다. 엘렌의 말을 저 좋을 대로 해석한 것이다.

"그렇다면 더더욱 그 녀석들을 처리하지 않으면, 이 땅에 재앙이 찾아온다는 뜻."

듀란의 태연자약한 말투에 뒤에서 대기하던 호위들이 퍼뜩 정신을 차리는 것이 느껴졌다. 호위들은 일제히 검을 뽑았다. 그 날 끝은 가디엘에게 겨눠져 있었다.

"가디엘을 죽이면 아미엘을 풀어놓을 거야!"

엘렌의 일갈에 호위들이 움찔하고 떨었다.

"엘렌 공주, 조금 전 이 계집애는 구할 수 없다고 말했지?"

듀란은 엘렌의 힘으로 가둬진 아미엘을 보면서 말했다.

"……말했어."

"역시 엘렌 공주는 상냥하군. 텐바르 놈들에게 자비 따위를 베풀어서는 안 돼. 엘렌 공주가 감싸고 있는 그 왕자는 이 계집애를 처리하기 위해 이곳에 온 거라고. 이 계집애는 처음부터 살 수 없는 운명이었던 거야."

"뭐……?"

엘렌은 듀란의 말을 이해하는 데 시간이 걸리고 말았다.

가디엘이 아미엘을 죽이기 위해 여기에 왔다고, 왕족이라는 위치에서 생각하면 바로 이해할 수 있었지만, 엘렌은 싹트고 있던 선입관 탓에 그럴 리 없다고 생각하고 말았다.

마음씨 착한 가디엘이 그런 짓을 할 리가 없다, 라고.

듀란은 엘렌의 대답을 기다리지 않고 희미하게 미소를 지으면서 말했다.

"텐바르 왕이 영웅과 엘렌 공주라는 존재를 놓아주려 할 리가 없지. 그 녀석은 자식조차 도구로만 보는 남자다. 텐바르 왕은 방해가 된다면 가족이라 해도 필요 없다며 간단히 버린다. 이 계집애가 한 것처럼 말이지. 엘렌 공주는 녀석들에게 속고 있는 거야. ……불쌍하게도."

분명 라비스엘의 정황을 보자면 생각하지 못할 일도 아니다.

그러나 예전이라면 몰라도 지금의 라비스엘이 그러한 단락적인 행동에 나설 리 없다는 것을, 엘렌은 지금까지 보아온 모습을 통해 알고 있었다.

이웃 나라와의 전쟁 따위, 하려고 마음먹으면 언제든 할 수 있었을 것이다. 그야말로 로벨이 돌아와 소동이 벌어졌을 때도 기회는 있었다.

반크라이프트가와 그 영지의 사람들을 인질로 삼고, 로벨을 헬그너로 보내버리면 이야기는 빨랐을 것이다.

그러나 텐바르는 몬스터 템페스트로 수많은 백성을 잃었다.

게다가 정령의 은혜조차 받을 수 없다는 자각이 있는 상태에서는, 이웃 나라와의 전력 차도 명백했다. 라비스엘은 이 이상, 백성을 잃을 만한 어리석은 짓을 거듭하지 않았다.

백성에게 피해가 가지 않도록, 로벨에게 교섭을 했다. 로벨은 존재하는 것만으로도 나라를 노리는 자들에 대한 저지력이 된다. 그렇기에 엘렌 일행도 모른 척할 수 없었던 것이다.

"우리는 그 나라와는 달라. 정령들은 공경하고, 반크라이프트가를 소중히 여기겠다고 맹세하지."

"당신이야말로 모르나 보네. 텐바르 왕이 무얼 제일로 여기는지를."

"뭐라고……?"

엘렌의 말에 지금까지 미소 띤 얼굴이었던 듀란의 표정의 살짝 일그러졌다.

"당신의 나라에서 제일로 여기는 건 정령이라고 말하고 싶은 거겠지?"

"물론이지. 정령은 우리와 함께하는 존재다."

"정령의 은혜를 받지 못하는 텐바르는, 없는 것에 매달리는 나라가 아니야. 현실을 받아들이고, 무엇이 제일인지를 줄곧 생각하고 행동하고 있어. 그건 그 나라가 저주받기 전에도 마찬가지였어."

"……뭐?"

"백성을 지키려 하는 폐하의 뜻을 거스른 저 아이가 한 짓은 전쟁의 방아쇠가 되겠지. 그걸 막는 것도 왕족의 역할이야. 그래서 가디엘은 사명을 가지고 여기에 왔어. 하지만 가디엘은……."

엘렌이 작은 주먹을 꼭 움켜쥐었다. 가디엘은 왕족으로서의 역할을 짊어지고 이 땅에 온 것이건만, 해서는 안 되는 일을 하고 말았다.

"나를 구해서는 안 됐던 거야……."

엘렌의 목소리가 희미하게 떨렸다. 거칠게 날뛰는 감정이 소용돌이가 되어 가슴 깊은 곳에서 끓어올랐다.

심장이 빠르게 울리는 것을 넘어, 마치 부글부글 끓어올라 넘쳐흐르는 것만 같았다.

"그러나 엘렌 공주. 그조차도 텐바르 왕의 책략이라면 어쩔 텐가? 엘렌 공주의 은혜를 받는 것을 우선한 것뿐일지도 모르지 않나?"

"……그래. 그럴지도 모르겠네."

라비스엘은 분명 그런 남자다. 백성을 제일로 여기며 정령의 저주조차 도구로 삼으려 했던 남자였다. 그런 것쯤 잘 알고 있다. 그러나 가디엘은 다르다.

'내게는 계속해서 가디엘의 목소리가 들렸어……'

진지하게, 줄곧 한결같이, 정령에게 기도를 올리던 목소리를 기억하고 있다.

라비스엘과 가디엘의 마음이 어디에 있는지, 그 진실은 모른다. 양쪽 모두 진짜이고, 아닐지도 모른다.

그러나 엘렌은 단 하나만은 아는 것이 있었다. 동포들의 비명이 사라진 그 순간만큼은 '진실'이라고.

그 결과가 가져온 광경은, 명백하게 라비스엘과 가디엘이 다르다고 단언할 수 있었다.

"텐바르와 당신의 생각이 어떠하든 관계없어. 나는 내 역할을 가지고 여기에 있는 거니까."

엘렌이 그렇게 말한 순간, 아미엘을 감싸고 있던 물질이 안에서 어떠한 충격을 받은 것처럼 일그러졌다.

쿠웅 하고 둔탁한 소리가 났다. 그것은 땅속에서 울리는 듯한 소리였다.

아미엘을 감싼 아름다운 구체를 유지했던 물질이, 둔탁한 소리와 함께 안에서 공격을 받고 있는 것처럼 울퉁불퉁하게 일그러졌다.

"내 사명이 결과적으로 당신들을 돕는 것이 된다고 해도…… 내 분노가 가라앉는 일은 없을 거야."

엘렌의 분노에 동조한 것처럼 다시 쿠웅 하는 소리가 울렸다.

아미엘이 저항하고 있는 것이다. 엘렌이 시간 문제라고 말했던 것을 떠올린 듀란 일행의 안색이 나빠져갔다.

듀란이 당황하며 엘렌에게로 시선을 돌리자, 엘렌은 동요한 기색도 없이 그저 빤히 듀란을 바라보고 있었다.

그 얼굴은 고요한 분노의 빛을 띠고, 희미하게 웃고 있는 것처럼도 보였다. 이 꺼림칙한 상황 속에서 미소 짓는 모습은 보고 있는 자에게 공포를 주었다.

"엘렌 공주! 그대 가족에게 손을 댄 건 우리가 아니야! 증오스러운 텐바르 왕족인 이 여자다!!"

"아버지를 미끼로 저 아이와 교섭한 건 당신이지. 어쩌면 그것은 말뿐이었고, 본심은 달랐을지도 몰라. 하지만 그게 나의 소중한 것을 빼앗는 방아쇠가 되었다는 걸…… 내가 용서할 거라고 생각하기라도 했어?"

"……!"

"내가 보기엔 어느 쪽이나 마찬가지야. 자신이 원하는 것만을 우선해서, 우리 정령에게서 소중한 것을 빼앗아 도구로 삼으려 한다. 텐바르와 당신, 어디가 다르다는 거지?"

"뭐라고?! 언제 그런……."

정령에게서 빼앗은 일 따위, 듀란은 그렇게 말하려 했다. 그러나 엘렌이 덧씌우듯 말했다.

"내 아버지만이 아냐. 로레도 그래."

"뭐, 라고……?"

로레의 이름을 꺼낸 순간, 눈을 크게 뜨고 동요하기 시작한 듀란에게 엘렌은 말했다.

"당신은 로레의 소중한 것을 빼앗으려 했지. 그래서 로레는 필사적으로 저항했던 거야. 당신에게서 감추고 지키기 위해."

"로레 님이?!"

무슨 말을 하는지 모르겠다는 표정을 지은 듀란을 바라보면서 엘렌은 담담하게 말했다.

"로레는 줄곧 이 나라를 지켜보아 왔어. 그건 아주 소중한 사람과의 약속이었으니까. 영원의 시간을 사는 정령과 인간과의 약속. 이제 두 번 다시 만날 수 없다 해도, 로레는 계속 지켜왔어."

주변의 초조함을 무시하고 엘렌은 담담하게 말했다.

"그러던 어느 날, 소중한 사람과 같은 영혼을 가진 사람과 재회

했지. 기뻐서, 반가워서, 옛날과 다른 사람이라는 걸 알고 있어도…… 마음이 가서 견딜 수 없었을 거야."

"그건…… 설마."

"당신은 자신에게 불리하리라는 이유만으로 로레의 소중한 사람을 빼앗으려 했던 거야."

드디어 떠올린 것인지 듀란은 눈에 띄게 창백해졌다.

"나는 한 번 하겠다고 정하면 철저하게 한다고 다짐하고 있거든. 텐바르 왕은 그 수완으로 회피했지만, 당신은 어떨까?"

텐바르 왕과 서로 싸우던 엘렌에게 반했던 만큼, 그 말의 공포가 곧바로 전해져 온 듀란의 가슴속에 빠르게도 후회가 태어났다.

듀란은 라비스엘과 마찬가지로, 엘렌의 역린을 건드린 것이다.

"각오해."

엘렌의 선고를 아연실색하며 들을 수밖에 없는 듀란 일행의 옆에서, 아미엘을 감싼 물질을 깨려 하는 둔탁한 소리가 카운트다운처럼 울리고 있었다.

제62화 슬픔의 비명

눈앞으로 닥쳐드는 어둠에, 로벨은 저주의 목소리를 들었다.

『너무해, 구해줘, 싫어, 아파 아파!』

계속해 괴로워하고 있는 정령의 목소리에 섞여 분노의 목소리도 들렸다.

『어째서 내가, 그 녀석 탓에, 빼앗기고, 어째서 어째서 어째서.』

자신을 인정하지 않는 주변이 나쁘다는, 자신이 원하는 것을 주지 않는 주변이 이상하다는 목소리가 어둠 속에서 들렸다.

'……구역질이 나는군.'

로벨은 지금까지 줄곧 제멋대로 구는 왕가에 휘둘려 왔다. 스스로를 죽이고, 귀족의 긍지로 겨우 버텨왔다.

자신의 인생이란 무엇일까. 솔직한 마음과 그 사이에 끼어서 자포자기에 빠져가던 그때의 마음속 외침과 저주의 목소리가 비슷한 것만 같아서, 무심코 코웃음을 치고 말았다.

로벨에게는 구원해준 오리진이 있었다. 모든 것을 포기하고 있던 자신에게, 살며시 등 뒤에서 감싸 안아주는 듯한 평온을 주었던 존재.

오리진을 통해 사랑을 알고, 엘렌이 태어나 부모로서의 자애와 기쁨을 함께 키웠다.

로벨은 모든 힘을 결계에 실었다. 여기에서는 끝나지 않는다. 끝날 성싶으냐 하고 어둠을 노려본 그때, 눈앞에 익숙한 사랑스러운 작은 등이 나타났다.

어둠에 저항하는 듯한 눈부신 빛이 작은 등에서 단숨에 뿜어져 나왔다.

"……뭣?!"

로벨은 눈앞에서 일어난 일을 믿을 수 없었다.

멀리서는 어둠째 일부가 날아간 아미엘로 보이는 물체가 아픔을 호소하며 비명을 지르고 있었지만, 그것조차 눈에 들어오지 않았다.

어째서 여기 있는 것이냐고 입을 열려 했지만, 머리가 따라가지 못해 말이 되어 나오지 않았다.

눈앞의 작은 등은, 로벨 쪽을 돌아보지도 않고 소리쳤다.

"가까이에 있죠? 아버지를 데리고 가세요!!"

모습을 감추고 대기하고 있었을 터인 대정령들이 로벨을 둘러쌌다. 양팔을 잡히고, 마치 연행되듯이 전이의 기척을 느끼고서야 겨우 무슨 일이 일어나려 하는지를 눈치챘다.

"그만둬!! 이것 놔—!!"

이런 곳에 소중한 딸을 두고 갈 수 없다며 로벨은 필사적으로 저항했다.

그러나 여신의 힘의 은혜를 받았다고는 하나, 본래는 인간. 대정령의 힘을 당해낼 수 있을 리 없었다.

엘렌 하고 소리친 순간 눈앞의 풍경이 바뀌고, 엘렌의 모습도 다른 모든 것도 다 사라지고 말았다.

"윽?!"

여기는 어딘가 하고 로벨이 주변을 둘러보았지만, 새하얀 시야만 펼쳐진 아무것도 없는 세계였다. 하얀 세계의 중심에 오도카니 자신만 서 있었다. 바닥이 있는 것 같은 느낌도 들었지만, 수면에 서 있는 것 같은 이상한 감각이 느껴졌다. 발을 내디디면 수면 같은 파문이 퍼지고는 사라져갔다.

"어떻게 된 거지?!"

혼란스러웠지만, 서둘러 돌아가려고 전이를 시도했다가 힘을 쓰지 못한다는 사실을 깨달았다.

"뭐……?!"

로벨은 자신의 떨리는 두 손을 보았다. 어찌 된 것이냐며 몇 번이고 시도해보았지만, 정령의 힘은 나오지 않았다.

오리진과 계약하기 전의, 평범한 인간으로 변해버린 것이다.

새하얀 세계에서 소리쳤다. 엘렌, 오리진 하고 사랑하는 사람의 이름을 불렀다.

아무런 답도 돌아오지 않는 세계에서 로벨은 초조함과 절망으로 덧칠되어가는 것만 같았다.

"안 돼."

"너는 안 돼."

갑자기, 머리 위에서 들려온 쌍둥이 여신의 목소리에 로벨은 힘껏 고개를 들어 올려다보았다. 공중에 뜬 두 사람이 교대로 말했다.

"안 돼."
"저기에 있어선 안 돼. 네 탓에 이 세계가 망가지고 마니까."
"무슨, 소리지……?!"
초조함이 분노로 바뀌는 것은 찰나였다. 설마 이 두 사람의 변덕에 휩쓸린 것인가 싶어 동요했다.
폭발할 것만 같은 분노를 어떻게든 하려고, 필사적으로 진정하라며 마음속으로 되뇌었다. 이대로 두 사람의 의도대로 되어서는 안 된다.
그러나 그곳으로 당장 돌아가고 싶다고 하는 조급함이 결심을 흔들었다. 사고가 잘 돌아가지 않게 되었다.
"나는 모든 것을 내다보지."
"그리고 나는 단죄해. 이 세계를 지키기 위해서."
"무슨……"
단죄라는 말을 들은 로벨은 더욱 혼란스러워졌다. 그건 자신을 벌하기 위함인가 하고 생각한 순간, 모든 것을 내다보는 보르가 웃었다.
"아니야. 네가 아니야."
"맞아~. 무슨 착각을 하는 거람."
어이없다고 말하는 듯한 표정을 짓는 두 사람을 보며 로벨은 미간을 모았다.
"재판받는 건 저 여자아이야."
"재판은 이미 시작되었어. 결행하는 건 엘렌이지."
"뭐라고?! 이 자식들 내 딸에게 무슨 짓을 시킬 셈이야?!!"

한순간 격앙하며 이빨을 드러내려 한 로벨을 보며 쌍둥이 여신은 웃었다.

"어머 어머."

"여신한테 이 자식이라니, 세상에."

키득키득 웃고 있지만, 순식간에 경외와 공포가 로벨을 덮쳤다. 그러나 지지 않겠다는 듯 손바닥에 손톱이 박혀 피가 흘러 떨어질 정도로 주먹을 움켜쥐고 쌍둥이 여신을 노려보았다.

"엘렌은 여신이야. 여신으로서 이 세계를 관리할 의무가 있어."

"저 여자아이는 이미 인간이 아닌 것이 되어버렸어. 여기까지 오면 재판 정도가 아니야. 정화하지 않으면 안 돼."

"정화, 라고……?"

"우리는 하나의 역할을 맡게 돼. 그건 성장과 함께 자라지. 엘렌도 그래."

"엘렌은…… 분명, 원소, 라고. 정화와는 아무런 관계도 없잖아?!"

원소라는 것에 관해 설명을 들었어도 로벨은 의미를 이해할 수 없었다. 그러나, 모든 것의 본질을 관장하는 여신이라고 설명 들은 기억이 있었다.

"그것은 모든 것의 바탕이 되는 것. 하지만 엘렌은 생명을 관장하지는 못해. 그건 오리진의 역할이니까."

"하지만 엘렌의 능력은 여러 갈래로 복잡하게 걸치게 되어버렸어. 인간의 상처를 치유하는 일 같은 건 원래 할 수 없을 텐데, 엘렌은 그걸 솜씨 좋게 해내 버리지."

"그게…… 대체 뭐 어떻다고?"

"엘렌은 근본이 되는 것을 다양한 형태로 바꾸어 발전시켜나가. 자신의 성장조차 조작할 수 있을 만큼. 하지만 그건, 반대도 가능하다는 것."

"반대……?"

"구성하고 있는 근본의 나열을 바꾸어 무산시키고, 지워버리는 거야."

"엘렌은 이 세계를 지키기 위해, 정화라는 역할을 짊어진 여신이야."

엘렌이 어째서 저 자리에 나타났는가. 그것이 여신으로서의 역할이라고 들어도, 로벨은 소리치지 않고는 견딜 수 없었다.

"그럼 어째서 나만 여기에 있는 거지?! 저곳으로 돌려보내!!"

쌍둥이 여신은 무표정하게 로벨을 내려다보았다.

"너는 아직까지도 자신의 입장을 모르는구나."

"아니면, 아직 정령으로서의 자각이 옅은 걸까? 그때의 결심은 어디로 가버린 거지?"

차갑게 내뱉은 쌍둥이 여신에게 지지 않고 소리치려다 등 뒤에서 다정하게 끌어안는 존재를 깨달았다.

"……오리?"

로벨의 등 뒤에서 매달리듯 팔을 두른 오리진은 조용히 울고 있었다.

오리진이 나타난 순간, 쌍둥이 여신의 모습이 사라졌다.

"잠깐!" 하고 허공에 손을 뻗었지만 늦었다.

쌍둥이 여신에게 부탁할 수 없다면 오리진밖에 없다. 로벨은 빙글하고 몸을 돌려서 오리진을 안고, 그 등을 다정하게 쓰다듬었다. 오리진은 소리 없이 눈물을 흘리고 있었다.

"오리, 엘렌 곁으로 가야만 해. 부탁해."

로벨의 말에 오리진은 고개를 끄덕이지 않았다. 얼굴을 한껏 일그러뜨리고 고개를 숙인 채였다.

"……오리?"

"여보, 미안해…… 그럴 수 없어."

"무슨 소리야?"

"이 세계는 언니들이 만든 세계라, 나는 간섭할 수 없어."

"뭐……."

"이건 여신의 제약. 그리고 여신의 사명에도 간섭할 수 없어."

다시 분노가 솟구쳐 올라서, 로벨은 어떻게 될 것만 같았다.

"여보, 그만."

"무슨 말이야! 엘렌이 위험하다고!!"

"로벨…… 미안해. 나에게 엘렌을 도울 힘은 없어."

할 말을 잃은 로벨에게 오리진은 계속해서 말했다.

"나는 모든 것의 어머니인 여신. 낳는 것밖에 할 수 없어. ……로벨, 당신에게 다시 무슨 일이 생긴다면, 나는 더는 견딜 수 없을 거야……."

"……뭐?"

"힘의 제어가 불가능해…… 미안해."

그건 오리진이 임신한 상태이기 때문이다. 불안정한 지금, 사소한 일로도 힘이 폭주할 수 있다.

그 사실을 깜빡 잊고 있었다는 것을 깨닫고 로벨은 당황했다.

"그런데 당신이 그 여자 손에 떨어지고 말았다면…… 나…… 인간을 용서할 수 없게 되고 말 거야……."

그저 눈물만 흘리는 오리진의 모습에 로벨은 어찌할 바를 몰랐다.

솔직하게 말해서 그때 엘렌이 구해주지 않았다면, 분명 로벨은 어둠에 삼켜졌으리라.

그것을 떠올리자 오싹해졌지만, 더욱 그 후의 일을 생각하지 못했던 자신을 깨닫고 말았다.

쌍둥이 여신은 말했다. 아직까지도 자신의 입장을 모르는구나라고.

"설마…… 전부 내다보고……?"

"내가 분노를 억눌러도, 학살당한 과거를 가진 정령들의 분노는 더는 멈출 수 없어. 텐바르만이 아니라, 주변 나라들도 한꺼번에 사라져버리고 말 거야. ……아니, 인간이 무사할 수 있을지도 알 수 없어. 그만큼 정령들은 분노하고 있어. 그걸 내가 억지고 말리고 있었어……."

2백 년 전, 텐바르의 왕족이 정령을 희생시킨 그 사건.

그때 텐바르에 제재가 가해지지 않은 것은 그것들을 구성하고 있는 마소가 하늘로 올라가고, 그리고 고농도의 마소가 전국에 쏟아져버리기 때문이었다.

그렇게 되면 전 세계에서 몬스터 템페스트가 일어나고 만다. 나중의 일을 생각해 오리진은 정령들을 말리고 있었던 것이다.

그런 오리진의 온정으로 살아남았던 왕족들은 이번에는 여신이 사랑하는 사람에게 손을 대려 했다.

로벨이 저주에 삼켜지면 오리진은 슬픔에 잠긴다. 게다가 엘렌에게까지 손을 대고 있는 지금, 정령들은 무조건 인간에게 제재를 가하려 하리라.

"이게 무슨 일인지……."

미안해……라며 로벨은 울고 있는 오리진을 끌어안았다. 자신을 구해준 엘렌이 무사하기를, 오리진의 떨리는 어깨를 안고서 기도할 수밖에 없는 자신의 무능력함을 저주했다.

로벨이 쓰러졌다면 그 후에 초래될 일은 정령이 인간을 완전히 적으로 간주한 전쟁밖에 없다.

엘렌은 로벨을 구하고 여신으로서의 역할을 다하기 위해, 그리고 인간과 정령의 전쟁을 회피하기 위해 그곳에 나타났던 것이다.

*

텐바르 왕성, 아침 일찍 가디엘 일행을 배웅하고서 두 시간 정도가 지났을 때였다.

낮이라고 하기에는 아직 조금 이른 시간, 라비스엘의 집무실에 갑자기 사람이 뚝뚝 떨어져 내렸다.

"으아아아아!"

"크읏!"

"아야!"

드물게도 움찔하며 어깨를 떤 라비스엘은 너무 놀란 나머지 눈을 크게 뜨고 있었다.

차례차례 천장에서 사람이 떨어져 내리는 것을 멍하니 보고 있자니, 소음을 들은 근위들이 문을 벌컥 거칠게 열며 "무슨 일이십니까?!" 하고 뛰어 들어왔다.

"끄억!"

뭉개진 듯한 비명을 지른 사우벨의 목소리에 겨우 제정신을 차린 라비스엘이 소리쳤다.

"돌아온 건가!"

근위들도 사우벨 일행이라는 사실을 깨달았는지 당황하고 있었다. 그러나 라비스엘은 안 좋은 예감을 떨쳐낼 수 없었다. 지금 눈앞에 있는 것은 사우벨의 부하들과 가디엘의 호위 세 명밖에 없었던 것이다.

로벨과 가디엘, 그리고 목적했던 아미엘의 모습이 보이지 않았다.

"여, 여긴……? 폐, 폐하?!"

자신이 어디에 있는지를 겨우 깨달은 사우벨 일행이 허둥지둥 고개를 숙였다.

"로벨은…… 가디엘은 어떻게 된 거지?"

아미엘에 관한 건 일부러 언급하지 않고, 미간에 주름을 잡은 채 라비스엘이 묻자 사우벨 일행도 "그, 그게……" 하고 난처한 표정을 지었다.

사우벨은 그 자리에 갑자기 나타난 엘렌의 모습을 떠올렸다.

아미엘과 싸우고 있었을 터인 로벨은, 어찌 된 연유인지 엘렌의 명령에 따라 대정령들이 데리고 가버렸다.

로벨이 끌려가면서 그만둬, 이것 놔 하고 소리치던 것을 떠올렸다. 어째서 그 자리에 엘렌이 나타났고, 사우벨 일행을 텐바르로 돌려보냈는지. 어째서 이 자리에 로벨과 가디엘, 그리고 엘렌은 돌아와 있지 않은지.

무슨 일이 일어났는지 깨닫고 만 사우벨은 어찌 보고하면 좋을지, 목이 떨려서 목소리가 나오지 않았다.

바로 그때, 공중에 대정령이 나타났다. 이전에 이 방에서 위협을 날려 로벨이 돌려보냈던 정령이었다.

모두의 경악하는 시선이 모이자 무표정한 대정령이 입을 열었다.

"인간들이여, 수는 다 맞는가?"

"수가 맞아……?"

"공주님의 명령으로 반이 너희를 그 땅에서 날렸고, 나도 가세했다."

"아, 안 맞아! 형님과 전하가…… 엘렌도 없어! 그보다 엘렌이 온 건 대체 어떻게 된 일이지?!"

허둥대면서도 사우벨이 대정령에게 물었다. 그 모습은 필사적이었다.

"로벨 님은 다른 곳으로 대피시켰다. 공주님은 아직 그곳에서 하셔야만 하는 사명이 있다."

"전하는……?!"

라베가 그렇게 소리쳤고, 포겔과 트루크도 일어섰다.

"전하를 구하러 가야만 합니다……! 제발 부탁드립니다. 우리를 그곳으로 다시 보내주십시오!"

라베 일행이 다급하게 대정령에게 부탁했지만, 대정령은 "안 된다"라고 일축했다.

"너희를 돌려보낼 수 없다. 가면 죽는다. 게다가 이미 늦었다. 그건 공주님을 지키고, 쓰러졌다."

"느, 늦었다고?"

"쓰러, 져……?"

아연실색하며 반응하는 호위들의 말에 대정령은 동요하는 일도 없이 담담하게 대꾸했다.

"그 애송이는 저주에 삼켜졌다. 이제 구할 수 없다."

대정령은 그대로 용건을 마쳤다는 듯 휙 사라졌다.

방은 무거운 침묵에 삼켜졌다. 사우벨 일행은 새파랗게 질렸다.

"……무슨 일이 있었지?"

침묵 속, 라비스엘의 차가운 목소리가 울렸다.

*

헬그너에서 유학을 온 크라하는 아미엘의 일도 있어 그대로 텐바르에 체재하고 있었다.

수상쩍은 기색이 있다는 것은 알았지만, 현재 귀국을 재촉당하거나 하는 일도 없었고, 헬그너에서의 연락조차 없었다.

'알고는 있었지만…… 분명 내가 처형당해도 존재조차 잊고 있을 거야.'

어차피 이 정도의 취급이리라는 건 예상했지만, 새삼 자신의 처지를 깨닫고 크라하는 한숨을 내쉬었다.

텐바르에서는 감금당하는 일도 없이, 일정 범위 내라면 자유롭게 오갈 수 있었다.

거리로 나갈 때는 허가가 필요하지만, 크라하는 거의 왕궁 도서관에서 공부를 했다. 특히 여러 가지로 마음을 써주는 왕제 오르엘에게는 고개를 들 수가 없었다.

친근하게 대해주는 그 덕분에 텐바르는 너무나도 마음 편하게 느껴졌고, 이대로 이쪽에서 계속 머물고 싶다고 바라지 않을 수 없었다.

'조국에 있던 때는 그렇게나 미워했던 나라였는데…… 어째서 이 나라 사람들은 이렇게나 친절한 걸까.'

헬그너와 텐바르의 국경에서는 언제나 자잘한 다툼이 끊이질 않았다. 그렇기에 헬그너에서 온 유학생을 달갑게 여기지 않으리라고 각오하고서 여기에 왔다.

그러나 크라하와 아미엘이 교환 유학생이 되면서, 이것 자체가 휴전 협정 같은 역할을 띠게 되었고, 결과적으로 크라하는 텐바르에 환영받은 것이다.

'아미엘 님에게는, 좋은 소문은 별로 없었지.'

이 교환 유학생은 어떤 의미에서 인질이었다. 같은 입장이었던 아미엘은 대체 어떤 인물일까 싶어 몰래 조사해본 적이 있던 크라하는 듣게 된 소문에 눈살을 찌푸렸다.

'거의 그녀의 어머니 이야기로 옮겨가 버렸지만, 어릴 때는 어머니와 함께 백성을 괴롭히는 그런 사람이었다지…….'

오히려 텐바르의 왕족이 모두 그런 사람이었다면, 크라하가 이렇게 고민하는 일도 없었으리라.

'…………돌아가고 싶지 않아.'

헬그너에는 있을 곳이 없어서 바늘방석이었다.

그런 고민을 하면서도 오늘도 평소와 마찬가지로 공부에 집중하고 있었다. 문득, 복도에서 울리는 소란스러운 소리가 귀에 들어와 크라하는 펜을 내려놓고 고개를 들었다.

마찬가지로 독서에 방해를 받은 듯한 도서관 이용자들도 무슨 일인가 하며 입구 쪽으로 고개를 돌리고 있었다.

아무래도 누군가가 사람을 찾고 있는 것 같다고 깨달은 순간, 문득 그들 사이에 있는 오르엘이 눈에 들어왔다.

저쪽도 크라하를 눈치챘는지 미소 지으며 한쪽 손을 들어 올렸다.

크라하도 답을 할 셈으로 고개를 숙였다. 그러자 어떻게 된 일인지 오르엘이 이쪽으로 다가왔다. 아무래도 찾고 있던 사람은 자신이었나 보다 하고 크라하는 서둘러 자리에서 일어났다.

"미안하구나. 해야 할 이야기가 좀 있는데, 이동해도 괜찮겠니?"

"아, 네. 괜찮습니다. 책을 반납하고 올 테니 잠시만 기다려주시겠어요?"

"그래, 기다리마."

빠른 걸음으로 책을 책장에 돌려놓은 크라하가 오르엘이 있는 곳으로 돌아오자 "이동하면서 잠시 이야기를 하자꾸나" 하고 재촉을 받았다.

그러나 오르엘은 세 명의 호위를 이끌고 있어서 뭔가 삼엄했다. 대체 무슨 일인가 생각하고 있으려니, 사람이 없는 방으로 안내되었다.

"앉으려무나."

"네."

오르엘은 테이블을 사이에 두고 맞은편 소파에 앉았다. 메이드가 차를 끓이고 있었지만, 그 사이에도 오르엘은 입을 다문 채였다.

그리고 어떻게 된 영문인지 오르엘이 데려온 호위는 크라하의 양옆과 소파 뒤에 서 있었다. 사방을 포위당한 크라하는 압박감을 느꼈다.

이 무거운 분위기는 기억 속에도 있었다. 교환 유학을 하러 간 아미엘이 돌아오지 않았던 때와 같다.

'혹시, 뭔가 진전이 있었나……?'

제발 살아서 발견되었다는 소식이기를 바랐다. 그러나 무거운 분위기를 보아 나쁜 소식인 것이리라. 이 평온했던 나날도 끝인지 모른다.

축축하게 식은땀이 뿜어져 나왔다. 잘 대해주었던 오르엘에게 적으로 인식되어 거리를 두게 될지도 모른다는 생각에 다다르자 크라하는 창백해졌다.

차를 다 끓인 메이드가 인사를 하고 방에서 물러나자 오르엘이 입을 열었다.

"험악한 분위기를 만들어 미안하구나. 네게 있어서는 그리 좋지 않은 소식이 전해지고 말았다."

"네……."

"너는 네 형제에 관해 뭔가 아는 게 있니?"

"네?"

예상하지 못한 말에 크라하는 눈을 깜빡였다.

헬그너의 현왕인 장남 듀란, 그리고 어린 시절 죽어버린 차남 류르, 그리고 막내 크라하.

크라하는 어머니가 달랐다.

"저는 배다른 형제로, 막냇동생이라…… 솔직히 말씀드리면, 형님에 관해서는 잘."

"흐음. 죽은 류르 님에 관해서도?"

"네……. 네? 류르 형님이요?"

자신과 그리 나이 차이가 나지 않았다고 들었다.

크라하는 열다섯 살이다. 류르가 살아 있다고 한다면, 열여섯 살 정도일까?

제2 왕자로 태어난 류르는 태어날 때부터 몸이 약했다. 게다가 왕비에게 부정의 의혹이 불거져 바로 절연하고 자신의 어머니가 후궁으로 올라갔다고 들었다.

그런 왕가의 추문을 이런 곳에서 말할 수는 없었다.

"태어날 때부터 몸이 약했고, 아버님과 외출했다가 불운한 사고로 죽고 말았다고 들었습니다."

"흐음…… 그런가."

그렇게 말하고 오르엘은 뒤쪽의 근위에게 무언가 신호를 보냈다.

크라하가 의아해하고 있으려니, 오르엘에게서 믿을 수 없는 말이 들려왔다.

"실은 류르 전하는 살아계시다."

"네……?"

"그리고, 지금 이 나라에 체재하고 계시지."

"네? 네……? 그, 그건 형님…… 듀란 폐하도 알고 계십니까?"

"그걸 네게 확인하고 싶었는데…… 곤란하구나."

오르엘은 쓴웃음을 지었다 아미엘을 찾는 도중에 생존해 있는 류르의 존재를 알아버렸다는 것일까?

하지만 조금 전 크라하에게는 별로 좋지 않은 소식이라고 말한 참이다.

크라하의 입장상으로는 그럴지도 모르지만, 죽었다고 생각했던 인물이 살아 있다는 건 보통은 기쁜 소식이 아닐까 하는 의문이 들었다.

마침 그때 문을 두드리는 소리가 들렸다. 오르엘이 입실을 허락

하자, 들어온 것은 근위와 함께 온 가디엘이었다.

“가디엘 전하.”

크라하는 무심코 자리에서 일어나 고개를 숙여 인사했다. 그러자 그 가디엘은 곤란하다는 얼굴을 하고서 “아, 저기, 제가 아닙니다”라고 말했다.

“네?”

“놀랍지? 나도 조카랑 똑 닮아서 놀랐어.”

크라하는 당황하면서 웃고 있는 오르엘과 난처한 얼굴을 하고 있는 가디엘을 번갈아 보았다.

“저는 유이…… 아니, 헬그너 로레 류르라고 합니다.”

“뭐?!”

눈을 크게 뜨고서 크라하가 소리쳤다. 경악한 그 얼굴은 류르의 머리카락을 응시하고 있었다.

“금발이 아닙니까?!”

“…………”

크라하는 형의 이름을 말한 인물을 빤히 바라보았다. 좀처럼 믿을 수가 없었다. 헬그너에서 금발은 기피되고 있는 색이었기 때문이다.

크라하를 빤히 노려보는 류르의 시선에 크라하는 퍼뜩 정신을 차렸다. 여기는 텐바르다. 이 나라의 국민 대부분은 금발이었고, 오르엘도 금발이었다.

“죄, 죄송합니다……!”

허둥지둥 고개를 숙이는 크라하를 보고 오르엘이 쓴웃음을 지었다.
"뭐, 놀라는 것도 당연하지. 일단 류르 님도 앉으시죠."
"아, 네."
류르가 소파에 앉으려 하던 때였다. 갑자기 공중에서 목소리가 울렸다.
『류르한테 접근하지 말거라—!』
오르엘을 향해 털을 바짝 세운 검은 고양이 로레가 갑자기 나타났다. 그것을 본 크라하는 설마 하며 목소리를 높였다.
"서, 설마…… 로레 님?"
『응? 너는 혹시 듀란의 동생이냐? 어찌 여기에 있는 게냐?』
그 말을 들은 류르도 "뭐?" 하고 되물었다.
"동생……?"
『그러하니라. 류르 바로 아래 동생이니라. ……티오츠가 가르쳐주지 않은 것이냐?』
"있다는 건 알았지만…… 어? 이 사람이 그렇다고?"
『뭐냐, 몰랐던 게냐.』
류르와 크라하는 서로를 빤히 바라보았다. 류르는 당황을 감추지 못했고, 크라하는 어딘가 의심스럽다는 얼굴을 하고서 류르를 바라보았다.
"아~, 일단 자기소개를 할까?"
오르엘이 어흠 하고 헛기침을 했다.
수습되지 않는 사태에 크라하는 오르엘이 있어줘서 다행이라고 절절히 생각했다.

*

제대로 자기소개를 하고서, 류르의 살아온 내력과 크라하의 입장까지 모조리 질문받고 답했다. 크라하는 지쳐 축 늘어졌다.

가족의 수치스러운 일을 텐바르 왕족 앞에서 공개한다고 하는 것은 견디기 어려웠지만, 무엇보다 원인이 된 로레가 눈앞에 있는 것이 가장 컸다.

헬그너를 상징하는 로레가 여기에 있다는 것은, 지금 헬그너가 처한 상황이 상당히 위태롭다는 뜻이었다.

로레가 자국을 버렸다고도 볼 수 있었고, 듀란이 로레를 배신했다고도 볼 수 있었다.

게다가 타이밍 나쁘게 겹친 아미엘의 사건도 그렇고, 크라하는 그야말로 보는 사람 모두가 안쓰럽게 여길 만큼 몸을 떨며 창백해져 있었다.

크라하는 듀란이 어째서 이러한 행동을 취했는지, 지금에 이르러서야 겨우 이해했다.

"크라하 님, 일단은 진정하게."

"하지만! 이래서는…… 우리나라는……!"

크라하는 당장에라도 울 것 같은 얼굴을 하고서, 로레를 있는 힘껏 바라보았다.

"로레 님은 우리나라를 버리시는 겁니까?!"

어째서 모습을 드러내지 않게 되었는가. 이것이 답이었다는 것을 안 크라하는 절망 가득한 목소리로 말하고 있었다.

『……무슨 말을 하는 것이냐?』

진심으로 의아하다는 듯이 말하는 로레에게 크라하는 감정을 자제하지 못하고 소리쳤다.

"무슨 말씀을 하시는 건지 모르겠는 건 로레 님입니다! 모습을 보이지 않게 된 로레 님을 우리나라가, 얼마나 애타게 기다렸는지 아십니까?!"

『그, 그건…….』

"로레 님은 우리를 버리신 겁니까……?"

그렇게 말하며 울기 시작한 크라하를 보며 로레는 당황했다.

『어찌하여 그리되는 것이냐? 어째서냐? 이 몸은 그저 류르와 있고 싶었을 뿐인데…….』

그 말을 들은 크라하는 눈물이 그렁한 눈으로 류르를 찌릿 노려보았다.

"그럼 당신이 로레 님을 빼앗았나?!"

"빼앗아……?"

"우리나라가 얼마나 로레 님을 신앙하며 사모하고 있는지 모른다고 말하는 겁니까?! 우리나라의 이름을 자처한다면 모를 리가 없지 않습니까?"

로레의 이름이 새겨진 이름을 가졌으면서, 뻔뻔하게 로레 옆에 있다.

지금까지 수수께끼였던 것이 확실해졌다. 크라하는 겁먹었던 태도에서 일변하여, 류르를 적이라고 말하는 듯한 시선으로 노려보았다.

"형님의 마음이 이제야 이해됩니다……!"

어머니가 다르다는 이유로 미움을 받고 있었기에, 나라에서의 입장은 나빴다고 할 수 있었다.

그러나 크라하는 나라가 세워진 과정을 들으면서 자랐고, 나라를 수호해주는 정령을 사모하며 자랐던 것이다.

나라를 짊어지는 위치의 사람이 이 사실을 알면 어찌 생각할지 같은 건, 불을 보듯 뻔히 알 수 있었다.

방 안의 분위기가 살벌하게 바뀌었다 이대로는 안 된다고 여긴 오르엘은 서둘러 크라하와 류르를 떼어놓으려 했다.

"여기에 있었나. 찾았다."

갑자기, 이 자리의 분위기를 찢는 듯한 위압감이 풍겨왔다.

방에 있던 자 전원이 흠칫하면서 목소리가 들린 쪽을 보자, 신성한 빛을 두른 대정령이 공중에 떠 있었다. 이전 로레가 할퀴었던 호제였다.

호제는 로레를 보고 그 일을 떠올렸는지, 싫다는 표정을 지으며 로레에게서 조금 거리를 두며 알렸다.

"때가 됐다. 너희는 그 나라로 돌아가지 마라. 그러지 않으면 저주에 말려들 거다."

『뭐, 뭐라고……? 무슨 말씀입니까?』

NOVEL

아빠는 영웅, 엄마는 정령, 딸인 나는 전생자. 8
© Matsuura, keepout 2021 / KADOKAWA CORPORATION
[NOT FOR SALE]

"공주님의 숙청이 시작되었다. 그 나라는 한동안 어둠에 갇히겠지."

방 안이 술렁였다. 류르 일행이 당황하고 있는 중에 크라하가 아연실색하며 말했다.

"나라가…… 어둠에 갇힌다고……? 그건…… 우리나라 헬그너를 말하는 겁니까?"

그 말을 들은 호제가 크라하를 힐끗 보았다.

"저주받은 자를 이끈 응보다. 죽고 싶지 않으면 여기에 머무는 것이 좋다."

용건은 끝났다는 듯이 사라지려 하던 호제에게 로레가 매달렸다.

"뭐냐……?!"

『이 몸의 나라가! 류르와 약속한 나라가……!!』

울면서 로레는 소리쳤다.

『이 몸의 나라가 죽어버려!!』

온몸의 털을 세우고서 로레는 호제에게 발톱을 세웠다.

『공주님이 계신 곳에 데려다줘—!!』

"아파! 아파아!! 이놈! 그만둬라!"

로레와 호제의 격투가 시작되었다.

제63화 가족의 도움

엘렌이 스스로 말한 '각오'라는 말은 자신에게 들려주는 것이나 다름없는 것이었다. 각오가 없으면 소중한 것을 지킬 수 없다. 여신에게 들은 말을 몇 번이고 반추한다.

이대로라면 헬그너는 죽음의 나라로 변한다. 그것을 막기 위해서도, 이 자리에서 어떻게든 아미엘을 정화해야만 했다.

엘렌은 여신으로서, 아미엘을 '정화'하는 것이다.

그러나 엘렌이 힘을 해방하려 한 순간, 갑자기 눈앞에 익숙한 얼굴이 나타나 엘렌 일행은 놀랐다.

"이 망할 고양이가! 또 내게 상처를 냈겠다!!"

대피했을 터인 호제가 분노로 가득한 얼굴로 무언가를 획 던졌다.

그것은 공중에서 빙글 회전하더니 착 하고 지면에 내려섰다.

"으아앗!"

마찬가지로 던져져 구른 것은 류르였다. 로레와 류르가 호제와 함께 전이해 온 것을 알았다.

"어째서 여기에?!"

놀란 엘렌의 존재를 눈치챈 로레가 퍼뜩 무언가를 떠올린 얼굴을 하더니 엘렌에게 외쳤다.

『공주님! 부디, 부디 그만둬 주십시오!!』

"어?"

『우리나라를…… 이 몸의 나라를 어둠에 물들이지 말아주십시오!』

"설마, 로레……님?"

놀란 듀란의 목소리가 들렸다. 좀처럼 모습을 드러내지 않았던 로레가 나타나 놀란 모양이었다.

로레도 듀란이 있다는 것을 아는 듯했지만, 무시하고 엘렌에게 애원했다.

『듀란이 저주받은 자를 끌어들이고 말았다고 들었습니다. 허나, 허나 그건 이 몸 탓입니다!』

크라하가 울면서 소리쳤던 말에 로레는 자신이 어떠한 입장이 되어 있는지를 알았다.

자신의 소관이 아닐지도 모른다. 그러나 로레는 류르와 만나 눈앞이 온통 기쁨으로 물들어버렸고, 지키겠다고 약속했음에도 듀란과 모두를 소홀히 하고 말았다는 것을 깨달았다.

그것이 돌고 돌아 뒤틀려버렸고, 이런 일이 되어버렸다. 이건 전부 자신이 원인이라고 소리쳤다.

"이미 늦었어. 저 애는 이제…… 돌아올 수 없게 되고 말았어."

들려온 엘렌의 목소리는 몹시도 차갑게 느껴졌다.

그러나 엘렌의 얼굴을 본 그 자리에 있던 자들은 깨달았다. 엘렌은 눈물을 참으면서, 매우 슬퍼 보이는 얼굴을 하고 있었던 것이다.

아미엘은 어머니에게 배신당하고, 그 슬픔이 소용돌이쳐서 저주에 삼켜지고 말았다는 것을 엘렌은 알아버렸다. 가능하다면 구하고 싶었다고 말없이 호소하는 그 모습에 모두는 이제야 겨우, 엘렌이 분노한 의미를 착각하고 있었다고 깨달았다.

로레와 모두가 미움을 보내고 있었을 터인 저주받은 자라는 존재에게 엘렌은 마음을 쓰고 있었다. 그 사실을 알아챈 로레는 당황했다.

『공주님……? 설마 저주받은 자를……?』

"저주받은 경위는 있을지언정, 그건 저 아이 탓이 아냐. 그걸 이용해서 저기까지 몰아붙인 건 너희잖아! 제멋대로인 사정을 밀어붙여서…… 저주받은 왕과 너희가 뭐가 다르다는 건데?!!"

몬스터 템페스트에서 나라를 지키려 잘못된 방법을 써버린 텐바르의 시조.

그러나 듀란은 악의를 담아 아미엘을 이용했다. 이렇게 되어버린 아미엘을, 엘렌을 지키고 쓰러진 가디엘을 죽어 마땅하다며 웃은 듀란에게는 혐오감밖에 들지 않았다.

분노한 나머지 힘이 풀렸는지, 아미엘을 구속하고 있던 엘렌의 마법이 큰 소리를 내며 튕겨 나갔다.

"이런……!"

엘렌이 서둘러 마법을 발동시켰지만, 정령의 존재를 눈치챈 어둠이 일직선으로 가장 가까이에 있던 로레에게 손을 뻗었다.

『꺄아아아아! 저주니라!』

"로레!"

로레가 털을 세우며 소리쳤다. 로레의 이름을 부르는 류르의 목소리가 들려왔다. 그러나 로레의 몸을 감싼 것은 류르가 아니었다.

"크읏……!!"

"폐하!"

측근인 올가스가 소리쳤다. 로레를 왼손으로 감싼 듀란의 오른 팔을 휘감은 어둠의 촉수를 올가스가 서둘러 검을 크게 휘둘러 베어냈으나 듀란의 팔을 감고 남아 있던 어둠은 그대로 듀란을 침식하려 작은 손을 꿈틀거리며 뻗었다.

그 끔찍한 모습을 목격한 로레가 외쳤다.

『듀란! 듀란!!』

로레의 비통한 외침이 숲에 메아리쳤다. 그러자 갑자기 다른 정령의 기척이 느껴졌다. 튕기듯 그쪽을 보자 빛을 두른 하얀 고양이가 있었다.

『로레!』

『어, 언니……?』

『서두르거라! 이대로는 듀란이 위험하니라!』

로레와 한 쌍인 에레가 소리쳤다. 퍼뜩 정신을 차린 로레는 에레와 함께 힘을 해방했다.

두 마리의 고양이는 듀란을 둘러싸고, 으스스하게 손을 뻗고 있던 어둠을 향해서 털을 세웠다.

『캬아!』 하는 위협과 함께 두 마리의 고양이가 빛났다. 두 개의 빛은 부드럽게 퍼져나가 듀란에게 달라붙어 있던 어둠을 순식간에 떼어냈다.

『서둘러라! 도망쳐야 하느니라!』

어둠이 달라붙어 있던 곳은 치이이 하는 소리를 내며 옷이 녹고, 피부까지 녹을 만큼 타 짓물러 있었다.

그것을 전혀 개의치 않고 듀란은 다시 로레를 왼손으로 감싸며 아미엘에게서 서둘러 거리를 벌렸다.

엘렌은 다시 아미엘을 구속하려고 다양한 광물을 날려보았지만, 아미엘에게는 통하지 않고 전부 다시 튕겨 나왔다.

아미엘의 목소리가 되지 못한 소리가 진동이 되어 대지를 흔들었고, 땅이 울렸다. 불안을 불러일으키는 그 소리는, 점점 커져갔다.

"크으읏……!"

차례차례 마법을 날리지만 끝이 없었다. 이대로라면 엘렌도 힘이 다하고 만다.

『공주님!』

『가세하겠습니다!』

로레는 듀란의 품에서 뛰어내려 에레와 함께 엘렌에게 합류했다. 두 마리는 반짝이며 빛났고, 아미엘의 어둠을 조금이라도 없애려 분투했지만, 아미엘의 비명이 메아리치며 지진을 불러일으켰다.

『꺄앗!』

"로레!"

흔들리는 지면에 균형을 잃었다는 걸 알아챈 류르가 서둘러 로레를 품에 안았다. 마찬가지로 비틀거리며 무릎을 꿇은 듀란의 존재를 알아챈 에레가 듀란 곁으로 달려갔다.

“설마 당신은…….”

『미안하구나. 미안해! 로레가 저렇게 되어버린 건 이 몸 탓이니라……!』

에레는 울면서 듀란을 지켰다.

듀란은 눈앞의 하얀 고양이 정령을 보며 당혹스러워했다. 문득 로레는 무사한가 싶어 그 모습을 찾았고, 류르의 품 안에 있다는 걸 알았다. 듀란은 팔의 통증과 다르지 않은 통증을 참으며, 이를 으드득 악물었다.

엘렌은 뻗어 오는 아미엘의 촉수들에 다 대응하지 못했다. 이대로는 밀리고 만다.

‘상황이 좋지 않아. 어떻게 해야 하지……?’

초조함이 엘렌의 얼굴에 배어 나오고 만 그 순간, 어디선가 엘렌을 부르는 목소리가 들려온다는 것을 깨달았다.

—엘레…… 불, ……러…….

‘이 목소리는……!’

엘렌은 순간 깨달았다. 오리진이 했던 말을. 쌍둥이 여신이 괜찮다고 했던 말의 의미를.

엘렌은 자신의 역할이라며 지나치게 진지하게 받아들이고 있었다.

'아냐. 나는 혼자가 아니야. 가족이 있어!'

"아크 오라버니!!"

엘렌의 목소리에 답하듯, 둥실하고 커다란 빛이 공중에서 쏟아져 내렸다. 그 중심에는 마소를 관장하는 아크가 있었다.

갑자기 나타난 힘의 존재를 알아챈 아미엘에게서, 마치 겁먹은 것처럼 쏴아아아 하고 어둠이 물러났다.

"드디어…… 불렀, 어. 내, 작은, 여신."

기쁜 듯이 엘렌에게 웃어 보이던 아크의 눈초리가 아미엘을 본 순간 스윽 가늘어졌다.

아크가 아미엘을 척하고 가리키자, 주변에 가득하던 어둠이 갑자기 움직임을 멈추고 부들부들 떨기 시작했다.

아미엘의 저항을 비웃듯이 아크가 허공에 원을 그리듯 가볍게 검지를 빙글 돌리자, 아미엘의 어둠이 아미엘을 중심으로 빙그르르르르르 돌기 시작했다.

『캬아아아아아아아아아아!!』

아미엘의 비명인지, 고속으로 돌면서 발생한 소리인지는 알 수 없었다.

'아크 오라버니는 마소의 움직임을 멈추지 못해…… 하지만, 움직임을 제어할 수는 있어!'

멈추지 못한다면 구체 상태로 축소시켜서 돌리면 된다. 마소를 관장하는 정령은, 그 힘의 방향 따위는 간단히 바꿀 수 있는 것이다.

"대단해……."

안심한 엘렌의 중얼거림이 들리자 아크가 엘렌을 보며 가볍게 웃었다.

"아주, 열심히 했어."

엘렌의 머리를 쓰다듬어주는 아크의 다정함에, 엘렌은 안심하며 팽팽하게 당겨졌던 실이 끊어질 듯한 상태가 되었다.

"아크 오라버니, 고맙습니다……!"

주변 사람들은 아크와 아미엘을 멍하니 바라보고 있었다. 아크의 압도적인 힘을 보고 꼼짝하지 못하게 된 듯했다.

이 이상 방해를 받는 건 곤란하다. 한다면 바로 지금이라고 엘렌은 마음을 단단히 먹었다.

찌릿, 눈초리를 바꾸고 아미엘을 보는 엘렌의 모습을 본 아크는 엘렌의 뒤로 돌아가 엘렌의 두 어깨에 손을 올렸다.

"보조…… 할게. 괜찮아. 엘렌."

"네!"

저주에 물들어버린 영혼을 구하는 것은, 바로 지금.

엘렌은 자신의 안에 있는 힘에 집중했다.

엘렌은 무의식적으로 제어해 몸이 성장하지 않은 만큼, 자신의 힘과 몸의 균형이 맞지 않았다.

그것이 원인인 줄도 모르고, 무리하게 힘을 쓰다 몇 번이나 쓰러진 일이 있었다. 하지만 이번엔 다르다. 가족이 옆에 있는 것이다.

아크가 주변의 마소를 조종해 엘렌 안으로 흘려 넣어 부족한 만큼의 힘을 보충해주고 있다는 것을 알았다.

'괜찮아, 할 수 있어……!'

엘렌은 원소를 조작해 힘을 쓰던 때, 깨닫지 못했던 것이 있었다. 그것은 너무나도 당연한 감각이었기 때문에, 보이지 않았다고도 할 수 있었다.

'나는 광물의 정보를 아무렇지 않게 얻을 수 있었어. 그건 무의식적으로 힘을 써서 정보를 읽어냈다는 것…….'

엘렌은 특정 파장역을 가진 전자파조차 무의식적으로 쓰고 있었던 것이다.

아마도 관장하는 속성에 관한 것은 정령에게는 너무나도 당연해서, 적당히 넘기고 마는 것이리라.

전자파를 다룰 수 있다면, 그 자리의 정보도 얻을 수 있는 것이 아닐까 하고 엘렌은 생각했다.

사람에게는 미약한 전파가 흐르고 있다. 몸을 움직이는 것도, 뇌가 전기적인 신호를 보내고 있기 때문이다.

그것은 몸의 바깥쪽으로도 배어 나와서 보이지 않는 전기의 베일이 전신을 감싸고 있다.

'인간에게도 사물에도 준정전계가 있지. 그것들의 정보를 읽어내듯이, 아미엘에게 달라붙은 저주를 정보로써 읽어낼 수 있을 거야.'

기록된 동포들의 저주를 읽어내고, 데이터로서 다루어 소거하는 것이다.

'그래서 어머니에게 나는 존재를 관장한다는 말을 들은 거구나…….'

인간의 기억조차도 손을 대 지워버리면, 그 존재는 사라지는 것과 마찬가지다.

그래서 사람은 잊지 않기 위해 책과 비석 같은 것에 기록을 남기려 한다.

그것은 무의식적으로, 사라진다고 하는 공포에서 도망치려 하는 행동이었다.

아미엘은 저주와 거의 동화되어버렸다. 즉, 저주를 지우면 아미엘 자신도 무사히 넘어가지는 못할 것이다.

'정화라니, 정말이지 형편 좋은 말이야…….'

그것은 여신 측에서 본 형편 좋은 말이었다. 아미엘의 입장에서 보면 엘렌은 죽음을 관장하는 여신이었다.

한 여자아이의 기억, 그리고 동포들의 원한의 목소리를 지워버리고 만다고 하는 공포. 그것이 해방이라는 말을 들어도, 엘렌의 마음속에서는 복잡한 생각이 사라지지 않았다.

그러나 이대로는 안 된다. 저주는 주변을 삼키고, 몬스터 템페스트로 변하고 만다.

듀란의 말대로 이 재앙을 물리치게 되고 마는 것에 부아가 치밀었지만, 그리 말하고 있을 수 없을 만큼 사태는 심각해져버렸다.

사로잡힌 채인 그들을 해방시키는 것도, 엘렌의 여신으로서의 역할인 것이다.

엘렌은 결의를 담은 눈으로 찌릿, 아미엘을 바라보았다.

엘렌은 힘을 해방했다. 그것은 아미엘을 감싸듯이 빛의 알갱이가 되어 나타났다. 전자파가 가시화 광선이 되어, 빛으로 보이는 것 같았다.

『뭐, 뭘…… 시, 싫어, 싫……어……!』

빛의 중심에서 아미엘의 목소리가 들렸다.

『사라, 져?! 싫어……! 사라져! 내, 가, 사라……져!!』

"크읏……."

엘렌의 힘을 떨쳐내려고 아미엘이 저항하고 있다.

엘렌은 더욱 힘을 해방하여 아미엘을 감싸고 있는 저주까지 전부 빛의 입자로 감쌌다.

*

기억을 지우려면 한 번 정보를 읽어들일 필요가 있다. 그것은 동포들의 한탄의 목소리로 시작해, 그리고 그 중심에 있던 아미엘의 기억으로 이어져 있었다.

깨닫고 보니 엘렌은 새카맣게 칠해진 어둠 속에 있었다.

'……이건, 예전에 본 적이 있어.'

텐바르의 왕성에서 가디엘이 접근하는 바람에 저주가 활성화해 버렸던 사건.

그때 보았던 동포들이 울부짖으며 엘렌을 향해서 도움을 구하는 손을 뻗어왔던 기억.

영화의 한 장면을 보는 듯한 착각을 불러일으켰다. 이건 전에 무인도에서 체감했던 그 감각과 같았다.

텐바르의 왕족을 계속 저주하다 변질되어버리고 만 동포들의 영혼. 해방되고 싶다고 울부짖던 목소리는, 어째서인지 지금은 들려오지 않았다.

『아……아아…… 여신, 님의, 빛…….』

희미하게 들려온 동포들의 목소리는 엘렌의 힘에 이끌리듯이 빛을 향해서 손을 뻗고 있었다.

어둠 속에서, 새까만 해골처럼 모양을 바꾸었던 영혼들의 손이, 엘렌이 발한 빛을 잡으려 필사적으로 뻗어졌다.

『……돌아, 가고…… 싶어………….』

울고 있는 목소리에 끌린 것처럼, 빛이 어둠으로 다가가 감쌌다.

그러자 어둠은 빛과 하나가 된 것처럼 옅어지고 알갱이가 되어, 사르륵사르륵 사라져갔다.

『아…… 아아………….』

빛은 다정하게, 어슴푸레하게, 어둠을 감싸며 사라져가는 것을 알 수 있었다.

소용돌이치던 저주가 점점 풀려가는 것이 느껴졌다.

아미엘을 중심으로 소용돌이치던 어둠의 덩어리는 차례차례 흩어졌고, 그리고 마지막으로 남은 것을 엘렌은 보았다.

*

줄곧, 줄곧, 찾고 있던 것이 있다.

언제나 옆에 있을 터인 어머니의 온기가 어느샌가 차갑게 바뀌었다는 사실에서 눈을 돌리고, 따뜻하다고 자신을 계속 속였다.

그렇게 만든 것은 그 증오스러운 남자고, 어머니도 그 피해자라서 어쩔 수 없다. 그 주변에 있던 자들 탓이다. 어쩔 수 없다. 자신은 잘못하지 않았다.

그 녀석들이 있었기 때문에, 미워하면, 나는 나쁘지 않다, 여기에서 빠져나가서, 행복한 가족으로 돌아가는 거다…….

손으로 더듬거려 되살리는 먼 어린 시절의 기억.

따뜻하게 감싸주던 그때의 기억.

『어머……니, 어……디야……?』

『아, 버지, 어……디……?』

아미엘의 영혼은 저주의 영향을 받아서 너덜너덜해졌다.

군데군데가 빠지고, 작은 덩어리가 되어서도 여전히 가족을 찾으며 필사적으로 손을 뻗고 있었다.

"어째……서."

이런 상황까지 아미엘이 내몰렸어야만 했던 것인가. 그 답으로 아미엘의 기억이 엘렌에게 흘러들어왔다.

어머니가 전부였던 얼마 전의 라필리아와 마찬가지였다.

아기엘의 제멋대로인 행동을 사우벨이 규탄하면 할수록 아미엘에게는 적으로 인식되어갔다.

고집을 부리는 것도, 다른 사람을 업신여기는 것도 당연하다고 아기엘에게 배운 탓에 어린 아미엘은 선악을 판단할 수 없었다.

새겨지고 만 잘못된 상식 탓에 여기까지 뒤틀리고 말았다.

제멋대로인 어른들의 상황으로, 여기까지 와버린 것이다.

아미엘이 로벨을 "아버지"라고 부른 것은 어린 시절부터 아기엘에게 그렇게 주입받은 탓이라는 것을 안 엘렌은 눈물이 멈추지 않았다.

로벨과 오리진에게서 받은 엘렌을 향한 애정을, 아미엘도 역시 그저 순수하게 가족에게 받고 싶었던 것뿐이라고 깨닫고 말았다.

"이 애는 가족에게서 사랑을 받고 싶었을 뿐이었는데……!!"

순수한 마음을 듀란이 파고들어, 여기까지 오고 말았다.

엘렌은 눈물이 멈추지 않았다. 로벨과 가족들에게 애정을 듬뿍 받았기 때문에 더더욱 아미엘이 받았던 처사가 괴롭게 느껴지고 말았다.

동정하며 가엽게 여길 자격 같은 건 엘렌에게는 없다는 걸 알고 있었다. 그래도 너무하다고 생각하지 않을 수 없었다.

엘렌은 거칠게 눈물을 훔치고, 아미엘을 향해서 두 손을 뻗었다.

아미엘의 괴로운 기억과 함께, 모든 것을 해방시키려 한 때였다.

『어, 머, 니……?』

아미엘은 그렇게 말하면서 엘렌에게 손을 뻗었다. 자신을 향해서 뻗어온 작은 손을 보고, 엘렌은 멍해지고 말았다.

갓난아기만큼 작아져버린 아미엘의 영혼은 본래의 원형조차 유지하지 못하고 있었다.

아미엘의 손은 새하얘져서 마치 도자기로 된 인형 같았다. 끝부터 파스스 조각이 무너져 내렸고, 곳곳에 커다란 금이 갔다.

저주에 침식되었던 부분이 해방된 탓인지 아미엘의 영혼까지 깎여나가고 만 것이리라.

예전에 보았던 저주가 된 동포들의 해골 같은 모습과 닮았지만, 새하얗기 때문인지 그때의 공포는 느끼지 않았다.

아미엘의 공동처럼 변한 눈에서 눈물이 흘러나왔고, 엘렌을 향해서 필사적으로 손을 뻗었다.

『어, 머……니…….』

"……나는, 네 어머니가 아냐."

『어머……니……? 아, 냐……?』

"아냐. 아니야……."

아니라는 말을 듣고 아미엘의 눈에서 다시 눈물이 넘쳐흘렀다.

『어머, 니…… 어디…… 외로, 워…….』

"……읏."

『사라, 져…… 사라…… 무서워………….』

점점 작아져가는 아미엘의 목소리. 무너져가는 몸. 아미엘의 눈물과 함께 빛이 되어 사라져갔다.

머릿속에 직접 울리는 목소리는, 혼자인 건 무섭다며 우는 작은 어린아이의 목소리였다.

소용돌이치는 마소의 영향을 정면으로 받은 아미엘의 몸은 이미 변질되어 어디에도 없었다.

아미엘의 영혼의 본질이었던 새하얀 마음만이, 여기에 남아 있다.

남은 영혼의 조각이 필사적으로 어머니를 찾는 목소리가 울렸고, 엘렌의 가슴을 울렸다.

아기엘의 말을 그대로 듣고 잘못된 길을 가고 만 아미엘과 도중에 깨달은 라필리아의 차이는 어디에 있는 것일까.

라필리아는 지금은 모두에게 사랑받는 존재가 되어 사우벨과 함께 새롭게 생긴 가족과 웃을 수 있게 되었다.

하지만 라필리아도 그대로 깨닫지 못했다면, 아미엘과 똑같아졌을지도 모른다.

"어째서, 이 애만……."

분명 가디엘에게 심한 말을 했을 때는, 주변을 모조리 불태워버리고 싶은 분노를 느꼈다. 로벨을 빼앗으려 드는 아미엘에게 짜증을 냈다.

그러나 아미엘의 본심을 듣고 만 지금, 그때 느꼈던 분노는 슬픔으로 바뀌었다.

각각의 가정의 사정이라는 것도 분명 있을 테지만, 아미엘의 순진한 마음을 들어버린 지금, 엘렌의 마음은 흔들리고 말았다.

『외로, 워…… 외로…… 어머니…….』

그저 그 말만을 반복하며 우는 작은 어린아이의 목소리.

그 슬픔을, 여신으로서 그저 지워버려도 괜찮은 것일까?

길을 잃고 만 작은 어린아이의 우는 소리와 무엇이 다른 것일까?

엘렌은 뻗어 온 아미엘의 손을 향해서, 자신의 손을 뻗었다.

제64화 정화

소용돌이치던 어둠의 주변은 엘렌의 힘으로 정화되어 빛으로 가득해져 있었다.

아크는 평소의 흐리멍덩한 표정과 전혀 다르게 진지한 눈빛으로 엘렌의 힘에 이상이 생기지 않는지 지켜보고 있었다.

엘렌은 눈치채지 못했지만, 이 숲의 상공에는 엘렌을 보좌하기 위해 리히트를 필두로 영아의 부대를 포함한 대정령들이 여럿 대기하고 있었다.

엘렌이 여신으로서의 힘을 쓴 것을 상공에서도 알 수 있었다. 리히트 일행은 숲의 중앙에서 빛이 넘쳐 나오는 것을 조용히 바라보고 있었다.

이 자리에 대정령들이 모여 있다고는 하나, 증폭되고 만 텐바르 왕족의 저주에는 아크 이외엔 대처할 수 없었다.

그러나 어째서인지 쌍둥이 여신이 가까이에서 대기하라는 명령을 내린 것이다.

리히트 일행은 상공에서 동포들의 영혼이 정화되어 하늘로 오르는 모습을, 그저 조용히 지켜보고 있었다.

"왠지 복잡한걸."

리히트의 옆에 있던 아우스톨이 조용히 중얼거렸다. 당시의 상황을 아는 면면은 정령들을 학살한 텐바르 왕족을 용서할 마음은 털끝만큼도 없었다.

그러나, 이렇게까지 동포들의 영혼이 뒤틀려 버렸으리라고 생각하지 못했던 것도 사실이었다.

게다가 그 저주의 작용을 이용해서 정령 여왕의 남편인 로벨을 무력화해 납치하려 하다니, 역시 인간의 생각은 비열했다.

"쌍둥이 여신은 이걸 보았을 거야. 우리의 행동에서 무엇이 태어나고, 그리고 무엇을 시련으로 삼을 것인가……."

리히트가 괴로워하며 말하는 옆에서 아우스톨도 미간에 주름을 잡았다.

"아크 형님을 가두어두었던 일이나, 정령들을 학살하고 동포들의 영혼이 저주로 바뀌어버린 것도 전부…… 어머니가 새 여신을 낳고, 그 힘을 각성시키기 위한 아버지의 제약이었다고 한다면……."

쌍둥이 여신은 모든 것을 내다보고 있으니, 이리될 미래를 알고 있었을 것이다.

정령의 학살에 관해서도, 사전에 쌍둥이 여신이 오리진에게 가르쳐주었다면 회피할 수 있었을 거라고 당시의 대정령들은 오리진에게 따졌던 일도 있었다.

오리진은 쌍둥이 여신에게 아무것도 듣지 못했었다. 그건 즉, 쌍둥이 여신은 알고 있어도 가르쳐줄 수 없는 일이었는지도 모른다.

여신에게도 제약이 있다. 여신에게 주어진 아버지의 제약이 무엇인지 리히트들로서는 알 도리가 없지만, 여신들이 어떻게 할 수 없는 일이라면, 자신들이 무언가 할 수 있을 리도 없었다. 대정령들은 희생된 동포들의 슬픔을 가슴속에 담아둘 수밖에 없었다.

"그럼, 이것들은 전부 필요했던 일이라는 건가?"

"그렇지 않았다면 몬스터 템페스트가 일어나서, 죽어가던 로벨 형님이 정령계에 오는 일도 없었을 테니까. 그렇게 되면 엘렌도 태어나지 않았겠지?"

하늘에 뜬 채로 리히트와 아우스톨은 심각한 표정을 지었다.

동포들의 희생이 있었기 때문에 모든 것이 이어졌다. 그리고 엘렌이 태어나, 여신으로서 각성했다.

모든 것은 결과론일 수밖에 없었고, 진실이 어떠한지는 알 수 없었다. 그러나 모든 것을 내다보는 여신이 있으니, 회피할 수 있는 가능성이 있었던 것도 사실이었다. 그러지 못했다고 하는 것은, 어떠한 의미가 있다고 생각할 수밖에 없었다.

동포들은 그걸 위한 희생이었는지도 모른다고 생각하면 견디기 어려운 부분도 있지만, 정령으로서의 역할로 생각하면 여신의 탄생에 자신을 바친다는 것은 무척이나 명예로운 일이라며 부러운 마음도 들었다.

그리 생각하는 것은 아우스톨도 마찬가지였는지, 하늘로 오르고 있는 빛을 바라보면서 "저 녀석들의 외침은 무의미하지 않았다는 건가" 하고 중얼거렸다.

"저주의 진실을 안 엘렌은 어머니에게 이렇게 말했다고 하더군요. 인간보다도 지금을 사는 정령보다도, 사로잡힌 채인 동포들의 바람을 들어주고 싶다, 라고……."

"……공주님답네."

다정한 엘렌이 그 진실을 알면 분명 크게 울음을 터뜨리리라.

"엘렌에게 말하면 안 됩니다."

"말할 리가 없지. 그저, 저 공주님은 스스로 깨달아버릴 것 같지만."

"아아…… 확실히, 엘렌은 그런 아이지."

위태로워서 눈을 뗄 수 없는 다정하고 작은 여신.

화가 나면 손을 댈 수 없을 만큼 엄청난 일을 저지르지만, 마지막까지 자비를 잊지 않는다.

"아무 일도 없으면 좋겠는데……."

무심코 입을 뚫고 나온 말에 자기가 더 놀라 리히트는 쓴웃음을 지었다.

그것은 아우스톨도 마찬가지였는지, "아하핫" 하고 크게 웃고 있었다.

"공주님은 마지막에 무슨 짓을 저지르니까~."

"……응?"

그래서 쌍둥이 여신이 대기하라고 말했는지도 모른다. 리히트는 거기서 무언가 걸리는 느낌을 받았고, 엘렌이 걱정이 되기 시작했다.

"괜찮을까……."

"그, 뭐, 어떻게든 되겠지."

불안을 느끼는 두 사람을 보며 다른 영아의 멤버들까지도 흠칫했다.

그 예감이 들어맞은 것인지도 모르지만, 두 개의 커다란 존재가 갑자기 리히트 일행의 옆에 나타났다.

"앗?!"

놀라는 것도 무리는 아니다. 바르와 보르가 당황한 기색으로 전이해 왔던 것이다.

쌍둥이 여신은 엘렌의 옆을 향해서 서둘러 날아갔다. 그 범상치 않은 모습에 리히트들도 쌍둥이 여신의 뒤를 따라갔다.

"엘렌, 안 돼! 그 영혼은 정화하지 않으면 안 돼!"

"망가진 영혼을 선정해서는 안 돼!"

쌍둥이 여신이 엘렌을 향해서 그렇게 소리쳤다. 그러나, 이미 늦었다.

*

엘렌은 눈앞의 작은 손을, 살며시 양손으로 감쌌다.

『…………어, 머……?』

"나는 네 어머니가 아냐. 미안해. ……이미 모두 정화되었어. 함께 갈래?"

이쪽의 말은 아직 조금 이해하는 것이리라. 엘렌의 말을 듣고 아미엘은 동요했다.

『……나…… 모, 두………… 사라지면…… 좋겠다고…….』

"응."

『사라…… 모, 두…… 사라, 져…….』

"응."

『우……으으…… 외로, ……외로, 워…… 모, 두, 없…… 없…….』

"……응."

사라지라고 소리쳤던 말은, 너무나도 슬픈 나머지 나와버린 말이었는지도 모른다.

그저 한 명의 여자아이가 나라를 뒤흔들 수 있을 정도의 일을 저지른 것은 역시 뒤에 헬그너가 있었기 때문이리라.

아미엘의 슬픔과 미움이 이용당해, 돌이킬 수 없는 곳까지 내몰리고 말았다.

『나, 를…… 모두, 싫어해…… 어머…… 니, 도……?』

"뭐?"

『어머, 니, 나, 싫어…….』

"아미엘……."

『으아, 아아아…….』

슬픔과 후회의 통곡.

아기엘이 어떤 식으로 아미엘을 생각했는지는 모르지만, 이렇게까지 아미엘이 저주와 동조해버린 이유를 엘렌은 왠지 알 것만 같았다.

'아기엘에게 매정한 말을 듣고, 저주와 아미엘의 마음이 동화되어버린 건지도 몰라…….'

저주의 슬픈 비명과 지금의 아미엘의 비명이 겹쳐졌다.

엘렌은 몰랐지만, 가디엘의 저주가 정화되어가고 있던 것도, 가디엘의 마음과 저주가 동조했기 때문이었다. 마음 하나로, 저주의 힘이 작용해 이렇게까지 바뀌고 마는 것이다.

"그렇게 외롭다면, 내가 함께 있어줄게."

『…………함, 께……?』

엘렌의 말에 너무나도 놀랐는지 아미엘은 울부짖던 것도 잊고 살짝 멍해지고 만 듯했다.

"응. 함께. 나는 정령이니까, 쭉 함께 있을 수 있어. 모두는 정화되어 사라졌으니까…… 없는 사람들을 미워하는 건 이쯤에서 그만두는 게 어떨까? 안 그러면 언제까지고 슬픈 채일 거야."

『…………』

"이렇게 슬프다면, 바로 잊지 못하는 건 당연하겠지. 하지만 지쳤잖아? 잠시 잠들었다가, 깨어나면 내가 옆에 있어줄게."

『옆, 에…… 있어?』

"있을 거야. 줄곧 함께."

『함께……』

"응. 함께."

엘렌은 더는 부서지지 않도록 주의하면서, 살며시 아미엘의 영혼을 끌어당겼다.

천천히, 아미엘의 영혼을 양손으로 감싸자 아미엘이 조용히 말했다.

『……따뜻, 해…………』

울음 섞인 목소리로, 아미엘이 그렇게 말했다.

부서진 아미엘의 영혼은 너덜너덜했다.

엘렌은 여신으로서의 힘을 써서 아미엘의 영혼이 더는 부서지지 않도록 보호했다.

'……지금이라면 알 수 있어. 어머니가 내 영혼을 선택했다고 한 의미를.'

엘렌의 행동은 무의식이었는지도 모른다.

그래도 여신으로서 영혼을 선택한다는 의미는, 막연히 이런 것이리라고 생각했다.

오리진도, 엘렌의 영혼을 사랑스럽다는 마음으로 줄곧 품고 있었던 것이리라.

『어, 머……니…….』

어머니의 온기를 찾듯이 기대오는 갓난아기처럼, 아미엘은 엘렌에게 매달렸다.

슬프다며 우는, 그 눈물이 마를 때까지 옆에 있자.

외롭다며 우는, 그 목소리가 나오지 않게 될 때까지 옆에 있자.

이것이 여신의 선정이라는 것은 알지 못한 채, 엘렌은 자신의 안에 아미엘의 영혼을 품었다.

*

주변에 가득하던 빛이 찾아들자, 그곳에 서 있는 것은 엘렌 한 사람뿐이었다.

모든 것이 사라지고 말았다. 소용돌이치던 어둠도, 아미엘도, 어디에도 없었다.

유일하게 남아 있다고 한다면, 아미엘이 날뛴 흔적이 숲의 나무 곳곳에 할퀸 상처로 남아 있는 정도였다.

"……어떻게 된 거야?"

상황을 전부 보고 있던 듀란이 거칠어진 목소리를 냈다. 그 목소리에 퍼뜩 정신을 차린 듯 주변의 면면들도 느릿느릿 움직이기 시작했다.

마치 시간이 멈추기라도 했던 것 같은 착각을 느꼈다.

지금, 눈앞에서 일어난 일을 믿을 수 없어 류르도 로레도 아연실색하고 있었기 때문이다.

『공주님이, 녀석들을 정화해주셨어……!』

뚝뚝 정신없이 눈물을 흘리는 로레를, 무슨 일이 일어났는지 잘 이해하지 못한 채 당황스러운 기색으로 류르가 걱정했다.

"엘렌, 애썼어."

아크의 말이 엘렌의 귀에 닿았다.

엘렌은 자신의 가슴에 품은 영혼을 생각하면서 아크에게 "네" 하고 대답했다.

『공주님, 무사하셔서 다행입니다.』

"호제랑 모두도 고마워요. 억지를 부려서 미안해요. 아버지는 무사한가요?"

『네, 무사합니다.』

"다행이다……."

로벨이 무사하다는 말을 듣고 엘렌을 가슴을 쓸어내렸다.

그러나 엘렌의 가슴 안쪽에서, 슬픔의 눈물이 쏟아졌다.

『공주님?!』

호제와 모두가 엘렌의 눈물에 당황했다.

엘렌은 한눈도 팔지 않고, 그저 쓰러진 가디엘의 곁으로 달려갔다.

눈을 감은 채인 가디엘의 뺨에 뚝뚝 엘렌의 눈물이 떨어졌다.

"가디엘……."

가디엘의 가슴은 희미하게 움직이고 있었지만, 이대로 움직이지 않게 되리라. 그걸 알고 있으면서도, 어떻게 하면 좋을지 알 수 없어 망연자실했다.

엘렌의 슬픔을 알았는지, 모두가 엘렌의 뒷모습만을 바라보고 있었다.

그때, 상공에서 시끌벅적한 목소리가 메아리쳤다.

"늦고 말았어~~~!"

"엘렌! 어째서 부서진 영혼을 선정해버린 거야~~?!"

바르와 보르의 등장에 주변 면면들이 깜짝 놀랐다.

호제는 노골적으로 싫다는 얼굴을 하고서, 슬쩍 전이해 사라졌다. 아무래도 거리를 벌린 모양이었다.

"맞아, 여신."

아크의 말에 듀란과 그 호위, 류르까지도 놀랐다.

"엘렌! 선정하면 안 되잖아~~! 하필이면 부서진 영혼을 고르다니!"

"싫어~~! 정말이지, 여신의 제약은 이렇다니까……! 제일 중요한 부분이 보이지 않는 게 정말로 불편해!"

모든 것을 내다보는 보르가 그렇게 소리쳤다. 아무래도 제약이 걸려 여신 자신에 관한 일에는 간섭하지 못하는 듯했다.

보르는 지금까지의 엘렌을 바르와 함께 지켜보고 있었지만, 아버지의 제약으로 마지막의 마지막에 엘렌이 영혼의 선정을 해버릴 거라고는 알지 못한 것 같았다.

"엘렌이 스스로 정한 거라 보이지 않았던 거구나……. 엘렌은 우리 힘에 간섭할 수 있으면서…… 정말이지 어떻게 된 구조인 거람?"

여신의 제약조차도 빠져나가는 기술을 엘렌은 아리아의 단죄 때 일으켰다.

바르는 그때의 일을 떠올렸는지, 쌍둥이 여신은 둘이서 동시에 고개를 갸웃거렸다.

"뭐, 이미 일어나버린 일은 어쩔 수 없지."

"맞아. 그건 그거, 이건 이거. 서둘러야만 해."

갑자기 보르와 바르가 그렇게 말하며 태도를 바꾸었다. 하늘을 향해서 살랑살랑 손을 흔들었다.

"여기~~! 거기에 있지? 어서 운반해줘!"

상공에서 대기하고 있던 리히트 일행을 향해서 바르가 소리쳤다.

"앗…… 어머님?!"

"여어, 꼬마. 우리 기척을 느끼지 못했다니 아직 한참 꼬마네! 뭐, 잘했다."

"무슨……!"

줄곧 지켜보고 있었다는 것을 안 반은 동요를 감추지 못했다.

쌍둥이 여신의 말에 서둘러 내려온 리히트는 의아한 얼굴을 하면서도 울고 있는 엘렌이 신경 쓰여 견딜 수 없었다.

"엘렌이 신경 쓰이는 건 알았으니까, 어서 도련님을 정령성으로 운반해줘."

"맞아. 상을 줘야만 하거든."

도련님이라는 말을 들은 리히트는 미간에 주름을 잡았다. 그게 누구냐고 말하는 듯한 태도였던 탓인지 "도련님 말이야"라며 보르가 손가락으로 가리킨 곳을 보고, 리히트가 "뭐엇?!" 하고 소리쳤다.

보르는 가디엘을 가리키고 있었다. 텐바르의 왕족이라는 것을 알아채고 싫어하는 리히트들을 무시하고, 아우스톨만이 가디엘의 곁으로 다가왔다.

"아……."

가디엘을 데려가려 한다는 사실에 동요하며 무심코 감싸듯 엘렌은 가디엘을 몸으로 가렸다.

아우스톨은 엘렌의 머리에 툭 손을 올려두고 안심시키듯이 말을 걸었다.

"쌍둥이 여신이 꼬맹이한테 뭔가 상을 주겠대. 그러니, 걱정하지 않아도 괜찮지 않을까?"

"네……? 사, 상이요……?"

눈물로 엉망이 된 얼굴로 당황하는 엘렌에게 보르와 바르가 인

자하게 미소 지었다.

“맞아. 아주 열심히 해줬는걸. 엘렌. 도련님이라면 맡겨둬.”

“이렇게 되리라는 건 보였거든. 그러니까 보험을 걸어뒀어. 괜찮아.”

“보험…… 가디엘은 살 수 있는 건가요?”

“후후후.”

“그걸 정하는 건 도련님이야.”

가디엘 나름이라는 건 무슨 의미일까. 불안을 떨쳐내지 못한 채 당혹스러워하는 엘렌에게 바르는 타이르듯이 말했다.

“엘렌, 이 아이들한테 아직 할 말이 있지? 끝나면 정령성으로 오렴. 오리진이랑 로벨이랑 기다리고 있을게. 선정에 관해서도, 도련님의 앞으로에 관해서도 중요한 이야기가 있어.”

“……네.”

“괜찮아. 살아 있어.”

“맞아. 괜찮아.”

“네.”

그런 말까지 듣고 나면, 가디엘을 맡길 수밖에 없었다.

엘렌이 가디엘의 옆에서 떨어지는 것을 가늠해 아우스톨이 가디엘을 짊어지고 전이해 사라졌다.

리히트는 설마 운반을 맡기기 위해 우리를 대기시킨 거야?! 하고 경악하고 있었다.

‘괜찮아. 살아 있다고 했어. 괜찮아…….’

엘렌은 마음속으로 몇 번이고 자신에게 들려주고, 거칠게 눈물을 훔쳤다.

붉게 부어오른 눈이기는 했지만, 찌릿하고 듀란을 노려보았다.

"이야기가 있습니다. 헬그너의 왕."

엘렌의 낮은 목소리에 아주 살짝 듀란의 어깨가 떨렸다.

"……듣지."

어서 이야기를 마치고 모두가 기다리는 정령성으로 돌아가자.

*

엘렌이 듀란을 노려본 채로 입을 열려 한 때였다.

『공주님, 기다려주십시오! 나쁜 건 듀란이 아닙니다!』

류르의 품에서 뛰어내린 로레가 엘렌과 듀란 사이를 가로막고 섰다.

그것을 보고 있던 에레도 역시 듀란의 품에서 뛰어내려 로레의 옆에 섰다.

『공주님…… 로레도 나쁘지 않습니다. 전부 이 몸 탓입니다…….』

로레와 한 쌍이 되는, 낮을 관장하는 에레가 울면서 그렇게 말했다.

『언니……?』

"……무슨 말인가요?"

엘렌은 겨우 분노를 억누르며 애써 냉정하게 대답을 하려 했지만, 눈초리가 서늘해지고 말았다.

게다가 분노한 나머지 엘렌의 주변에는 빠직빠직하고 전자가 마찰을 일으켜 불꽃까지 튀고 있었다.

그 모습을 본 로레와 에레는 새파래진 안색을 하고서 몸을 떨었다.

"엘렌, 진정해."

"아!"

엘렌 주변의 마소가 이상을 일으키고 있다는 것을 눈치챈 아크가 엘렌을 진정시키려 뒤에서 불쑥 안아 들었다.

아크의 한쪽 팔에 안아 올려져, 강제로 시야가 바뀌고 말았다.

엘렌은 갑작스러운 상황에 눈을 깜빡이고, 눈앞에 있는 아크의 얼굴을 보았다. 아크는 엘렌에게 싱긋 미소 지어주었다.

"아크 오라버니."

"엘렌, 화내도, 좋은 일, 없어."

"…………."

"초조한 거, 알아. 하지만, 괜찮아."

그렇게 말하면서 아크는 엘렌의 머리를 상냥하게 쓰다듬었다.

아크는 2백 년 가까운 시간 동안, 인간에게 잡혀 힘을 계속 빼앗기고 있었다. 이 일련의 사건에서 가장 큰 피해자이기도 할 터인데, 아크는 단 한 번도 인간에게 원망을 말한 적이 없었다.

"아크 오라버니……."

학원에 잡혀 있던 때의 광경을 떠올린 엘렌의 눈에 다시 눈물이 번졌다. 감정이 불안정해졌는지도 모른다.

그것을 눈치챈 아크는 엘렌의 머리를 다정하게 감싸며 자신의 어깨로 엘렌의 얼굴을 가렸다.

엘렌의 어깨가 들썩이는 것으로 엘렌이 울고 있다는 것을 안 다른 면면들도 조용히 엘렌이 진정하기를 기다렸다.

그러나 바로 울고 있을 때가 아니라며 엘렌은 자신의 눈을 거칠게 문질렀다.

그것을 보고 있던 리히트가 "문지르면 안 돼"라며 엘렌의 손을 잡았다.

"내 소중한 여동생을 이렇게나 울리다니, 내가 이 나라를 어둠으로 감싸줄게."

리히트가 싱긋 웃으면서 잔혹한 내용을 가벼운 말투로 말했다.

리히트의 말을 들은 로레와 에레가 『히익!』 하고 새된 비명을 질렀다.

"나는 빛을 관장하잖아? 아주 쉬운 일이야. 그러니까 이제 울지 마."

리히트의 말을 듣고 듀란 일행도 말문이 막힌 모양이었다.

"엘렌, 미안해. 로레와 에레는 내 권속이야. 이 아이들이 이런 당치 않은 일을 일으킨 원인을 만들었다고 한다면, 내가 제재를 가할게."

『주인님! 부디, 부디 그것만큼은……!』

『이 몸의 나라에서 빛을 빼앗지 말아주십시오!』

"너희가 그 정도의 일을 저질렀잖아? 엘렌과 로벨 형님을 말려들게 하고서, 용서받을 수 있을 거라 생각했어?"

덜덜 하고 떨림이 멈추지 않는 로레와 에레는, 당장에라도 도망치고 싶다고 생각하고 있는지 허리가 뒤로 빠지고, 귀가 찰싹 눕고, 꼬리가 다리 사이로 들어가 있었다.

수염까지 뒤를 향하고 있는 것을 보면 상당히 겁을 먹은 모양이었다.

빛을 관장하는 리히트는 인간들에게 오리진과 쌍둥이 여신 다음으로 중요하게 여겨지고 모셔지는 대정령이다.

여신을 신앙하는 교회에서는 쌍둥이 여신 외에도 빛과 낮을 신앙하고 있다. 그중에서 에레는 낮을 관장하며 쌍둥이 여신의 신전을 지키는 존재로서 교회에서 모셔지는 정령이었다.

리히트의 말과 로레와 에레의 말을 들은 듀란도 자신이 대체 무슨 짓을 저질렀는지, 누구를 화나게 했는지를 겨우 이해한 듯했다. 그 얼굴은 점점 파랗게 질려갔다.

듀란은 로레의 주인인 빛의 대정령의 여동생을, 로레 대신으로 삼으려 했던 것이다.

엘렌은 로레의 대신이 될 만한 정령이 아니다. 게다가 그 엘렌을 화나게 하고 울려서, 엘렌을 귀여워하는 대정령들의 빈축을 샀다는 사실을 깨달은 것이다.

저주받은 텐바르의 왕족을 불쏘시개로 삼아 자신은 정령들의 편이라고 외치고 보니, 자신이야말로 정령의 적이 되어 있다는 것을 깨달은 듀란은 자신이 저지른 짓의 크기를 자각하고 아연실색할 수밖에 없었다.

"리히트 오라버니……."

엘렌은 어떻게든 진정하려고, 한 번 하늘을 향해 크게 몸을 젖혔다.

눈을 깜빡깜빡 몇 번이고 깜빡이면서, 꾸욱 무언가를 참는 듯한 동작을 하더니 리히트를 똑바로 바라보았다.

"제가 확실하게 말할게요. 말하지 않으면 안 돼요."

"……그래?"

"네. 그저, 무의식적으로 힘을 쓰면 안 되니까…… 아크 오라버니, 이대로 안아주실 수 있을까요?"

"그, 럼!"

엘렌이 의지해준 것이 기뻤는지, 아크는 기뻐하며 엘렌을 꼬옥 끌어안았다.

"으뀨우."

"형님도 참. 그쯤 하세요."

"음, 이런. 미안, 해."

"……네, 괜찮아요."

엘렌은 심호흡을 하듯이 "후우" 하고 크게 숨을 뱉었다.

평소와 같은 대화에 도움을 받은 엘렌은 두근두근하고 격렬하게 움직이던 자신의 심장이 조금 가라앉은 것을 깨달았다.

가족이 옆에 있다. 그것만으로도 몹시 도움이 되었다.

엘렌은 고개만을 에레 쪽으로 돌렸다. 눈이 마주친 에레는 잔뜩 겁을 먹었는지 움찔하며 털을 세웠다. 엘렌은 에레에게 다시 질문했다.

"당신 탓이라는 것 무슨 뜻이야?"

『이, 이 몸은…….』

에레가 꿀꺽 침을 삼키는 소리가 들려올 정도로 주위는 고요해져 있었다.

정면에서 똑바로 던져 오는 엘렌과 그 주변의 시선에 겁을 먹으면서도, 에레는 상황의 발단을 이야기하기 시작했다.

『이 몸은…… 줄곧 혼자 있는 로레가 걱정이 되었습니다…….』

낮과 밤. 한 쌍의 정령일 터인데, 인간에게서 밤이라는 이유만으로 기피당하던 여동생.

『인간은 털이 검다는 이유만으로 로레를 기피했죠. 밤은 낮 동안 지친 자를 치유하는 시간. 로레는 치유를 담당하고 있건만, 인간은 겉모습만 보고 제 여동생을 싫어했습니다.』

그와 달리, 흰 털을 가진 에레를 여신의 심부름꾼이라 떠받들었고, 억지로 떼어놓고 말았다.

『나는 로레와 한 쌍인 정령인데. 함께하지 않으면 힘은 나오지 않는데. 그런데, 그건 관계없다고 합니다. 그저 겉모습만으로…… 그 놈들은 이 몸의 여동생을……!』

당시의 일을 떠올린 것이리라. 분노한 나머지 귀를 뾰족 세우고 털도 바짝 섰다.

『……그러던 때, 로레를 귀여워해 주는 인간이 나타났습니다……. 이름은 류르라고 했습니다.』

헬그너 시조의 이름.

같은 이름을 가진 류르와 그리고 듀란이 숨을 삼키는 것을 알 수 있었다.

『세월이 흘러 로레와 류르가 헤어진 후…… 혼자 남겨진 로레가 신경 쓰여서…… 저는 하늘로 돌아간 류르의 영혼을, 여왕님에게 부탁해 불러왔습니다.』

류르의 환생은, 에레의 바람이었다. 에레의 말을 듣고서, 로레는 당황하지 않을 수 없었다.

『언니가…… 류르의 영혼을……?』

『……여왕님에게 부탁했습니다. 로레와 류르를 만나게 해달라고.』

거기까지 들은 엘렌은 의문이 들었다. 하늘로 오른 영혼이라도, 각각의 판별이 가능한 것인가? 하고.

무심코 그것을 묻자, 무려 쌍둥이 여신이 가르쳐주었다.

"알 수 있어~. 정령과 계약했으면."

"정령과 연결되면, 많은 은혜를 받잖아? 인간의 영혼도 그래. 하늘로 돌아가는 데 시간이 걸리게 돼."

"시간이 걸린다……고요?"

"응~~ 뭐라 말하면 좋을까. 이 세계의 것은 전부 마소로 되어 있잖아? 인간과 동물과는 달리, 정령은 마소의 농도가 다르거든."

마소는 이른바 힘이다. 대정령일수록 그 힘은 강하다. 농도가 진하다는 것은 그만큼 힘이 강하다는 의미이리라.

무인도에서 아크에게 배운 마소의 순환을 떠올리면서 엘렌은 답했다.

"다른 것과 농도가 다르다는 건, 정령의 마소는 분산하는 데 시간을 필요로 한다…… 즉, 세계에 녹아드는 데 시간이 걸린다는 뜻으로 이해하면 될까요?"

"그 말대로야! 엘렌."

잘했습니다 하고 바르와 보르가 손뼉을 치며 엘렌을 칭찬했다.

"농도가 짙으면 그 힘도 강하다…… 그 힘의 잔류를 따라서, 류르 씨의 영혼을 특정했다고?"

『그, 그렇습니다. 여왕님은, 이 몸의 힘과 한 쌍인 힘으로 물든 류르의 영혼을 찾아주셨습니다.』

류르와 헤어진 로레는 류르의 유언을 줄곧 지켜갔다.

류르의 자손을 홀로 지켜보며, 이 나라를 지키리라 맹세했다. 하지만 그 모습은 어딘가 쓸쓸해 보였다고 한다.

『그때 이미 이 몸은 신전에 구속되어 있었습니다. 이 몸이 로레를 감싸면, 인간은 제멋대로 생각해 로레를 궁지에 몰아넣으려 하죠. 그래서 이 몸은, 로레가 상처 입느니 차라리 떨어진 그대로이기를 선택했습니다…….』

『언니…….』

로레도 에레의 옆에 가고 싶었지만, 힘이 나오지 않는 상태로 에레의 옆에 가는 것은 주저하지 않을 수 없었다.

인간에게 심한 짓을 당해왔던 로레는 류르와 그 자손 이외의 인간은 경계하지 않을 수 없었다.

리히트에게 말하면 되지 않았을까 하는 생각이 들기도 했지만, 당시는 정령이라고 해도 상당히 힘은 약했고, 더욱이 서로 떨어져 지낸 탓에 그저 오래 사는 고양이와 다를 바가 없었다고 한다.

지난 수백 년 동안, 로레와 에레는 조금씩 힘을 길러왔다고 했다.

그렇기에 부탁한다면 지금밖에 없다고, 에레는 오리진이 있는 정령성으로 부탁을 하러 갔던 것이다.

*

에레에게 상황의 발단을 들은 엘렌은 "잠시 기다려주세요"라고 말하고 생각에 잠겼다.

엘렌은 에레가 말한 내용을 머릿속으로 빙글빙글 몇 번이고 거듭 생각했다.

'무언가가 걸려…….'

엘렌 자신도 했던 '선정'이라고 부를 수 있는 행위로, 여신은 인간의 영혼에 접촉할 수 있는 것이리라.

'어째서 어머니는 류르 씨의 영혼을 찾아내 전생할 수 있게 도운 거지……?'

거기까지 생각한 엘렌은 퍼뜩 깨달았다.

그것은 생각했던 답이 아니었지만, 다른 부분이 이어진 것만 같았다. 류르의 영혼이 로레와 계약했었기 때문에 진하다는 것은, 그것은 그대로 모체, 혹은 태아에 영향을 주는 것은 아닐까 하고.

"그래서 류르 씨는 격세유전을 해버린 거야?"

"뭐?!"

갑자기 엘렌의 시선을 받은 류르는 너무나도 놀란 나머지 움찔 어깨를 떨었다.

"무슨 뜻이지?"

그 일에 관해서는 듀란도 신경이 쓰인 것이리라. 무심코 의문이 입을 뚫고 나온 모양이었다.

"로레의 힘을 두른 채인 영혼이라면, 그 힘도 강할 거야. 그 강함은 마소의 강함. 인간의 몸은 마소의 영향을 받아. 류르 씨가 금발로 태어난 건, 로레의 영향인 거구나."

"내 머리카락이……."

『그랬던 거야?!』

로레도 놀람을 감추기 어려운 모양이었다. 그저 류르의 영혼이라서 격세유전을 해버린 것이리라고 안이하게 생각하고 있었는데, 분명한 이유가 있었던 것이다.

류르의 머리카락 색은, 정령과 인간 사이에 싹튼 강한 인연을 이야기하고 있었다.

"그 증오스러운 배신자의 머리 색이, 로레 님의 영향이라고……?!"

듀란의 표정이 슬픔으로 가득해졌다. 로레를 사모하며 '검은색'을 신앙해왔기 때문에, 로레와의 인연의 증거가 '배신자의 금색 머리카락'이라고 알자 탄식하지 않을 수 없던 것이리라.

그러나 예상과 달리 로레가 반론을 했다.

『듀란! 금발은 배신자가 아니니라!』

"무슨……?"

『먼저 배신한 건, 네 몇 대 전의 녀석이니라!』

여기에는 듀란 외에도, 그 호위와 류르 일행도 놀랐다. 헬그너의 몇 대 전에는 왕위 계승을 둘러싼 분쟁이 매우 심했다고 한다.

『그야말로 머리카락 색으로 승계를 정하던 시대가 있었다. 나는 그만두라고 몇 번이나 소리쳤느니라!』

류르의 자손이 그런 걸로 다투지 않기를 바랐다. 그러나 사태는 너무나도 심각해졌고, 금색 머리카락을 가진 일족은 모조리 어딘가로 끌려가고 만 것이다.

『이 몸과 같은 색이 아니라며 추방한 것은 너희가 아니냐! 텐바르 녀석들은 아무것도 잘못하지 않았다!』

"뭐…… 뭐라고……."

『어째서 인간은 색에 연연하는 것이냐! 이 몸은 이 몸인데!』

그러나 그것은 자신의 색을 사모해주었기에 생긴 일이라는 것도 이해하고 있었기에, 매우 슬펐다고 로레는 울부짖었다.

"텐바르의 왕족은…… 배신자가 아니라고?"

몹시도 혼란스러워하는 듀란에게 모든 것을 내다보는 보르가 조용히 중얼거렸다.

"너희 선조는, 로레와 같은 색이 아니라면, 다른 정령이라도 찾으라며 추방했던 거야."

"그래, 그러고 보니 그랬었지. 그래서 정말로 찾으려고 정령이 많이 목격된 언덕으로 가본 거야. 그 아이들."

기억났다며 쌍둥이 여신이 그런 말을 중얼거렸다.

당시, 아직 힘이 약했던 로레가 지켜내지 못했던 왕족들은 로레에게 버림받았다며 단념하고, 새로운 정령과의 만남을 바랐다.

헬그너와 텐바르의 불화부터 오해가 있었다고 하는 사실을 알게 된 듀란은 머리가 아파 왔는지, 미간에 주름을 잡고서 한 손으로 관자놀이를 누르고 있었다.

사건의 발단은 헬그너에서 태어난 왕족 중에 금발로 태어난 자들에 대한 처우였다.

정령 신앙이 강한 이 나라에서는, 정령과 계약한 자가 왕이 된다. 그런 규칙이 있었다.

류르 이후의 역대 왕은 로레와 같은 색으로 물들기 위해 브루넷이나 검은 머리카락인 자와 혼인을 반복했고, 그 머리카락 색을 금색에서 검정으로 물들여갔다.

검은 고양이 로레의 가호를 받은 자는 검은 머리카락으로 태어난다고 하는 인식을, 오랜 세월에 걸쳐서 인간들이 멋대로 만들어낸 것이다.

그러나 금색 머리카락을 가진 자는 어찌해도 태어났다. 검은 머리카락을 가지지 못한 자는, 로레의 가호를 받지 못했다, 또는 그 자격이 없다고 하며 로레와의 계약을 독점하려 한 것이다.

“로레의 가호를 받지 못했다며 추방된 금색 머리카락의 왕족들은, 로레에게 버림받았다고 오해하고 새로운 정령을 찾은 거야. 그리고 정말로 계약한 자가 나타난 거지.”

“설마…… 그걸 이유로 이번엔 텐바르 왕족을 배신자라고 부른 건가요?”

“엘렌, 바로 그 말대로야. 다른 정령에게 복종하며 로레를 배신했다고 주장했어. 연을 끊은 이유로 삼기에 딱 좋았던 거지."

보르는 그렇게 말하며 어깨를 으쓱였다. 바르는 "정말이지 인간은 제멋대로야"라며 어이없어했다.

추방된 왕족을 생각한 로레에게 미움을 사는 것을 두려워한 헬그너의 왕족은 "녀석들은 배신자가 되었습니다"라고 로레에게 보고했다.

확실히 사모해주던 자들이 자신 곁을 떠나 새로운 땅에서 새로운 정령과 계약했다는 말을 들으면, 로레도 더는 아무 할 말이 없었다.

그렇게 헬그너의 왕족들은 자신들에 관한 건 숨겨두고, 제멋대로 만들어낸 역사를 대대로 전해온 것이다.

그러나 2백 년 전의 몬스터 템페스트 이후, 텐바르 왕족이 정령과 계약하지 못하게 되었다는 소문이 돌았다.

그중에는 텐바르 왕족이 정령을 화나게 했기 때문에 몬스터 템페스트가 일어났다고 하는 말도 있었다.

그러던 중에, 드디어 몇 년 전에 텐바르 왕족은 정령의 분노를 샀고 저주받았다고 하는 사실이 드러나게 되었다.

제멋대로 유리하게 바꾸었던 역사를, 이웃 나라가 멋대로 뒷받침해 준 것이다.

그러나 그런 한편, 헬그너에도 18년 전에 나라를 뒤흔들 수도 있는 사건이 일어났다. 왕족에게서 금발을 가진 자가 태어난 것이다.

그 부왕과 왕비는 검은 머리카락이었다. 태어날 리 없는 금발의 아이는 불길하다는 말을 들었다.

그리고 12년 전, 결국 사건이 일어났다.

금색 머리카락을 가진 아이와 함께 왕과 후궁이 사고로 죽었다고 하는 부고가 들어왔다. 그때부터 로레가 모습을 감추었던 것이다.

세습제로 듀란이 젊은 나이에 왕이 되었지만, 정령의 가호를 잃었다고 하는 소문이 그럴듯하게 퍼졌다.

태어날 리 없는 금발 아이가 태어나고서, 헬그너는 수상쩍어져 갔다.

그리고 로레가 모습을 드러내지 않게 되었는데, 이웃 텐바르에서는 대정령과 계약한 영웅까지 나타났다.

정령을 이렇게나 사랑하고 있건만, 어째서 자신들 옆에 정령이 없는 것인가. 그런 국민의 불만은 전부 듀란에게 덮쳐들고 있었던 것이다.

그 화살을 어디로 향하게 할까.

마침 형편 좋게 옆에는 저주받은 텐바르의 왕족이 있다. 국민의 불만을 그쪽으로 돌리는 데, 지금 상황은 듀란에게 있어 형편이 좋았을 것이 틀림없다.

"이 나라는 옛날부터 자신들에게 불리한 건 전부 이웃 나라에 떠넘기고 있었던 거야."

모든 것을 내다보기는 보르이기에 그 말은 무게가 달랐다. 이것이 진실이라고 듀란에게 들이밀고 있었다.

"…………."

듀란은 미간에 주름을 잡은 채 잠자코 듣고 있었지만, 여기서 드디어 입을 열었다.

"하지만 텐바르는 대정령을 오랜 세월 감금하고, 정령에게 가혹한 짓을 계속했다. 그 결과 저주받은 것은 사실이다."

텐바르의 내정을 첩자를 써서 알고 있던 것이리라. 혹은 아미엘에게 직접 들었는지도 모른다.

듀란의 말에 엘렌은 무표정하게 "그러네" 하고 답했다.

"우리는 오랜 세월에 걸쳐 로레 님과 함께였다. 정령을 신앙하는 우리에게 있어, 그러한 짓을 하는 텐바르를 적으로 여겨 무엇이 나쁘지?"

정령의 적은 우리의 적이라고 주장하는 듀란에게 엘렌은 딱 잘라 말했다.

"아크 오라버니의 감금과 텐바르의 저주…… 애초에, 당신과는 관계없어."

"뭣……?"

"이건 우리 정령과 텐바르 왕족의 문제야. 어째서 옆에서 참견을 하려 드는 거야?"

너무나도 단호한 엘렌의 말투에 쌍둥이 여신은 "꺄아~~!" 하고 새된 비명을 질렀다.

"기분 좋을 만큼 딱 잘라 말했어! 역시 오리진의 아이야!"

"기분 좋을 만큼 딱 잘라 말했어! 역시 로벨의 아이야!"

엘렌은 쌍둥이 여신이 흥분한 것 따위는 안중에도 없는지, 여전히 담담하게 듀란에게 말했다.

"자신은 정령의 편이라고 말하고 싶은 것일 테지만, 로레의 기분을 무시하고 자신의 기분을 밀어붙여서 로레의 소중한 사람을 해하려 한 시점에서 그걸 과연 아군이라고 할 수 있을까?"

로레의 입장에서 보면 듀란이 로레를 물어뜯었다고도 할 수 있는 행동이었다.

로레는 어째서 듀란이 그런 행동을 했는지 알 수 없었다. 오히려 듀란에게 배신당했다고 하는 기분이 컸다.

그렇기에 류르를 지키기 위해, 로레는 류르와 함께 모습을 감추었던 것이다.

"설마…… 그런……."

로레가 자신을 배신했다고 믿고 있었던 만큼, 설마 자신이 배신한 쪽일 거라고는 생각도 하지 못한 것이리라. 듀란의 목소리가 커져 동요하고 있다는 것을 알 수 있었다.

"정령을 위해서라고 말하면서 본인에게 유리한 것만. 당신은 정령과 함께하겠다고 말하면서, 이용하는 것밖에 생각하지 않았어."

"그렇지 않아! 나는…… 나는 로레 님을 사모해왔어. 어째서 로레 님이 선택해야 할 사람이 내가 아닌 거냐!"

듀란의 이 말이야말로 본심이리라. 그것을 알고 있기에 로레와 에레는 듀란을 감싸고 있는 것이다.

『공주님, 듀란을 탓하는 건 이제 멈춰주십시오. 듀란을 뒤틀리게 만든 건 이 몸입니다. 이 몸을 벌해 주십시오.』

그리 울면서 에레가 엘렌에게 고개를 숙였다. 이 상황에 동요한 것은 듀란이었다.

"어, 어째서 에레 님이……."

"로레의 관심이 당신에게 향할 기회를 자신이 빼앗았다고 생각하기 때문이야."

『아냐, 아냐! 이 몸이, 이 몸이 잘못한 것입니다. 반가운 나머지 듀란을 보지 않았습니다…….』

"…………."

로레와 에레를 보고, 듀란은 당황하고 있었다.

오랜 시간 사모해왔던 정령이 자신을 위해서 엘렌에게 고개를 숙이고 용서를 구하려 하고 있었다.

"그러니까 로레가 좋아하는 사람은 빼앗기는 게 당연하다고? 내 아버지를 산 제물로 삼아도 된다고? 관계없었던 아미엘을 여기까지 몰아붙여서…… 가디엘이 죽는 게 당연하고 말할 셈?"

다시, 엘렌 주변에 파직파직 불꽃이 튀었다. 그것을 보고 아크가 "앗" 하고 소리를 질렀다.

"엘렌, 강해."

아크가 허둥지둥 주변 마소의 농도를 바꾸어 불꽃을 흩뜨리려 했지만, 그보다도 엘렌의 분노가 강한 모양이었다.

엘렌의 분노를 보고 쌍둥이 여신은 "어, 어머……?" 하고 당황했다.

상상 이상으로 화나 있는 엘렌의 모습에 쌍둥이 여신은 어쩌면 좋으냐며 서로 얼굴을 마주 보았다.

"자신의 형편에 맞춰서 주변의 가치를 멋대로 정하고, 부채질해서 아버지와 모두를 끌어들이고…… 그래놓고 사과하면 용서받을 거라고 생각했어?"

엘렌에게 있어 듀란 생전의 일과 사정 따위는 상관없었다.

가족이 말려들고, 주변 사람들이 부당하게 상처받았다. 어떠한 이유를 가져다 붙인다 해도 엘렌은 용서할 수 없었다.

엘렌은 가족과 주변 사람들을 상처 입힌 것만큼은 참을 수 없었던 것이다.

"에, 엘렌……?"

바르가 당황했다.

그도 그럴 만했다. 엘렌은 뼛속까지 시릴 정도의 차가움을 띠고서 미소 짓고 있었던 것이다.

"소중한 사람을 빼앗기는 고통을 깨닫도록 해."

엘렌은 그리 말하며 힘을 썼다.

엘렌은 이전에 바르의 단죄의 힘에 간섭한 적이 있었다. 그때의 경험과 새로 얻은 정화의 힘. 그리고 읽어낸 저주를 역이용했다.

엘렌에게서 발해진 빛이 듀란의 오른팔에 직격한다.

"크, 크아아아아아!"

듀란이 고통스러운 나머지 소리를 질렀고, 자신의 오른팔을 누르면서 몸을 웅크렸다.

갑작스러운 상황에 호위들이 듀란을 둘러싸고 "폐하!" 하고 외치며 허둥댔다. 주변의 이들은 정령을 포함해, 무슨 일이 일어나고 있는지 아무도 이해하지 못했다.

듀란도 자신의 오른팔에 갑자기 격통이 내달리는 것에 당황을 감추지 못하고 있었다.

자신의 오른팔을 응시하고 있자, 어둠의 촉수로 불타 짓무른 오른팔의 상처가 검게 변색되고, 조금씩 퍼져가는 것이 보였다.

『그, 그 팔은…… 이 몸을 감쌌을 때!』

로레가 소리치자 에레도 눈치챈 모양이었다.

『그런…… 우리가 날려버렸을 텐데……!』

로레와 에레가 힘을 합쳐서 날려버렸던 어둠의 촉수가 낸 상처가, 마치 저주가 부활한 것처럼 슬금슬금 듀란의 오른팔에 퍼지고 있었다.

촉수가 감겨 있던 흔적에서 가시나무 같은 검은 가시가 퍼졌고, 오른팔에 감겼다.

그 가시나무 모양은 눈에 익었다. 바르의 단죄다.

"여신의 단죄?!"

"설마 내?!"

바르가 경악했다. 보르가 단죄했어? 하고 바르에게 물었지만, "내가 아니야" 하고 고개를 가로저으며 부정한다.

단죄라는 말을 들은 듀란은 경악한 눈으로 엘렌을 보았다.

바르의 단죄는 부정을 행한 자에게 앞으로 이성이 접근하지 못하게 하는 정도지만, 엘렌은 그 구조를 이용해 특정 상대를 접근하지 못하게 한 것이다.

『그런……』

무언가를 깨달은 로레가 오들오들 떨기 시작했다.

창백해진 로레가 듀란을 바라보고 있었고, 듀란은 엘렌이 말한 '소중한 사람'이라는 말에 "설마……" 하고 전율했다.

"로, 로레 님……!"

『듀란! 이 몸에게 접근하지 마라!』

갑작스러운 로레의 거부의 말에 듀란은 절망으로 물든 표정을 지었다..

『어째서…… 어째서냐! 저주는 공주님이 정화해주셨을 텐데……!』

에레의 말에 답하듯 엘렌은 조용히 입을 열었다.

"어머니는 로레의 힘과 연결된 류르 씨의 영혼을 찾았다고 했지."

엘렌은 여전히 차가운 눈동자로 듀란을 보고 있었다.

"그건 즉, 마소에는 개개의 정보가 있다는 것. 바르 언니의 힘의 구조에 맞춰서 로레의 정보를 태워 새긴 거야."

『듀란의 이건…… 저주가 아니라는 겁니까?』

"아니야."

엘렌은 단호하게 부정했고, 로레는 믿을 수 없다는 듯이 듀란의 오른팔을 보았다.

"로레 님……."

지금까지의 태도와는 완전히 달라지고 만 듀란의 모습에 호위들도 역시 당혹스러움을 감추지 못했다. 총명했던 왕은 어깨를 축 늘어뜨리고, 어찌할 바를 몰라 했다.

대체 무슨 일이 일어난 것인가, 곤혹스러워하는 주위 사람들에게 쌍둥이 여신이 밝은 말투로 말했다.

"엘렌이 내 흉내를 내서 단죄한 거야!"

"엘렌, 어떻게 한 거야? 대단해!"

여신의 제약으로는 다른 여신의 힘에 간섭할 수 없다. 이것은 절대적일 터인데, 엘렌은 그것을 벗어나 힘을 썼다.

여신의 제약이란, 다른 여신의 힘에 방해가 되지 않도록 설정되어 있는 것이다.

엘렌은 그저, 힘을 조작해 자신이 원하는 쪽으로 힘의 방향을 바꾼 것에 지나지 않는다.

이때 힘을 정보로 치환해 조종할 수 있지 않을까 하고 막연히 이해하고 있었지만, 이번 정화를 포함해 그것은 확신으로 바뀌었다.

엘렌이 굳이 로레만을 대상으로 한정한 이유가 궁금해진 보르가 그 미래를 보았다. 그 이유를 안 보르는 "과연……" 하고 신음했다.

"역시 엘렌이야. 인간에게도 정령에게도 치우치지 않아."

"정말. 명확해서 기분 좋아."

여신과 정령만이 이 상황을 이해하고 있었다. 그 사실에 지금까지 잠자코 있던 류르가 입을 열었다.

"죄송합니다만, 그…… 형님에게 무얼 하신 건가요……?"

머뭇머뭇 류르가 묻자 엘렌은 듀란을 차갑게 바라보며 "접근하지 못하게 했을 뿐입니다"라고 답했다.

접근하지 말라고 소리친 로레의 태도를 보고, 그 대상이 로레인 것이라고 주위는 금세 알아챘다. 그러나 그저 그뿐인가 하는 당혹스러움도 감출 수 없는 듯했다.

그러나 듀란을 비롯해 호위들에게는 그 의미가 점점 이해되고 말았다.

"폐, 폐하는 로레 님에게 접근하지 못한다고……?"

국가를 상징하는 로레에게 거절당한 왕. 여신을 분노하게 해 직접 단죄를 받았다는 사실을 교회와 국민에게 들킨다면 듀란은 사형, 혹은 잘해야 추방이리라.

그 정도로 헬그너는 정령, 특히 로레를 사모하고 있다.

"어…… 어떻게 이런 일이……."

측근인 올가스가 앞으로의 일을 비관하며 한탄했다. 그런 상태인 헬그너의 사람들을 무시한 채 쌍둥이 여신은 명랑한 목소리로 말했다.

"벌주기도 끝난 것 같으니, 먼저 돌아갈게. 정령성에서 기다리고 있을게."

"그래, 엘렌. 수고했어."

쌍둥이 여신은 그렇게 말하고 전이해 사라졌다.

"그럼, 우리도 돌아가자. 로벨 형님들 일이 걱정되니까."

"……네."

리히트의 말에 엘렌이 고개를 끄덕인 순간, 아크와 함께 정령성으로 전이되었다. 반도 카이를 반크라이프트령으로 데려다주었다.

*

이 자리에 덩그러니 남겨진 것은 로레와 에레, 류르와 듀란 일행이었다.

엘렌에게 단죄받은 오른팔을 감싼 채 웅크리고 앉은 듀란은 넋을 잃고 움직이려 하지 않았다.

"……형님."

류르가 조용히 듀란에게 말을 걸자, 듀란은 느릿한 움직임으로 고개를 들어 류르를 보았다.

"이 정도로 끝난 걸, 엘렌 님에게 감사해야 합니다."

"뭐……라고?"

순식간에 듀란의 얼굴이 분노로 물들었다. 그 뒤에 있던 호위들도 류르를 살기 가득한 눈으로 노려보았다.

"역시 불길했어. 너는 폐하를 해하는 존재다……!"

올가스가 검을 들어 류르에게 겨누자 로레와 에레가 류르의 앞으로 뛰쳐나왔고, 단숨에 그곳은 긴장감에 휩싸였다.

『그만두거라!』

로레가 소리치자 듀란과 올가스가 움찔하고 어깨를 떨었다.

『공주님은, 이 정도로 끝내주신 것이다……!』

엘렌이 어째서 듀란으로만 대상을 좁혀서, 로레로 한정해 단죄를 한 것인가.

『이 몸의 존재가, 그렇게까지 너희에게 필요했다니…… 이 몸은 생각도 못 했다…… 미안하구나…….』

로레는 그리 말하며 눈물을 흘렸다.

"로레 님……."

로레는 이 나라, 특히 류르의 자손이라는 틀 안에서만 보고 있었다.

로레를 사모하고, 왕 앞에 모습을 드러내기를 강하게 바라던 의미를 깨닫지 못하고 있었다.

『듀란이 범한 죄는 크다. 그리고 이 몸도. 이 나라를 어둠에 가두는 일 같은 건, 주인님에게는 너무나도 간단하다. 그것을 막아주신 것이니라…….』

"이 나라를 멸망시키기 위해, 대정령님들이 상공에서 대기하고 계셨습니다."

류르의 말에, 믿을 수 없다며 듀란의 미간에 주름이 잡혔다.

"뭐……?"

"형님, 당신은 엘렌 님을…… 여신님들을 그 정도로 화나게 만든 겁니다."

손을 대서는 안 될 인물을 이렇게까지 화나게 했다. 정령의 정점에 선 여신의 딸에게 손을 대고, 목숨이 붙어 있는 것만으로도 감사한 일이다.

"로레 님에게 거부당한 나 따위……!"

그렇게 소리친 듀란에게 류르는 속에 감추어두었던 분노를 폭발시켰다.

"당신은 내게서 아버님과 어머님을 빼앗았어! 내게서 소중한 것을 차례차례 빼앗았으면서, 고작 하나 빼앗긴 걸로 그 꼴입니까?!"

"무슨……."

"엘렌 님이 말씀하신 빼앗긴 고통을 직접 느껴봐! 빼앗기는 게 어느 정도의 고통을 동반하는지…… 당신은 타인의 고통을 알아야만 해!"

류르는 로레를 안고 가자고 말했다. 로레가 에레에게 부탁해 힘을 써서 전이하자, 남은 것은 듀란과 그 호위들뿐이 되었다.

듀란은 텐바르의 왕이 바뀐 과정을 떠올렸다.

정령 공주에게 손을 댔다가 보복을 당한 후에 라비스엘은 몹시 온후해졌다고 들었다.

'그런 어중간한 게 아냐. 이건…….'

창백해진 듀란은 자신의 주변이 이미 낭떠러지로 둘러싸여 있다는 것을 알았다.

이 자리에서 한 걸음이라도 잘못 움직이면 그것은 '죽음'이 될 뿐이다.

세계를 다스리는 여신을 필두로, 대정령들이 주변을 둘러싸고 이쪽을 노려보고 있는 것 같은 착각이 일었다.

그 머리는 언제든 떨어뜨릴 수 있다고 암묵적으로 말하고 있는 것이다. 게다가 그 머릿수는 자신 하나로 끝나지 않는다. 라비스엘도 보복당했을 때 같은 심정이 되었으리라.

그저 겉모습으로 어린아이라고 얕보았다. 여신의 역린을 건드리고, 자신의 어리석음을 알았다.

라비스엘도 살아남기 위해, 그리하지 않을 수 없었던 것이다.

제65화 영혼의 선정

정령성으로 돌아온 엘렌은 수경의 방 앞에 서 있던 로벨의 존재를 알아챘다.

옆에는 의자에 앉은 오리진과 먼저 돌아갔던 쌍둥이 여신의 모습도 있었다.

"엘렌!"

로벨이 달려오는 것을 본 엘렌은 아크의 품에서 로벨의 눈앞으로 전이해 갔다.

그대로 엘렌은 로벨의 목덜미를 꼭 끌어안았다. 로벨도 마주 끌어안아 주었다.

"무사해서 다행이야……!"

"아버지!"

답답할 정도로 꽉 끌어안겼다. 엘렌도 지지 않고 로벨을 안고 있던 팔에 꼬옥 힘을 주었다.

엘렌의 뒷머리에 커다란 손을 올려두고, 머리카락에 입을 맞추었다. 무사했다는 안도 때문인지 엘렌의 눈에서 둑이 무너진 것처럼 뚝뚝 눈물이 흘러내렸다.

조금 전까지 울고 또 울기도 해서 엘렌의 눈은 이미 새빨갰다.

"이렇게나 울고……."

눈물로 뺨에 달라붙어 버린 머리카락을 쓸어 올린다. 드러난 엘렌의 뺨에 로벨은 다시 가볍게 입을 맞추었다.

어릴 때로 돌아간 양 간지러운 듯 엘렌도 어리광을 부리며 로벨의 어깨에 이마를 부비적거렸다.

머리카락을 빗듯이 쓰다듬어주는 로벨의 온기에 안심하며 그만 졸음이 쏟아지고 말았다. 그 정도로 긴장했던 나머지 지친 것이리라.

"엘렌, 아직 해야 할 이야기가 있는데, 괜찮을까?"

"미안해. 피곤한 건 알지만, 조금만 더 힘내줘."

쌍둥이 여신에게 그런 말을 듣고서 엘렌은 느릿하게 고개를 들었다.

"네……."

"엘렌은 지쳤어!"

발끈하는 로벨에게 엘렌은 부드럽게 웃어 보이며 "괜찮아요" 하고 말하고 로벨의 품에서 전이해 이동했다.

엘렌의 그 모습이 어딘가 어른스러워 보여서 로벨은 움찔하며 엘렌의 뒷모습을 바라보았다.

로벨은 엘렌을 말리려 했던 팔을 내리고 주먹을 꽉 움켜쥐었다.

"여신으로서의 이야기가 있으니까, 내 공간으로 가자."

"도련님도 데려갈게."

"응, 부탁해. 그럼 가자. 엘렌."

"아, 네."

보르에게 그런 말을 듣고 엘렌은 긴장했다. 보르가 말하는 공간이란 어떤 곳일까.

*

엘렌의 당황을 개의치 않고 곧바로 전이해 데려간 곳은, 온통 새하얀 세계였다. 발밑의 부유감, 수면 위에 서 있는 듯한 착각이 이는 장소.

'우유니 소금 호수 같아…… 하지만 여기엔 아무것도 없어…….'

두리번두리번 주변을 둘러보고 있으려니 오리진이 전이해 와서 엘렌을 부드럽게 끌어안았다.

"어서 오렴. 애썼구나. 엘렌."

"어머니……. 네, 다녀왔습니다."

생긋 웃자 오리진도 엘렌의 이마에 입맞춤을 해주었다.

"영혼의 선정을 했다고 들었어. 그것에 관해서도, 이야기를 해야겠지?"

"네, 네에……."

영혼의 선정.

아미엘의 영혼을 보호해서 안으로 거두어들인 것을 아무래도 그리 말하는가 보다.

엘렌 자신은 영혼의 선정을 했다는 자각이 없었던 만큼, 뭔가 좋지 않은 짓을 해버린 것일까 하고 불안해졌다.

그러는 사이 쌍둥이 여신이 공중에 뜬 상태인 가디엘을 데리고 왔다.

가디엘은 크고 투명한 풍선 같은 구체 안에 떠 있었고, 그 눈은 감긴 채였다.

“가디엘!”

“엘렌, 괜찮아.”

당황하는 엘렌을 보르가 그리 말하면서 달랬고, 엘렌은 어떻게든 진정하려고 심호흡을 했다.

가디엘이 떠 있는 구체에 살며시 손을 올려두었다. 아무래도 결계 마법인 듯했다.

“인간에게 정령계는 마소의 농도가 진해서 독이 돼. 이건 그 독에서 도련님을 지키기 위한 거야.”

“그런, 가요…….”

걱정스레 가디엘을 보고 있었더니 바르가 설명해주었다.

“엘렌, 이대로라면 도련님은 죽고 말 거라는 건 알지?”

“…………”

심장이 꽈악 옥죄어드는 기분이 들었다. 엘렌이 얼굴을 잔뜩 일그러뜨리고 당장에라도 울음을 터뜨릴 듯한 것을 보고 바르가 허둥댔다.

“아아, 엘렌. 울지 마. 구할 방법은 있으니까.”

“정말인가요……?”

“하지만 말이지, 그걸 받아들일지는 도련님에게 달렸어. 살기를 바란다면, 엘렌도 앞으로 관여하지 않으면 안 돼.”

“네……?”

의미를 가늠하지 못한 엘렌은 당혹스러움을 감추지 못했다.

"지금, 꿈을 관장하는 대정령에게 준비를 부탁해뒀어. 거기에 관한 설명은, 도련님의 설득과 함께 설명할게. 서로가 그걸 받아들여야만 해."

"네……."

"그럼, 그 준비를 하는 동안 선정에 관해서 이야기를 할까?"

보르가 그렇게 말하더니, 쌍둥이 여신은 둘이서 엘렌의 옆에 나란히 섰다.

"엘렌, 부서진 영혼을 안에 거둬들였지?"

"네, 네."

"여신이 영혼을 선택하고, 그 영혼을 안으로 거두어들이는 걸 '영혼의 선정'이라고 해."

"……이게, 영혼의 선정?"

"맞아. 원래대로라면, 제대로 설명을 듣고 나서 선정을 하길 바랐지만…… 그 전에 엘렌은 해버렸네."

"네…… 죄송해요."

"괜찮아. 우리도 아직 이르다고 생각해서 아무것도 말해주지 않았었는걸."

"그래 맞아. 마음 쓰지 않아도 돼."

쌍둥이 여신 두 사람은 놀리듯이 웃고 있었지만, 생각보다도 사태는 심각했다.

"우리는 안에 영혼을 받아들여서, 다음 대의 여신을 낳는단다. 그게 영혼의 선정."

"네……?"

"엘렌도 그렇게 태어난 거야."

엘렌의 사고는 새하얘졌다. 오리진이 엘렌을 원래부터 알고 있었던 것은, 이것이 이유였던 것일까.

엘렌이 무심코 뒤에 있던 오리진을 돌아보았다. 오리진은 방긋 웃었다.

"나도 그렇게 엘렌을 선택했단다."

"……그래서, 제가 전생한 걸 알고 계셨던 거로군요."

"맞아. 원래는 안에 받아들이면 그 영혼의 기억은 족쇄가 되어버리기 때문에, 지워버려야만 해. 그런데 엘렌은 그대로 기억을 가진 채 태어나고 말았어."

"어째서……?"

"그 부분은 로벨이 원인이야."

한숨과 함께 보르가 설명해주었다.

"원래라면 영혼의 선정을 한 후엔 수태해 낳게 돼. 오리진도 선정 준비를 하고 있었는데, 수태 의식 전에 로벨과 만나서 엘렌이 태어난 거야."

"맞아. 딱 선정과 겹쳐지고 말았어. 혼의 기억을 지우기 전에 엘렌이 태어난 거지."

"어? 네? 수, 수태……?"

"그래. 그 부분도 인간과 달라. 우리가 여신을 낳는 데 남자는 필요 없거든."

"맞아, 필요 없어."
"네? 네에에에에?!"
너무나도 혼란스러워서 엘렌은 머리가 터질 것만 같았다.
어떤 이치로 그렇게 되는 것인지, 전생 전의 상식이 방해를 한다.
"어, 잠깐만요! 그렇다는 건, 영혼의 선정을 한 저는……."
'임신……?'
새파래진 엘렌을 보고 무엇을 겁내고 있는지 깨달은 쌍둥이 여신과 오리진은 깔깔 웃었다.
"엘렌, 괜찮아. 영혼을 선정한 것만으로는 수태하지 않아. 하면 로벨이 큰일이 날 거야."
"맞아, 그게 그 영혼은 부서져 있는걸."
"그래, 그게 잠들어 있는걸."
아하하하하 소리 높은 웃음소리가 들렸지만, 엘렌은 심장이 두근두근하고 진정되질 않았다.
"게다가 엘렌은 그 영혼에 보호를 걸었어. 그러니까 안심해."
"네……? 보호, 라고요?"
엘렌은 긴장한 나머지 자신의 가슴께를 꼭 움켜쥐고 있었다.
"어머, 그것도 무의식이었어?"
"엘렌은 있지, 그 영혼이 너덜너덜했기 때문에, 이 이상 부서지지 않도록 보호를 걸어뒀어."
'그러고 보니…….'
그렇게 바랐던 것을 분명 기억하고 있다.

그러나 아무것도 모르는 상태로 선정해버렸다고는 해도, 설마 이런 의미가 있었으리라고는 생각도 하지 못했다.

'성모 복음…… 마리아의 수태 고지……?'

그래서 이 세계에 남자 신이라 불리는 존재가 없는 것이다.

자세히 물어보니 있기는 있는 것 같았지만, "있는 세계가 달라"라며 또다시 수수께끼 같은 말을 듣고 말았다.

'머리가 터질 것 같아…….'

약간 두통이 생겼다. 엘렌은 이미 벅찬 상태였다.

"그래서 있지. 엘렌. 그 선정한 영혼 말인데."

"네……."

"부서져서, 다음 여신의 그릇은 되지 못해."

"네……?"

"엘렌 안에서 오랫동안 잠들어 있게 될 거라고 생각해. 어느 정도일지는 아무래도 여신의 제약이 방해를 해서, 나한테도 보이지 않아 확실하게는 말할 수 없지만……."

"……제가 다음 대의 여신을 낳는 데 있어, 지장이 생겼다는 건가요?"

"뭐, 말하자면 그런 건데."

"그건 뭐, 우리가 낳으면 될 뿐인 이야기니까 신경 쓰지 않아도 되거든?"

"네……?"

"어머?"

'뭔가 엄청나게 가벼운데……?'

임신해서 아이를 낳는다는 것이 얼마나 큰일인지 상상하기 어렵지 않은 만큼, 쌍둥이 여신의 대답에 놀람을 감출 수 없었다.

"엘렌 안에서 잠든 영혼이 어느 정도 수복될지 알 수 없어. 아니, 수복될지 그대로 녹아서 사라지고 말지도 알 수 없다고 말하는 편이 옳으려나."

"영혼을 안에 거두어들이는 것으로, 여신으로서 견딜 수 있는 영혼으로 승화시켜야만 하는데 너덜너덜해서는 어쩔 도리도 없어."

"맞아, 그러니까 안심해."

"이것에 관해서는, 엘렌이 조금 더 커지지 않은 한은 어떻게 할 수가 없어."

"영혼의 승화를 해도, 엘렌 자신이 아직 어리니까."

선정의 의미를 듣고 놀란 나머지 머릿속이 새하얘져서 생각이 잘 정리되지 않았지만, 일단 지금은 문제 될 게 없다는 뜻이리라.

"그…… 알았습니다……?"

"전혀 모르겠다는 얼굴을 하고 있는데."

쓴웃음을 지으며 보르가 볼을 손가락으로 꾸욱 찔렀다.

"뭐, 엘렌은 전생의 기억이 있어서 인간의 가치관이 강하니까 어쩔 수 없지."

바르에게 반대쪽 볼을 찔렸다. 그대로 엘렌의 보드라운 볼을 만끽하듯이 양쪽에서 몰랑몰랑 주물러서 엘렌은 곤란해졌다.

"정말이지, 언니들 그쯤 해요."

"어머, 미안해."

"정말, 미안해. 엘렌의 빰이 부드러워서 중독될 것 같아."

평온하게 설명을 받았지만, 엘렌이 한 짓은 큰 폐를 끼치게 되는 일이리라.

이 영혼의 선정도 여신으로서의 역할이며, 이 세계를 지탱하기 위한 것이다.

'제멋대로인 짓을 저질렀다며 혼나도 어쩔 수 없는 일인데…… 내가 진정할 때까지 기다려주고 있다는 걸 알겠어.'

다정하게 지켜봐 주는 쌍둥이 여신과 오리진의 존재에 엘렌은 구원을 받는 느낌이었다.

문득, 보르가 휙 고개를 들었다. 아무래도 염화로 누군가와 대화를 하고 있는 듯했다.

"그럼 준비가 다 된 것 같으니까, 다음은 도련님으로 하자."

보르가 그렇게 말하고 양손을 짝짝 쳤다. 그러자 이 공간에 당장이라도 잠들어버릴 것 같은 대정령이 전이해 나타났다.

포근포근한 잠옷……이라고는 말하기 어려운 옷을 입고서, 때때로 고개가 꾸벅 하고 흔들렸다.

흐아암 하고 하품을 하는 것이, 아무튼 졸려 보였다.

포근포근 잠옷은 양 탈 인형처럼도 보여서 체형을 알 수 없었다. 후드까지 뒤집어쓰고 있는지라 여성인지 남성인지도 알 수 없는 인물이었다.

"소개할게. 내 권속이자 꿈을 관장하는 정령이야. 드리트라라고 해."

보르의 소개에 드리트라라고 불린 정령은 말없이 엘렌에게 오른손을 휙 들어 보였다.

"자, 잘 부탁드립니다."

엘렌이 고개를 숙이자, 드리트라도 엘렌을 흉내 내서 고개를 숙였다.

"이 아이가 도련님의 꿈속으로 안내할 거야. 시끄러운 아이니까 무슨 말을 하든 무시해도 돼."

드리트라는 맡겨두라고 말하듯이 말없이 오른손을 꼭 쥐고 들었다. 그러나 기세와는 달리, 얼굴은 매우 졸려 보였고 눈은 반쯤 감겨 있었다.

"……시끄럽다고요?"

"이 애는 꿈속에서만 수다스러워져. 하고 싶은 말이 있으면 꿈속에 멋대로 들어오니까 조심해."

"네……?"

그건 어떻게 조심하면 되는 걸까?

엘렌은 당황했지만, 뭐라 대꾸할 틈도 없이 꿈속으로 끌려간 모양이었다.

새하얬던 풍경이 갑자기 휙 새까만 노이즈가 내달리는 듯한 풍경으로 바뀌었다. 이번엔 시야가 어둠에 감싸여 놀랐는데, 오리진이 엘렌의 양쪽 어깨에 손을 올려주어서 혼자가 아니라는 것을 알았다.

"어, 어머니……? 이건……."

의식을 유지한 채 꿈속으로 들어간다고 하는 처음 겪는 경험에 엘렌은 불안한지 몸을 움츠렸다.

"괜찮아. 엘렌. 드리가 도련님 꿈속으로 데리고 와준 거야."

상냥한 오리진의 목소리와 동시에 화악 하고 엘렌의 몸이 빛났다. 주변을 둘러보자 오리진과 쌍둥이 여신 두 사람도 빛을 발하며 반짝이고 있었다.

"안녕 안녕 안녕하십니까―! 엘렌 님! 제 꿈에 어서 오세요~~! 우헤헷!"

갑자기 밝은 목소리가 들려와서 엘렌은 어깨를 흠칫 떨었다.

목소리가 들린 쪽을 보자, 조금 전 졸려 보이는 얼굴을 하고 있던 드리트라가 꿈속에서는 활기찬 얼굴을 하고서 몸을 좌우로 흔들흔들하며 움직이고 있었다.

"드리트라입니다, 반갑습니다~~! 다음에는 꼭 엘렌 님의 꿈속에도…… 앗!"

"정말, 드리트라는 수다쟁이라니까. 어서 해줘."

"앗앗, 그렇게 강제로~~~!"

보르에게 간질간질 옆구리를 간지럽혀진 드리트라는 "우헤헷" 웃고 몸을 배배 꼬며 마법을 썼다.

파앗 하고 앞에 나타난 가디엘의 모습에 엘렌은 "앗" 하고 소리를 질렀다.

"가디엘!"

"에…… 엘렌……?"

가디엘은 엘렌을 보며 놀라고 있었다.

"어째서 엘렌이…… 이건 꿈인가……?"

"가디엘의 꿈속이지만, 할 얘기가 있어서 만나러 왔어."

엘렌의 만나러 왔다는 말을 들은 가디엘의 얼굴이 살며시 붉어졌다.

"무슨 이런 형편 좋은 꿈이……."

한 손으로 얼굴을 덮고, 귀까지 새빨개진 가디엘이 고개를 숙이고 있었다. 그 모습은 정신을 잃고 있는 가디엘과는 달리 어디에도 이상이 없어 보였다.

그러나 현실은 잔혹하다. 이 순간에도 계속해서 가디엘의 목숨은 다하려 하고 있다.

그것을 떠올린 엘렌은 심장이 꽈악 옥죄어서 두 눈에서 또르륵 눈물이 흘렀다.

"에, 엘렌?!"

갑자기 울기 시작한 엘렌의 모습에 놀란 가디엘은 엘렌에게 다가가려다 움찔하고 걸음을 멈추었다. 저주가 발동하리라 생각한 모양이었다.

주저하는 가디엘을 개의치 않고 엘렌은 가디엘에게 달려갔다.

몹시 놀라고 있는 가디엘의 배를 엘렌은 토닥토닥 때렸다.

"에, 엘렌?! 어? 어째서……?"

가디엘은 당황한 기색이었지만, 형편 좋은 꿈이라고 해석했는지, 여전히 배를 토닥토닥 때리는 엘렌의 두 어깨에 머뭇머뭇 양손을 올리고 조금 거리를 두었다.

화난 얼굴로 눈물을 뚝뚝 흘리고 있는 엘렌을 보며 가디엘은 "으읏……" 하고 신음했다.

"어째서, 구한 거야…… 히끅, 구하면, 안 되는 거였는데……!"

히끅, 히끅 오열하는 엘렌을 보며 가디엘은 처음엔 어리둥절해했지만, 문득 다정하게 웃었다.

"엘렌은 무사했어?"

가디엘의 다정한 물음에 엘렌은 눈물을 훔치며 고개를 끄덕였다.

"내가 구하고 싶었으니까……라고밖에는 말할 수 없겠는걸."

가디엘이 무사해서 다행이라며 웃자 엘렌은 큰 소리로 울고 말았다.

엘렌은 이야기를 나눌 상황이 아니게 되어버렸다. 가디엘은 엉엉 울음을 터뜨린 엘렌에게 당황하면서 어찌하면 좋을지 몰라 하고 있었다.

꿈이라는 걸 알고 있어도, 엘렌에게 닿으면 안 된다는 생각이 들고 마는지 손이 허공을 헤매며 머뭇거렸다.

그런 가디엘에게 쌍둥이 여신이 말을 걸었다.

"도련님, 반가워. 엘렌을 구해줘서 고마워."

"도련님, 반가워. 생각보다 기운차 보이네."

"어…… 아, 가, 가디엘 랄 텐바르라고 합니다."

갑자기 요염한 여성 둘이 나타나자 가디엘의 눈은 커졌다. 그러나 받아온 교육의 결과인지는 모르겠지만, 반사적으로 정중하게 자기소개를 했다.

"알고 있어~~! 예의 바르네."

"알고 있거든~~! 착한 아이네."

놀리듯이 웃으면서 바르와 보르가 좌우에서 가디엘의 머리를 북북 쓰다듬었다.

앞에서는 엘렌이 울고 있는데, 가디엘은 두 사람 사이에 끼여버려 어떻게 하면 좋을지 안절부절못하며 딱딱하게 굳어 있었다.

"내 딸을 구해줘서 고마워. 너는 그 왕족의 후예라고는 생각할 수 없을 만큼 영혼이 맑구나."

내 딸. 그렇게 들은 가디엘은 "엇" 하고 무심코 소리쳤다.

"정령의 여왕, 오리진…… 님이십니까?"

"맞아. 네 양옆에 있는 건 내 언니들이야."

"바르야."

"보르야."

"안녕 안녕~~~! 저주받은 왕자~~! 내가……앗!"

"정말이지, 드리트라는 용건 끝났어."

"아—앗! 너무해애애애애~~~~………….."

보르가 가차 없이 드리트라를 꿈에서 튕겨냈나 보다. 순식간에 사라져간 드리트라의 모습을 보고 가디엘은 의미를 이해하지 못한 채이기는 했지만 창백해졌다.

보르의 가차 없음에, 거스르면 안 된다고 바로 느낀 듯했다.

"여왕님의 언니분이시라는 건…… 쌍둥이 여신님이십니까?"

"맞아. 도련님."

"그래. 도련님."

후후후 하고 웃는 바르와 보르는, 이번에는 엘렌을 사이에 두고 엘렌의 뺨을 조물조물 주무르기 시작했다.

"엘렌, 울면 안 돼."

"맞아, 제대로 감사 인사를 해야지."

"네, 네……."

뚝뚝 눈물을 흘리고 있는 엘렌을 보고 가디엘은 말렸다.

"감사 인사를 받을 만한 일이 아냐. 내 자기만족……."

"그래도, 너는 엘렌을 구해줬어. 그래서 엘렌은 여신의 역할을 다할 수 있었지."

"그래, 맞아. 엘렌을 도와줘서 고마워."

"……고마워, 가디엘."

"그, 그……래?"

엘렌에게 감사 인사를 받은 가디엘은 쑥스러워했다. 분위기는 온화했지만, 쌍둥이 여신은 가디엘에게 웃는 얼굴로 이런 말을 했다.

"그래서 있지, 너, 이대로는 죽어."

"맞아. 너, 이대로는 죽고 말 거야."

"……네?"

갑자기 잔혹한 말을 웃으며 던져 오자 가디엘은 굳어졌다.

"살아남기 위한 선택을 이제부터 해줘야겠어."

"그것은 도련님에게 달렸어."

들은 말에 머리가 따라가지 못하는 듯했다. 당황을 감추지 못하는 가디엘의 눈은 이리저리 헤매고 있었다.

"로벨의 결계와 우리 아이들이 변질된 저주로부터 너를 지켰지만, 그래도 한계는 있었어."

오리진이 가디엘에게 설명을 시작했다.

"저주의 본질은 마소의 힘…… 너는 그 저주와 이어져 있었어. 로벨이 설명했지?"

"……네. 들었습니다."

"너를 지켜주었지만, 내 아이들은 저주에 집어삼켜지고 말았어. 그때 네 영혼도 함께 몸에서 떨어져 나왔지."

"떨어져…… 나왔다고요?"

"네 몸과 영혼이 강제로 떼어진 거야. 네 영혼에는 로벨이 결계를 쳐서 표시해두었기 때문에, 우리가 네 영혼만을 회수할 수 있었어."

"그건…… 저는, 몸으로 돌아갈 수 있는 겁니까?"

가디엘이 떨리는 목소리로 말하자 오리진은 고개를 가로저었다.

가디엘의 얼굴이 순식간에 창백해졌다. "그런…… 건가……" 하고 힘없는 목소리가 들렸다.

"어머. 포기하기는 일러. 이대로면 죽어버릴 테지만, 살 방법은 있거든?"

"맞아. 그걸 위해서 상을 준비해뒀는걸."

바르와 보르의 목소리는 밝았다. 어리둥절해하면서도 가디엘은 "상……이요?" 하고 의아해했다.

"엘렌을 구해줬는걸! 크게 쏴야지!"

"그렇고말고! 다만, 대가는 커."

"대가……?"

오리진은 딸을 구해준 답례라고 가디엘에게 말했다.

"대가란 네 인간으로서의 생. 인간계에는 그다지 관여할 수 없게 될 거야. 로벨처럼 반정령이 되어 엘렌과 계약할 수 있겠니?"

들은 말에 놀란 엘렌과 가디엘이 움찔하고 어깨를 떨었다.

"가, 가디엘이 반정령……?"

"엘렌과 계약할 수 있는 겁니까?"

물고 늘어지는 부분이 서로 달랐다.

엘렌과 가디엘이 예상하지 못했다는 표정으로 서로의 얼굴을 마주 본 순간, 그 모습을 본 오리진과 쌍둥이 여신의 웃음소리가 주변에 울렸다.

엘렌은 놀람을 감추지 못했다. 가디엘이 살려면 반정령이 되어야만 한다는 말을 듣고, 그 위험성이 머릿속을 스쳤다.

로벨이라는 가까운 예가 있기는 하지만, 로벨 자신이 인간계에 있는 가족과 정령 사이에 끼어서 고민하는 것을 알고 있기 때문이다.

"가디엘, 반정령이 되는 데 저항감은 없는 거야……?"

엘렌이 무심코 그렇게 묻자 가디엘은 어리둥절한 표정을 지었다.

"로벨 님을 봐와서인지도 모르지만, 그다지 저항감은 없는데."

"정령과 함께, 영구한 시간을 살아가는 건데? 인간계에 있는 가족과…… 그……."

죽음이라는 이별을 계속 지켜봐야 하는 쪽이 되는 것이라고는 말하기 힘들었다.

“……왕족이니까, 나는 죽음이라는 각오는 이미 하고 있어.”

“뭐……?”

“언제 폐하가 붕어하실지 모른다는 불안…… 나 자신이 암살당할 가능성. 동생들 쪽을 노릴지도 모른다. 그런 불안과 줄곧 함께 해왔어.”

게다가…… 하고 이어진 말에 엘렌은 가슴이 옥죄어들었다.

“헬그너에 왔을 때도, 죽을 각오는 하고 있었어.”

“그런!”

그러고 보니 헬그너의 왕도 말했었다. 가디엘은 아미엘을 데리러 온 것이 아니라 죽이러 온 것이라고.

가디엘은 이미 많은 각오를 다지고 그곳으로 갔던 것이다. 그것들은 가디엘의 환경을 조금이라도 생각하면 알 수 있는 일이었다.

그 자리에서는 가디엘을 지키는 입장인 사우벨과 로벨 쪽이 그 죽음과 더 가까웠을지도 모른다.

모두가 각오를 하고 그곳으로 향했다는 것을 새삼 생각하자 가슴이 아팠다.

사우벨과 로벨이 무사했던 것과 지금 이렇게 가디엘이 죽음의 문턱에 서 있는 것. 살 가능성은 있다고 하나 그것도 결국은 결과론일 뿐이었다.

엘렌은 복받치는 감정을 참을 수 없었다. 또다시 차오르기 시작한 엘렌의 눈물을 보고, 가디엘은 당황했다.

“엘렌, 울지 말아줘.”

주저주저하는 모습으로 엘렌의 눈물을 닦아주려 했다.

살며시 엘렌의 뺨에 가디엘의 손가락이 닿자 그 촉촉한 감촉에 놀랐다.

"눈물이……."

꿈이라고 계속 생각하고 있던 만큼 가디엘은 조금 혼란스러웠다.

"가디엘과 이야기를 하기 위해서, 가디엘의 꿈속에 들어온 거야……."

"꿈……인 거지?"

"꿈이지만, 내가 모두와 함께 여기에 있는 건 진짜야."

"그런, 거야? 아니, 나로서는 어느 쪽이든 기뻐."

무심코 가디엘을 올려다보자 가디엘은 기쁜 듯이 미소 짓고 있었다.

"형편 좋은 꿈이라도 엘렌과 이야기할 수 있어서, 닿을 수 있어서 아주 기뻐."

"가디엘……."

"나는 줄곧 이렇게 너와 이야기를 나누고 싶었어. 정령이라는 존재를 동경했어. 앞이 보이지 않았던 탓에, 어렸다고는 해도…… 엘렌에게 심한 짓을 해버렸지."

"아냐…… 괜찮아."

"정령에게 미움을 받고 있다는 걸 깨닫고, 새삼 자신의 처지를 깨달았어. 하지만…… 그래도 엘렌과 이야기를 하고 싶었어."

"가디엘……."

"가족에게 손을 대지 않으면, 이야기를 들어주겠다는 말을 해줘서 아주 기뻤어. 이유는 어찌 됐든, 너와 이야기할 기회가 생겨서 날아갈 것만 같았어."

"그랬어?"

"응, 정말이야. 아…… 어떻게 된 거지? 꿈이라고 생각해서 이렇게나 마음 편히 이야기할 수 있는 건가?"

뺨을 붉히면서, 가디엘이 눈가를 휘며 엘렌을 보았다.

그런 얼굴을 보고 만 엘렌은 조금 놀란 탓이기도 한지, 자신의 눈물이 멈췄다는 사실을 깨달았다.

눈꼬리에 남아 있던 눈물을 가디엘이 닦아주었다. 그대로 가만히 서로를 바라보다가 문득 가디엘의 눈동자가 불안하게 흔들리고 있다는 것을 알아챘다.

"엘렌이야말로…… 나랑 계약하는 건 싫은 거야?"

"뭐?"

"내가 반정령이 되어 계약하는 건, 역시 받아들이기 힘들까?"

텐바르의 왕족이기에, 엘렌이 싫어하리라고 생각하게 되고 마는 것이리라.

그 사실을 깨달은 엘렌이 급하게 고개를 가로저었다.

"아니야, 달라. 아버지를 봐왔으니까…… 괜찮을까 하고 조금 불안해졌을 뿐이야."

"계약에 관해서는?"

"그건…… 그……."

가디엘에게서 시선을 돌리고 말끝을 흐리는 엘렌의 반응에 가디엘은 불안해지고 말았다.

"나, 나…… 계약 같은 건 해본 적이 없어서…… 잘 몰라서…… 나로 괜찮은 걸까 하고……."

엘렌이 조금 불안해하며 그리 말하자 가디엘의 눈이 놀라 크게 떠졌다.

"그건…… 나와 계약하는 게 싫은 건 아니라는 거야?"

"어? 시, 싫지 않은, 데……?"

하지만 달리 힘 있는 대정령은 잔뜩 있다.

정령을 동경하고 있다면, 로벨처럼 전투에 특화된 정령이 좋은 것은 아닐까 하는 생각이 들어버린 것이다.

솔직하게 그리 말하자 가디엘은 기뻐하며 "엘렌이 좋아"라고 말했다.

가디엘의 웃는 얼굴을 보고, 엘렌도 왠지 서서히 뺨이 뜨거워지고 말았다.

쑥스러워져서 가디엘의 얼굴을 제대로 볼 수 없게 되고 말았다.

엘렌의 반응을 보고 가디엘도 역시 쑥스러워지고 만 것이리라. 입을 다문 두 사람은 힐끔힐끔 서로를 훔쳐보고는 쑥스러워하기를 반복했다.

"우으…… 잘됐구나. 엘렌……."

"어머나…… 멋져……."

쌍둥이 여신의 희미한 목소리가 들려와서 엘렌은 흠칫하고 어깨를 떨었다.

'그, 그랬지! 다들 있었어……!'

화아아아아끈 하고 얼굴을 붉힌 엘렌이 무언가 말하려 했지만, 입술이 바들바들 움직일 뿐 목소리는 되지 못했다.

가디엘도 "앗" 하는 얼굴을 하고 부끄러워하고 있었다.

"방해해서 미안해. 너무 보기 흐뭇해서."

"엘렌, 미안해. 일단 설명은 하게 해주렴. 끝나면 마음껏 해도 되니까."

"어, 어머니! 마음껏이라니 뭔가요?!"

저도 모르게 새된 목소리로 그렇게 소리치고 말았다. 그런 엘렌을 보고 오리진도 쌍둥이 여신도 흐뭇하게 웃고 있었다.

"네가 반정령이 되는 건 상관없지만, 실은 내가 임신 중이란다."

"그, 그거 무척 경사스러운 일이네요. 회임을 축하드립니다."

갑자기 화제가 바뀌어 놀라면서도 가디엘은 축하 인사를 했다.

"어머나, 고마워. 하지만 있지, 너를 반정령으로 만드는 건 나밖에 할 수 없어."

오리진이 거기까지 말하자 엘렌도 지금부터 하려는 이야기를 짐작한 모양이었다.

"임신 중인 어머니는 힘이 불안정하죠……."

"그런 겁니까……?"

"맞아. 그러니까 너를 반정령으로 만들 수 있는 건 반년 후쯤일까?"

"그때까지 가디엘은 괜찮은 건가요?"

불안을 느끼는 엘렌에게 쌍둥이 여신 둘이 "괜찮아"라고 말했다.

"그런 오리진을 거들기 위해 우리가 여기 있는 거야."

"맞아. 괜찮아. 그러니까. 그때까지 도련님의 영혼을 유지하기 위해서도, 엘렌이 계약을 해줬으면 하는 거야."

그 말에 엘렌은 고개를 갸웃거렸다. 영혼의 유지란 무슨 의미를 가진 것일까.

엘렌의 의문을 알아챈 보르가 설명해주었다.

"몸에서 떨어지고 만 영혼은 더는 몸으로 돌아가지 못해. 붙지를 않아. 그래서 몸을 반정령화시키고, 영혼을 거기에 넣는 건데……."

"그렇게 되면 이번엔 몸에 대해 인간의 영혼이 유지되지 못하게 돼."

"유지되지 못한다……?"

"영혼과 몸의 힘의 분배가 바뀌어버리니까, 영혼이 유지되지 못하고 몸도 곧 못쓰게 되어버리는 거야."

"그건…… 제 지금 상황과 마찬가지인가요?"

엘렌 자신도 힘의 크기와 몸의 크기가 맞지 않는다는 충고를 들었다. 그걸 떠올린 엘렌도 불안해졌다.

"맞아. 반대로 계약하지 않고 몸이라는 그릇을 크게 만들기만 하면, 영혼의 힘이 너무 작아서 반정령화시킨 몸의 힘에 침식되어버려. 의미를 갖지 못하는, 산송장처럼 된다고 하면 이해하기 쉬우려나?"

"히익!"

엘렌은 좀비를 상상하고 새파래졌다. 가디엘을 그런 식으로 만들 수는 없다며 다시 한번 마음을 다잡았다.

여신이 영혼을 선정한 후, 수태까지 안에 거두어들이는 이유도 이

것이었다. 영혼을 여신의 안에서 보호해 힘을 주어 낳기 위함이다.

"엘렌과 계약하면, 여신의 힘이 도련님의 영혼을 지켜줄 거야. 그건 접착제 같은 역할도 하거든. 여신이 몸을 만드는 거니까, 계약자도 여신이 아니면 힘의 균형이 맞지 않아."

"그래서…… 저인 거로군요."

반정령이 된 로벨과 오리진이 여전히 계약하고 있는 이유가 이것이었다.

"그럼 서둘러 계약을 해버릴까. 지금 이러는 사이에도 도련님의 영혼은 위험하거든."

보르의 말을 듣고서 엘렌은 허둥대기 시작했다.

"가, 가디엘 괜찮아?"

"위험하다는 말을 들어도, 전혀 실감이 안 나."

가디엘은 눈에 보이는 범위에서 자신의 몸을 팔부터 다리까지 확인했지만, 딱히 무언가가 일어난 것은 아닌 듯했다.

엘렌이 보는 범위에서도 가디엘의 몸에 이상이 드러난 것처럼은 보이지 않았다.

꿈속이라서 알지 못하는 것인지도 모른다.

"아프거나 하진 않아?"

"그렇지도 않은데. 걱정해줘서 고마워."

"어? 으, 응."

가디엘이 기뻐하며 엘렌에게 감사 인사를 하자 엘렌도 다시 화끈 뺨이 뜨거워졌다.

'우으…… 왠지 부끄러워…….'

다시 붉어지면서, 힐끗 가디엘을 보고 만다. 가디엘을 똑바로 보지 못하게 될 거라고는 생각하지 못했다.

'어째서 이렇게 부끄러운 걸까…….'

엘렌은 여전히 뜨거운 자신의 두 뺨을 감추듯이 눌렀다. 자세히 보니 손목 같은 곳도 붉어져 있다는 걸 알 수 있었다. 아무래도 체온까지 올라갔나 보다.

"이대로는 엘렌이 열이 나고 말 것 같으니까 서둘러 할까?"

엘렌의 상태를 간파한 오리진이 가벼운 투로 그렇게 말했다.

열 같은 거 안 나요! 하고 말하려 했지만, 그보다도 가디엘 쪽이 당황했다.

"엘렌이야말로 괜찮은 거야?!"

"괘, 괜찮아!"

서로가 서로를 걱정하고 있었다. 엘렌은 왠지 이 상황이 웃겼다.

"나도 가디엘과 이런 식으로 이야기할 수 있을 줄은 몰랐으니까, 신이 나는 거려나. 앞으로 많이 이야기하자."

엘렌이 방긋 웃으며 그렇게 말하자 가디엘도 기뻐하며 "그래" 하고 끄덕였다.

"엘렌…… 그건 그냥 신이 나는 게 아니야……."

"아아…… 깨달아줘……."

마른침을 삼키며 쌍둥이 여신이 그런 말을 중얼중얼하고 있었지만, 두 사람에게는 들리지 않았다.

“아, 하지만…… 계약은 어떻게 하는 건가요?”

해본 적이 없으니 모른다. 불안에 조급해져 오리진에게 묻자 “괜찮아” 하고 오리진은 엘렌의 양쪽 어깨에 손을 올려두었다.

“눈을 감으렴. 마음을 느끼는 거야. 엘렌은 이미 정령제에서 도련님이 신경 쓰였었지?”

“네?”

“정령제……?”

가디엘이 놀란 목소리를 냈다. 그도 그럴 터였다.

저주가 활성화해서 쓰러진 후, 가디엘은 동생인 라스엘과 함께 비석 앞에서 줄곧 엘렌에게 말을 걸었었다.

“그 무렵엔 이미 서로가 신경 쓰였지? 계약은 말이야, 영혼의 연결이란다. 나는 혹시나 해서, 그때 한쪽 편을 들지 말라고 충고해 버렸지만…… 아무리 해도 신경이 쓰이는 건 신경이 쓰이고 말지!”

후후후, 나도 그랬어~~ 하고 옛날을 떠올린 오리진이 말을 꺼냈다.

엘렌은 서서히 얼굴이 붉어졌고, 가디엘은 당황을 감추지 못했다.

“어, 어머니, 어째서 폭로하는 건가요?!”

“우후후후후후!”

“엘렌, 정령제라니…… 혹시, 거기에 있었던 거야?”

“어, 그…….”

“엘렌은 있지, 세계가 다른 비석의 뒤편에서 도련님들의 목소리를 쭉 듣고서…… 울었지.”

“울었다고……?”

"엘렌은 정령이자 여신이기도 하지만, 인간도 아주 소중히 여기거든."

"그렇구나. 그래서…… 내 이야기를 듣겠다고 말해준 거구나?"

"…………."

"고마워, 엘렌. 기뻐."

"으, 응……."

가디엘이 오른손을 내밀었다. 손을 올려달라는 재촉에 엘렌은 머뭇머뭇 왼손을 그 손 위에 올렸다.

가디엘은 한쪽 무릎을 꿇고, 기사가 충성을 맹세하듯이 엘렌의 손등에 입을 맞췄다.

엘렌은 두근거리고 말았다. 어찌 반응하면 좋을지 알 수 없어서, 딱딱하게 굳어졌다. 그런 엘렌을 올려다보며 가디엘이 입을 열었다.

"엘렌, 내 영혼을 지키기 위해 계약해주는 거라는 건 알지만…… 나도 널 지키고 싶어."

"가디엘……."

"네 옆에 서는 걸 허락해줬으면 해."

"…………."

가디엘의 손에 올려져 있던 손에 엘렌은 꼬옥 힘을 주었다. 엘렌의 그런 반응에 가디엘은 몹시 놀란 듯했다.

"이미, 지켜줬어. 고마워."

녹아버릴 듯한 웃는 얼굴로, 엘렌은 감사 인사를 했다.

엘렌의 눈동자가 빛을 반사하며 반짝반짝하고 일곱 빛으로 빛났다. 엘렌의 눈물에 반사되고 있는 것인지도 모른다.

이전에 로벨이 자랑했던 엘렌의 신비한 눈동자라는 것을 눈치챈 가디엘은 그런 엘렌의 눈동자에 넋을 잃었다.

엘렌과 가디엘이 맞잡은 손에서 포옹 하고 마법진이 퍼져갔다.

그 마법진은 엘렌과 가디엘을 원으로 감싸고, 회전하고 있었다.

"계약은 이뤄졌어. 내 딸, 엘렌과의 계약을 내가 지켜보겠어."

오리진이 그렇게 말하자 쌍둥이 여신도 축복하듯이 말했다.

"모든 것을 내다보는 보르가 지켜보겠다고 맹세해."

"단죄를 관장하는 바르가 지켜볼 거야. 바람은 안 된다?"

충고를 잊지 않는 바르의 말에 엘렌은 하마터면 웃음이 터질 뻔했다.

자연스럽게 알았다. 이것이 계약인 것이리라. 영혼과 영혼을 잇는 계약.

여신들의 축복을 받고서, 엘렌은 입을 열었다.

『나는 정령왕 오리진의 딸 엘렌. 원소를 관장하는 여신 엘렌!』

엘렌의 말과 함께 엘렌의 힘이 가디엘을 감쌌다.

그 힘은 운명의 실처럼 엘렌과 가디엘을 이었다.

엘렌에게서 빛이 뿜어졌고, 그 방대한 힘이 까맣던 꿈속을 희게 물들였다.

가디엘은 너무나도 눈이 부셔서 그 눈을 감았다.

*

【……곧, ………….】

빛이 잦아들자 오리진과 쌍둥이 여신이 "축하해~~!" 하고 박수를 쳐주었다.

뭔가 변화가 있으려나 생각했지만, 딱히 무언가 변한 것 같은 기척은 없었다.

"저기…… 이걸로 괜찮은 건가요?"

"그래, 괜찮아. 엘렌, 고생했어."

"네. 가디엘, 이제 괜찮……."

【…………했어.】

"어라?"

무언가 들린 것만 같았다. 엘렌이 무심결에 귀를 기울이자 빛이 잦아든 것을 알아챈 가디엘이 "계약은 끝난 건가……?" 하고 엘렌과 같은 말을 하고 있었다.

가디엘도 실감이 되지 않는 것이리라.

【좋아해.】

"네?!"

【줄곧 좋아했어. 기뻐, 이런 날이 오다니…….】

머릿속에 분명하게 들려왔다. 이건, 가디엘의 목소리다.

【엘렌, 좋아해.】

"~~~~윽?!"

퍼엉! 하고 소리를 낼 듯이 엘렌의 온몸이 새빨개졌고, 엘렌은 가디엘을 응시하고 있었다.

엘렌의 상태를 눈치챈 가디엘과 모두도 엘렌의 상태에 고개를 갸웃거렸다.

【엘렌과 쭉 함께 있을 수 있어. 꿈이라고 해도, 이제 미련은 없…….】

"잠깐 잠깐 잠깐! 이건 뭐야—!"

새빨개진 엘렌은 자신의 두 귀를 막고서 오리진의 등 뒤로 서둘러 몸을 숨겼다.

들려오는 가디엘의 목소리에 엘렌은 혼란스러워지고 말았다.

"아, 그랬지."

"그러게, 잊고 있었어."

"어머 어머~~."

오리진과 쌍둥이 여신은 엘렌의 상태를 보고 무언가를 깨달은 듯했다.

가디엘이 저도 모르게 묻자 "네 목소리야" 하고 보르가 말했다.

"계약하면 영혼이 연결되니까, 엘렌한테 네 사고는 전부 새어 나가게 돼."

"네……?"

"도련님의 엘렌을 향한 뜨거~운 마음이, 엘렌한테 다 새는 거지."

"네……?"

"엘렌은 도련님의 사랑의 고백이라도 듣고 있는 게 아닐까?"

여기까지 듣고서 가디엘도 새빨개졌다.

"자, 자자자잠깐……! 내 마음이…… 엘렌에게?!"

"엘렌, 도련님의 마음의 소리는 뭐라고 하고 있어?"

"~~~~~!!"

엘렌은 귀를 막고서 고개를 붕붕 가로저었다. 그 얼굴은 아주 훌륭할 정도로 새빨갛게 익어 있었고, 목부터 손까지 새빨갰다.

살짝 울상이 되어 있는 엘렌은 제대로 가디엘을 볼 수 없게 된 것 같았다.

엘렌의 모습을 보고 모두가 "역시" 하고 생각했나 보다.

가디엘은 경악으로 눈을 크게 떴지만, 금세 사태를 받아들인 듯했다.

"이, 이런 형태로 엘렌에게 전하고 싶지 않았는데……!"

살짝 울고 싶은 모습의 가디엘에게 오리진과 쌍둥이 여신은 조금 동정을 느끼고 말았다.

불가항력이라고는 하나, 가디엘의 마음의 소리를 본인의 허락도 없이 들어버리다니 이런 건 당연히 안 될 일이다.

새빨개져서 조금 울 것 같은 얼굴을 하고 있는 가디엘의 모습에 엘렌은 새빨간 얼굴을 하고서 소리쳤다.

"괘, 괜찮아! 못 들은 걸로 할 테니까!"

"뭐?"

그건 그것대로 충격이었는지, 가디엘의 붉었던 얼굴이 점점 파래져갔다.

"엘렌, 그건 아니라고 생각해."

"동요하고 있는 건 알지만, 들어버렸으니까 제대로 답을 해줘야지."

쌍둥이 여신의 지적에 엘렌은 이제 눈이 빙글빙글 돌기 시작했다.

"하, 하지만……! 이건 어떻게 해야 하는데……?!"

엘렌은 이미 한계였다.

눈이 빙글거리는가 했더니, 휘청하고 몸이 기울어진 것도 깨닫지 못했다. 오리진와 쌍둥이 여신의 당황한 기척만이 전해져 왔다.

"엘렌!"

당황한 오리진이 허둥지둥 엘렌에게 손을 뻗었다. 부드럽게 받쳐 든 순간, 엘렌이 비틀거린 이유를 알아챈 오리진이 "어머 어머" 하고 중얼거렸다.

"역시 열이 났어~."

그 말을 들은 엘렌은 "어라……?" 하고 반응하는 것이, 자신의 상태를 깨닫지 못한 모양이었다.

이마에 손이 올려지자 오리진의 체온이 낮게 느껴졌다.

아무래도 정말로 열이 나버렸나 보다.

"어머, 괜찮아?"

"오늘은 정말로 여러 일이 있었으니까."

엘렌은 정령성으로 돌아왔을 때 이미 졸린 기색을 보였었다. 심리적으로도 체력적으로도 완전히 지친 것이 틀림없다.

가디엘이 엘렌을 걱정하는 목소리가 들려왔고, 엘렌은 "괜찮아"라고 말하려고 고개를 들려 했지만, 몸도 눈꺼풀도 무거워서 견딜 수가 없었다.

“지쳐 있는데 무리하게 계약을 하고 만 건가…….”

추욱 풀이 죽은 가디엘에게 쌍둥이 여신은 엘렌이 어째서 쓰러졌는지를 설명했다.

“엘렌은 원래 몸에 무리가 가고 있거든. 힘을 쓴 후엔 어쩔 수 없어.”

“맞아. 반정령화하면 영혼과 몸의 균형이 맞지 않게 된다고 말한 것처럼, 엘렌도 지금은 힘이 너무 강하거든.”

엘렌이 그런 상태였다는 것은 몰랐다며 여전히 창백한 가디엘에게 쌍둥이 여신은 안심을 시키려는 듯 웃는 얼굴로 “괜찮아”라고 말했다.

“엘렌의 몸 상태가 안정되면 또 얘기하자꾸나. 목소리도 들리지 않게 하는 확실한 방법이 있단다. 계속 들리면, 듣고 있는 쪽은 대화가 힘들거든.”

“맞아, 서두르다 보니 알려주는 걸 잊었어. 미안해.”

“아뇨, 구해주셔서 감사합니다.”

그렇게 말하며 가디엘은 오른손을 가슴에 대고 고개를 숙여 예를 표했다.

오리진과 쌍둥이 여신의 임기응변이 아니었다면, 가디엘에게는 더는 살 방도가 없었을 것이다.

시간은 조금 걸릴 거라고 했지만, 다시 가족과 만날 수 있다고 들은 것만으로도 가디엘은 안도한 얼굴을 하고 있었다.

깔깔 웃는 쌍둥이 여신의 옆에서 오리진이 엘렌을 조심스럽게 안아 들었다.

가느다란 체구의 여성이 엘렌 정도의 체중을 안아 들 수 있는 것인가 싶어 상당히 놀란 가디엘에게 "정령은 아주 가벼워"라고 옆에서 설명해주었다.

"몸이 생길 때까지 조금씩 설명해줄게. 수다쟁이 드리트라도 데려와 줄 테니까 시끄러울 거야."

"네, 네……. 저기, 저는 줄곧 여기에……?"

"여기는 꿈속. 눈을 깜빡이는 정도의 시간의 흐름밖에 느껴지지 않아. 깨달았을 때는 눈앞에 엘렌이 있을 거야."

"맞아. 그게 너는 잠들어 있는 거니까."

쌍둥이 여신의 설명에 멈칫멈칫하면서도 가디엘은 필사적으로 따라가려 하지만, 역시 놀랄 일이 너무 많아서 가디엘도 역시 버거워지고 말았다.

"그, 그런가요?"

"도련님도 지쳤을 거야. 여신의 힘에 영혼이 익숙해지기까지는 시간도 걸려. 너도 쉬도록 해."

"……네."

"그렇지, 엘렌이 깨어나면 가장 먼저 대답을 듣는 게 좋겠어."

"크읏?!"

예상하지 못한 말을 듣고 너무 놀라서 숨이 막히고 말았나 보다.

쿨럭쿨럭하고 기침을 하더니, 꿈속일 텐데도 어째선지 괴로움을 느끼고 말았다. 새빨개져서 동요하는 가디엘을 보며 보르는 크게 웃었다.

"엘렌도 마음의 준비가 필요해. 이해해줘."

"아, 네."

화끈 붉어져가는 가디엘을 보며 바르가 조용히 중얼거렸다.

"이 애, 로벨과 다르게 솔직한걸."

"어머나. 로벨과 비교하면 안 되지. 로벨은 배배 꼬였는걸."

"그것도 그러네!"

로벨이 이 자리에 있었다면 "너희한테 그런 말을 들을 이유가 없어!"라며 분명 소리쳤으리라.

쌍둥이 여신의 말에 메마른 웃음을 짓고 있으려니, 여신들이 "그럼 또 봐" 하고 손을 흔들었다.

가디엘도 고개를 숙였다.

고개를 들었을 때는, 여신들의 모습은 어디에도 없었다.

*

오리진에게 안긴 엘렌이 쌍둥이 여신의 공간에서 나온 순간, 기다리고 있던 로벨이 소리쳤다.

"엘렌!"

엘렌은 새빨간 얼굴을 하고서 축 늘어져 있었다. 로벨이 부르는 소리에 대답하지 않는 것을 보면 이미 잠들었는지도 모른다.

"당신, 쉿이야."

"어떻게 된 거야? 무슨 일이 있었어?!"

“지쳐서 열이 났어. 내 침실에서 재울 거야.”

“아, 그래. 레벤과 클리렌을 데려올게!”

다급한 모습으로 로벨이 전이해 사라진 것을 보고 오리진은 조용히 말했다.

“엘렌이 도련님과 계약했다는 걸 알면, 로벨은 분명 죽이러 갈 거야. 한동안 말하지 말자.”

다행히, 엘렌의 계약은 여신밖에 모른다.

침실로 전이한 오리진은 엘렌을 침대에 눕히다 무심코 웃고 말았다.

“자식한테서 벗어날 수 있으려나?”

분명 평정을 잃으리라는 것을 아는 만큼 “후후훗” 하고 웃음이 멈추지 않았다.

“시끌벅적해지겠어.”

즐겁게 미래를 상상하며, 오리진은 엘렌의 몸에 이불을 살며시 덮어주었다.

제66화 그 후의 헬그너

엘렌이 저주를 정화한 후, 호위들과 함께 성으로 돌아온 듀란은 집무실 의자에 단정치 못하게 깊게 앉아 그저 와인을 들이켜고 있었다.

적잖은 일을 하고 있었으나 말수는 단숨에 줄었고, 딴생각을 하는 일이 많았다.

듀란이 눈에 띄게 흐트러진 것은 엘렌에게 단죄를 받은 그때뿐이었고, 지금은 조용히 손에 든 와인잔을 가만히 바라보며 흔들흔들 흔들고 있었다.

격분하지도 않고, 한탄하지도 않았다. 말없이 애수가 감도는 왕의 뒷모습에 측근인 올가스는 한숨을 숨길 수 없었다.

엘렌의 주변을 조사하고, 지시를 내렸던 것은 올가스였다.

반크라이프트령의 눈부신 발전. 그것들 전부에 엘렌이 관여하고 있다고 바로 알아챈 올가스는 텐바르 왕족 주변부터 엘렌 주변에 이르기까지, 어딘가에 틈은 없을까 하고 줄곧 살펴왔다.

텐바르 왕족과 반크라이프트가의 불화를 눈여겨보고, 로벨을 둘러싸고 제멋대로 굴어대던 아기엘과 아리아에게 주목했다. 틈을 노린다면 이러한 자부터 노리는 것이 좋다.

사실, 텐바르의 영웅인 로벨 반크라이프트는 진심으로 텐바르 왕족을 싫어하고 있었다.

왕족과 가신의 갈등은 국가를 간단히 뒤흔든다. 영웅으로서의 명성, 최근에는 치료원의 발전과 함께 백성에게 다가간 귀족이라며 평가도 높다.

직접 반크라이프트를 노리면 왕족을 제쳐두고 백성의 분노를 살 것이고, 단결할 것이다.

전쟁에서 성가신 것은 단결력이다.

그 정도로 반크라이프트의 힘은 강해져 있었다.

창끝을 아기엘에게서 아미엘로 돌리고, 그 안에서 남몰래 키우고 있던 원한을 외부에서 키워나갔다.

아미엘을 말로 교묘하게 유도하고, 문제가 벌어지면 "또 텐바르 왕족인가" 하고 창끝을 돌리도록 밑 준비를 해왔다.

아미엘의 손으로 전왕을 죽일 수 있었을 때는 듀란도 올가스도 웃지 않을 수가 없었다.

그러나 그것들이 전부 엘렌에 의해 폭로되었다. 설마 이런 일이 될 거라고는 상상도 하지 못했다.

"더 가져와."

비어버린 와인병이 이미 세 병.

탕 하고 테이블에 와인잔을 내려놓은 듀란은 미간에 주름을 잡은 채 눈을 감았다.

"폐하, 너무……."

"조용히 해."

"…………."

올가스는 잠자코 고개를 한 번 숙이고 병을 정리해 들고 나갔다.

혼자 남은 듀란은 자신의 오른팔의 커프스 단추를 풀고 소매를 걷어 올렸다. 드러난 단죄의 흔적을 보았다.

듀란은 자신을 고르지 않은 로레가 배신한 것이라 여기고 있었다. 로레가 고른 인물이, 하필이면 배신자의 피를 짙게 이은 금발이었다고 하는 것도 있었기 때문이다.

왕비가 부정을 저질렀고, 왕족의 피가 아니라는 의혹이 있음에도 불구하고 전왕은 "로레의 뜻대로"라며 류르를 받아들였던 것이다.

믿을 수 없다는 마음으로, 18년이라는 긴 시간 동안 로레를 원망해왔다. 로레에게 선택받은 류르가 참을 수 없이 미웠다. 나라보다도 로레를 우선하는 전왕의 행동도 듀란은 참을 수 없었다.

텐바르와 헬그너의 갈등부터 잘못되었다는 말을 듣고 어찌하면 좋을지 듀란은 알 수 없게 되었다.

쌍둥이 여신의 말로 지금까지 믿었던 것이 발밑에서 무너져내리는 소리가 들려온 것만 같았다. 자신의 행동을 돌이켜보고, 선조와 같은 짓을 하고 있었다고 깨닫게 되었다.

로레의 입장에서 보면 자신이 배신자였다고 하는 절망을 알고, 듀란은 무기력해졌다.

『소중한 사람을 빼앗기는 고통을 깨닫도록 해.』

엘렌이 한 말이 듀란의 귀에서 떨어지질 않았다. 류르가 한 말의 무게를 이제야 알았다.

로레라고 하는 소중한 정령을 빼앗겼다고 착각하고 질투심에 쫓겨, 깨닫고 보니 여러 사람에게서 소중한 사람을 빼앗고 있었다.

술을 아무리 들이켜도 엘렌의 목소리는 계속 들려왔고, 전혀 취하지 않았다.

*

문득, 문 너머에서 시끄러운 목소리가 들려왔다. 올가스가 돌아왔다고 하기에는 소란스러웠다.

원래대로라면 곧바로 옆에 세워둔 검을 쥘 테지만, 지금은 그럴 마음도 들지 않았다.

듀란은 나른하게 고개를 들었다. 기세 좋게 문을 열어젖힌 재상이 소리 높여 웃고 있었다. 뒤에는 많은 자들을 거느리고 있었고, 그중에는 보기 드문 얼굴이 있었다.

"……입실을 허가한 기억은 없다만."

바로 얼마 전까지 창백한 얼굴을 했었던 재상이 지금은 의기양양하게 버티고 서 있었다.

"이런 이런, 어째서 아직 여기에 있는 겁니까? 뻔뻔스럽게 도망쳐 온 배신자가. 이게 우리 왕이었다니, 이 얼마나 한심한가!"

"재상, 네 이놈! 왕의 어전이다!!"

다급히 쫓아 들어온 올가스가 재상과 듀란 사이에 끼어들었지만, 재상이 데리고 온 병사들도 또한 말없이 올가스와 대치했다.

검 자루에 손을 대기 직전인 상태로 양쪽이 서로 노려보고 있었다.

"올가스, 설마 이게 왕이라는 말이라도 하려는 건가? 로레 님에게 거부당한 자 따위 왕이 아니라 그저 배신자가 아닌가!"

"무슨……."

"…………."

첩자를 심어놓은 것은 아무래도 듀란만이 아니었나 보다.

듀란은 자신이 왕위에 서기 위해 조용하게 왕위 계승권을 가진 자들을 없애왔던 과거가 있다.

그것이 주위에 공포가 되는 것은 당연했고, 지금 남아 있는 것은 작위가 낮은 친동생이기도 한 크라하와 재상의 뒤에서 머뭇대고 있는 남자뿐이었다.

'아니…… 류르는 살아 있었던가.'

자리에 어울리지 않게 훗 하고 듀란이 코웃음을 치자 재상 일행은 움찔하며 몸을 떨었다.

"오랜만이로군요. 숙부님."

"아…… 그래………… 그, 그렇, 구나……."

부들부들 떠는 남자는 전왕의 동생이었다. 전왕과는 전혀 닮지 않은 그 모습은, 등을 웅크리고 구석으로 도망쳐 떠는 쥐를 연상케 했다. 옛날부터 듀란을 두려워했고, 얼굴은 파랗게 질려 있었다.

전왕이 떠났을 때도, 이토록 소심한 남자에게 주변은 기대 따위 전혀 하지 않았다. 듀란도 별 볼 일 없다며 내버려 두었다.

"숙부님이 꼭두각시가 되는 모습을 제게 보여주러 온 겁니까?"

듀란의 조소에 재상이 게거품을 물었다.

"다, 닥쳐! 다 알고 있다! 네 탓에 로레 님이 이제 이 나라로는 돌아오지 못한다는 걸! 너의 그……."

보고서대로, 듀란의 오른팔에 시선을 준 재상은 드러나 있는 팔에 남은 단죄의 흔적을 목격하고 "히익" 하고 짧은 비명을 질렀다.

단죄를 알고 있다는 것은, 그 자리에 있던 자들 중에 배신자가 있다는 뜻이리라.

아니, 상황을 전부 보았기 때문에 듀란에게 가망이 없다고 여기고 재상에게 밀고한 것인지도 모른다.

"……시끄럽군."

그래서 어쨌다는 것이냐고 말하는 듯한 태도의 듀란을 올가스가 등으로 감싸자, 재상은 퍼뜩 의식을 되돌렸는지 공격의 방향을 바꾸었다.

"오, 오오오올가스, 네놈도 그렇다! 어째서 이런 중대한 일을 내게 보고하지 않았지? 네놈도 한꺼번에 처형이다—!!"

재상이 손을 휘둘러 올리며 병사들에게 "잡아라!" 하고 소리쳤다. 올가스가 검을 뽑은 순간, 갑자기 공중에 빛이 반짝이며 마법진이 나타났다.

갑작스러운 사태에 모두가 입을 다물고, 마법진이 나타난 공중으로 시선을 보냈다. 그곳에는 공중에 뜬 상태인 대정령과 그 품에 안긴 하얀 고양이가 있었다.

“무슨………….”

『정말이지, 자매가 하나같이 나를 부려먹는구나!』

호제가 화내면서 듀란을 향해 하얀 고양이를 대충 휙 던졌다.

듀란은 조금 전의 태도와는 전혀 다르게 서둘러 의자에서 일어나 에레에게 손을 뻗어 받아냈다.

『흐갸악!』

에레의 뭉개진 목소리에 듀란은 간이 철렁했다. 무의식적으로 에레를 고쳐 안고, 다치지는 않았는지 확인했다.

『돌아오는 건 네가 알아서 전이해라. 나는 이제 안 움직인다!』

그렇게 말한 호제는 전이해 사라졌다.

대체 무슨 일이냐며 주위 사람들은 말없이 듀란의 품 안에서 정신을 못 차리고 있는 하얀 고양이를 보았다.

『우으…… 조금 더 조심스럽게 해주길 바랐느니라…….』

품 안의 하얀 고양이가 꼬물꼬물 움직이며 귀를 쫑긋 세웠다.

코를 움찔거리면서 『듀란은 어디냐?』 하고 방 안을 둘러보고 있었다. 바로 앞에 있던 재상들과 눈이 마주친 에레는 몸을 쭉 뻗으며 소리쳤다.

『음, 너희! 듀란은 어디 있느냐!』

“히익!”

“마, 말했어…… 설마, 정령님……?”

겁먹은 숙부에게 정령이냐고 확인하는 재상. 정령에게서 듀란의 이름이 나오자 병사들은 멈칫대고 있었다.

그것도 그럴 것이, 나라에 있는 정령 마법사의 정령이라고 해도, 말을 하는 정령은 이제껏 로레밖에 몰랐기 때문이다.

"……에레 님?"

머리 위에서 들려온 목소리에 에레가 화들짝하고 몸을 떨면서 허둥지둥 뒤를 올려다보았다. 잠시 그대로 듀란과 에레는 서로를 바라보았다.

어떤 상황인지 에레도 겨우 이해했는지 『……미, 미안하구나』 하고 사과했다.

"아뇨……."

듀란은 에레를 바닥에 천천히 내려놓고 다시 의자에 앉았다. 갑작스러운 일이 연속해 벌어진 탓에, 취하지 못한 머리가 한층 더 또렷해지고 말았다.

이쪽을 보고 있던 에레가 단죄의 흔적이 남은 자신의 오른팔을 알아채고 응시하고 있다는 것을 느낀 듀란은 자연스러운 동작으로 소매를 내리고 소맷부리의 커프스 단추를 다시 채웠다.

『듀란, 미안했다……!』

갑자기 사죄하는 에레의 태도에 재상 일행은 부르르 몸을 떨었고, 듀란은 의아하다는 얼굴을 했다.

『이 몸이…… 이 몸이 듀란에게서 로레를 빼앗았느니라……!』

에레가 한 말의 내용에 재상 일행은 더욱 혼란에 빠졌다. 조금 전까지 배신자라고 외쳤던 입은 이제 소리를 낼 수가 없었다.

보고서와 다르다며 재상은 에레와 듀란을 번갈아 보았다.

에레가 하려는 말의 의미를 알아챈 듀란은 크게 한숨을 내쉬었다. 조용해지고 만 방에서는 그 소리가 크게 들렸다.

듀란의 한숨에 에레는 움찔하고 떨었다. 그것을 시야 끝으로 본 듀란은 입을 꾹 다물었다.

"……에레 님이 사죄하시는 이유를 모르겠습니다."

『듀란…….』

"저는 무의식적으로 로레 님을 배신했다…… 그뿐입니다."

『……로레는 돌아왔느냐?』

"아뇨. 그건 앞으로도 쭉…… 이제, 돌아오는 일은 없을 테죠."

자신의 과실로 로레를 잃는다는 의미. 엘렌의 단죄는, 옆에서 보기에는 대수롭지 않은 것이리라.

그러나 이 나라에서는 달랐다. 로레라고 하는, 나라에 있어 커다란 존재를 잃는 의미는 가늠할 수 없었다.

멸시하던 텐바르의 왕족과 마찬가지로 단죄받은 굴욕. 엘렌은 실로 적확하게 듀란의 의도를 근본부터 뭉개버린 것이다. 마음에서 우러나 정령을 신앙하고 있는 나라에서 정령과 계약하지 못한 왕.

갑자기 텐바르에 나타난 검은 고양이 정령의 소문이 퍼지면, 백성도 금세 눈치채리라. 재상이 했던 규탄처럼, 이제 시간문제였다.

듀란에게는 아직 아이가 없다. 텐바르의 왕족처럼 듀란의 피를 따라 로레가 접근하지 않을 가능성이 있다고 한다면, 이후의 문제도 듀란 한 사람으로 끝나리라고 여겨졌다.

류르가 데리고 돌아오는 것인가…… 하고 생각하던 듀란에게 에레가 소리쳤다.

『듀란, 이 몸과 계약하거라!』

듀란은 태어나서 처음으로 머릿속이 새하얘질 만큼 놀라 무심코 "뭐?" 하고 대꾸하고 말았다. 듀란만이 아니라, 그 자리에 있던 모두가 에레의 말에 귀를 의심했다.

에레는 낮을 관장하는 정령이다. 여신 교회에 있는 쌍둥이 여신상을 지키는 정령이라 불리고 있다.

지난번 단죄 때 에레가 "그놈들"이라고 소리쳤던 것을 듀란은 떠올렸다.

"……에레 님은 교회와 계약하신 게?"

『이 몸과 계약하고 싶어 하는 자는 많았지만, 이 몸은 누구와도 계약하지 않았느니라! 이 몸은 주인님의 계시를 인간에게 전할 뿐이다!』

"…………."

듀란은 지금까지의 취기가 단숨에 도는 듯했다. 지끈지끈하는 두통에 관자놀이를 오른손으로 문질렀다.

『……안 되느냐?』

귀를 축 늘어뜨린 에레를 보며 듀란은 내심 뭐라 말할 수 없는 기분이 되었다.

로레를 사모했던 만큼, 에레에게 마음을 허락하는 것에 저항을 느끼지 않을 수 없었다. 쌍둥이 여신이 아닌, 밤을 관장하는 정령을 신앙하는 헬그너와 교회는 원래부터 사이가 나빴다.

로레가 교회에 있는 것은 언니라고 말하지 않았다면, 헬그너는 교회를 상대로 전쟁을 했을지도 모른다.

지금까지 에둘러 헬그너가 양보하는 형태로 이야기를 피해왔지만, 갑작스러운 에레의 방문은 헬그너가 에레를 유괴했다는 말을 들어도 어쩔 수 없는 사태로 발전할 수 있었다.

"제게 교회와 전쟁을 하라는 말씀입니까?"

『뭐?! 그런 것 따위 바라지 않느니라!』

"…………."

『이 몸의 행동은…… 그렇게까지 폐를 끼치는 것이냐…….』

몸을 웅크리고 뚝뚝 눈물을 흘리는 에레를 보며 듀란은 미간에 주름을 잡고 생각했다.

로레가 아닌 정령과 계약한다고 하면, 또 배신자라는 소리를 들으리라. 그것은 이전, 다름 아닌 듀란이 소리 높여 외쳤던 것이기에 알 수 있었다.

분명 에레가 이 나라에 있는다고 하면 로레도 돌아올 가능성이 높다. 그러나 각국과 연결되어 있는 교회가 상대라면, 듀란도 불리하다고 생각하지 않을 수 없었다.

『이 몸이 전쟁을 하지 않게 교회의 사람들에게 명령하면 어떻겠느냐?』

"…………."

『네 백성에게도, 이 몸은 로레의 대리라고 말하면 되겠느냐?』

"…………."

『로레를 설득도 하마!』

에레는 자신을 받아들이게 하려고 필사적이 되어 있었다.

에레의 뒤에 선 재상 일행이 입을 떡 벌리고 놀라는 모습이 오히려 듀란을 냉정하게 만들었다.

어째서 그렇게까지 하는 것인지 듀란으로서는 이해되지 않았다. 에레에게 무슨 득이 있어서 듀란과 계약하려 하고 있는 것인지 짐작이 되지 않았다.

"어째서 그렇게까지 저와 계약을 하려 하시는 겁니까? 당신과 계약하기를 바라는 자는 달리 얼마든지 있을 텐데요?"

『…………』

듀란의 말에 에레는 풀이 죽으며 속마음을 이야기하기 시작했다.

『이 몸은, 로레가 걱정되기도 했고…… 그리고, 부럽기도 했다…….』

"부럽다……?"

『교회에서 이 몸은, 말하자면 주인님의 덤에 지나지 않는다. 분명 공경을 받지만, 이 몸을 개별적으로 대해주는 것은 아니다.』

"…………"

『이 몸은 로레를 박해하는 교회 놈들이 싫었느니라. 여동생에게 손을 댄다면 나가겠다고 몇 번이고 소리쳤다. 그러나 녀석들에게는 주인님의 말씀을 전하는 자리일 뿐이었다. 주인님은 쌍둥이 여신님의 조카님…… 인간과 접촉하는 것을 귀찮아하는 주인님의 대리가, 이 몸인 것이니라.』

"나가고 싶어도 나갈 수 없었다는 겁니까?"

『나갔어야 했느니라……. 그러나 주인님에게 쓸모없다고 생각되는 것이 무서웠던 이 몸은, 교회 놈들과는 필요 최소한의 접촉만 했느니라…….』

에레는 로레 이상으로 고독했었는지도 모른다.

『로레와 계약한 인간이 나타났다고 듣고 놀랐다. ……그때의 로레는 아주 행복해 보여서…… 다행이라고 생각했느니라.』

류르와 만남을 이뤄낸 것을 지켜본 에레는 여동생의 행복을 그저 기뻐했다.

『죽어서 이별한 후로, 로레는 때때로 류르를 그리워하며 울었다. 그 모습을 이 몸은 몇백 년이나 보아왔느니라…….』

에레는 어느 날, 여왕이 다음 대의 여신을 낳기 위해 영혼을 찾고 있다고 하는 이야기를 언뜻 들었다.

여신에게 부탁하면 그 김에 류르의 영혼을 찾아줄지도 모른다. 어쩌면 류르를 로레 곁에 환생하게 할 수 있지 않을까 생각한 것이다.

『이 몸은 로레를 생각해 행동할 셈이었다. 그러나 그것은 듀란에게서 로레를 빼앗는 일일 뿐이었느니라…….』

참회하듯이 울면서 계속되는 에레의 말을 듀란은 잠자코 듣고 있었다.

『이 몸은…… 이 몸은 로레가 부럽다. 그렇게까지 사랑받는 로레가 부러워서 참을 수 없느리라.』

"그래서…… 어째서 저입니까?"

에레가 로레를 부러워하고 있다는 건 알았다. 그러나 그것이 어째서 자신인지 납득이 되지 않았다.

듀란은 그런 것을 물으면서도 마음속에서는 복잡한 감정이 소용돌이쳤다. 로레에게는 선택받지 못했으나 그에 가까운 존재에게 선택받은 자신.

그 우월감은 감미로웠지만, 그로 인해 책임져야 할 문제도 많았고 대가도 크다고 알고 있던 만큼 주저하지 않을 수 없었다.

『……안 되느냐?』

"대답이 안 되고 있습니다."

『이 몸은 듀란이 좋다고 생각했느니라.』

"……………………"

『그게 이유면 안 되느냐?』

듀란의 마음은 상당히 흔들렸다. 그러나 로레의 그림자가 뇌리에 스쳐 브레이크가 되고 있는 것도 사실이었다.

생각에 잠긴 듀란의 무릎 위로 에레가 폴짝 뛰어올랐다. 지금까지 듀란은 이 정도로 가까이에서 정령을 본 적이 없었다.

크읏…… 하고 무언가를 참는 신음을 낸 듀란에게 에레는 눈을 올려 뜨고서 고개를 갸웃거려 보였다.

『안 되느냐?』

"…………"

『감상적인 것은 이유로 부족한 것이냐……. 이 몸은 그렇게까지 로레를 생각해주는 인물이라면, 신용하기에 충분하다고 여기고 있다.』

정령에게 이런 말까지 듣고 계약을 거부할 수 있는 자가 과연 있을까?

"……저와 계약할 수 있는 겁니까? 제 팔에 있는 단죄의 흔적은 로레 님을 거부하게 합니다만?"

에레와 로레는 둘이 하나.

이어져 있는 정령이라면, 에레에게도 그 단죄가 영향을 미칠 것만 같았다.

『그것은 로레만이니라.』

"……어째서."

이런 일이…… 하고 이으려던 듀란의 말을 에레가 잘랐다.

『공주님은 아주 다정한 분이라 자비를 남겨주셨다. 듀란이 로레를 사랑하는 마음은, 공주님도 알고 계시느니라.』

잘못해서 길을 벗어나게 되었어도, 엘렌은 저주와 동화한 아미엘조차 구원하려 했다.

그것을 떠올린 듀란은 살짝 눈을 크게 떴다.

『실제로 너는 단죄를 받았다고 해서 정령에게, 공주님에게 원망의 말 같은 건 하지 않고 있지. 어째서냐고 외칠 뿐이니라. 원인이 된 이 몸을 힐책하지도 않는다. 로레에게 돌아오라고도…… 이제는 생각하지 않지?』

"…………."

에레의 지적에 듀란은 동요를 감추는 것이 고작이었다.

어디까지 간파하고 있는 것일까. 정령이라서 속마음을 알기라도 하는 것일까?

쌍둥이 여신인 보르는 모든 것을 내다본다고 한다. 그 숲에서 보았던 분이, 에레에게 그렇게 말한 것일까.

『정령은 알 수 있느니라. 자신을 싫어하는 상대 가까이엔 가려 하지 않는다.』

"……그건."

듀란은 진심으로 바라면서도 로레를 원망했다. 그 마음을 로레에게는 다 들켰는지도 모른다.

팔걸이에 놓여 있던 듀란의 오른팔에 에레가 고개를 문질렀다. 그것으로 에레는 아무 문제 없이 자신에게 접근할 수 있다는 것을 알고 마음이 들떴다. 듀란도 에레의 머리를 쓰다듬어보고 싶어졌다.

듀란은 로레와 이렇게 지내고 싶었다. 색은 다르지만, 부드러운 털결에 듀란은 미소 짓지 않을 수 없었다.

머리부터 등을 쓰다듬고, 목덜미를 간질이면 그릉그릉하고 목을 울리는 소리가 들려왔다.

이제 손에서 떼어놓고 싶지 않게 되고 만 자신이 있다는 사실에 듀란은 놀랐다.

"……무슨 말을 하든, 새삼스러울지도 모르겠습니다."

『무엇을 말이냐?』

"저는 당신의 주인님의 여동생에게 손을 대려 했습니다. 그 부분에서 교회가 전쟁을 걸어올지도 모릅니다."

『그, 그건 이 몸이 막아 보이겠다!』

"당신을 빼앗았다며 전쟁이 벌어질 테지요."

『우으…… 그놈들……!』

에레도 교회의 인간들이 그런 말을 외칠 모습이 눈앞에 떠오른 모양이었다.

“텐바르를 놀리는 것도 질렸으니, 교회를 상대하는 것도 좋을지 모르겠군요.”

『……!』

에레의 귀가 뿅! 하고 섰다.

그 말의 의미를 깨달은 에레가 기뻐하는 모습을 본 듀란은 머릿속에서 로레의 그림자가 사라진 것을 눈치채지 못했다.

*

파오 마을로 돌아온 류르 일행은 아주 조금 분위기가 변한 마을을 멀리서 바라보았다.

그 단죄 후, 숲과 가까운 마을로 돌아가는 것에 적지 않은 저항을 느꼈다. 그러나 저주의 영향은 그리 미치지 않았고, 지금도 변함없이 티오츠와 함께 대장간 일을 돕고 있었다.

티오츠는 정령성에서 회복을 한 후, 중요한 때 옆에 있지 못했던 것을 류르에게 사과했다.

“테츠가 무사해준 것만으로도 됐어.”

“유이 님…….”

그보다도 며칠 일을 쉬고 돌아와 보니 대장간 주인은 류르를 몹시도 걱정하고 있었다.

이 대장간 주인은 사실 류르 어머니의 먼 친척이라고 티오츠에게 듣고 류르는 크게 놀랐다.

그렇게 소개받았을 때, 류르는 너무나도 놀란 나머지 눈을 크게 떴다.

"사정은 테츠에게 들었다. 네가 무사해서 정말 다행이야."

"주인 어른이……."

"잠자코 있어서 미안했다. 네게 무슨 일이 생기면 안 된다고 생각해 말하지 않았었다."

류르가 텐바르로 전이하기 위해 휴가를 받겠다고 사전에 전했을 때도, 기사들이 이 마을에 나타나서 몸을 감추려는 것이라고 생각했던 모양이었다.

언제나 호통을 쳐대던 근육 우락부락한 대장간 주인이 류르를 걱정하며 몹시도 안절부절못했다.

이 장소가 들통나서 무슨 일이 생겼을 때, 자신들에게 무슨 일이 일어나도 정 때문에 돌아오는 경우가 있어서는 안 된다고 생각해서 류르에게 엄하게 대했다는 말을 듣고서 류르는 복잡한 기분을 감출 수 없었다.

"나한테는…… 이제 가족은 없다고 생각했습니다."

"……말해서는 안 된다고 생각했는데, 네 할머니가 이 마을 출신이었다. 나와 마찬가지로, 먼 친척이라면 이 마을에 흔하게 있어."

"…………."

"여기서 편하게 지내면 돼. 다만, 지금 숲에 들어가는 건 안 된다. 동물들 상태가 이상하거든."

"아, 그건……."

류르가 무심코 설명하려 하는 것을 티오츠가 말렸다.

티오츠는 조용히 고개를 가로젓고 있었다. 이야기해서는 안 된다는 뜻이다.

"걱정해주셔서 고맙습니다."

"그래. 오늘은 우리 집에서 밥 먹고 가라. 알았지?"

"아, 네."

친근해진 대장간 주인의 태도에 류르는 당혹감을 감출 수 없었다.

*

류르는 눈앞에서 벌어졌던 일이 내심 믿기지 않아서, 집으로 돌아오는 길에 다리는 움직이고 있었으나 여전히 멍했다. 옆에 있던 티오츠가 고개를 숙였다.

"말씀드리지 못해 죄송합니다."

"아니, 괜찮아. ……형제 이외의 핏줄이, 의외로 가까이에 있었단 걸 알고 놀랐을 뿐이야."

"주인님께서 직접 부탁하신 겁니다."

"로레가……. 그렇다고 해도 용케 금발인 나를 받아들여 줬네."

류르가 소박한 질문을 하자 티오츠가 설명해주었다.

"이 마을에서는 격세유전이 많습니다. 주인 어른도 금발입니다."

"에엑?!"

대장간 주인의 머리는 빡빡 밀려 있다. 머리가 자라난 것을 본 적이 없었던 류르가 몹시 놀라자, "불을 쓰면 머리카락에 불이 옮겨붙어 버리니까요"라는 지극히 진지한 답이 돌아오고 말았다.

"그, 그랬던 거구나."

"무슨 생각을 하시는 겁니까?"

"아, 아니, 나는 그만……."

말끝을 흐리는 류르를 보고서 좋지 않은 생각을 하고 있었다고 여겼나 보다.

"한순간, 유전을 걱정하셨습니까?"

티오츠의 말에 류르의 어깨가 움찔 떨렸다. 조금 전 불이 옮겨붙는다고 들은 참이었다는 것을 떠올린 류르는 "놀리는 거지?!" 하며 얼굴을 붉히고 소리를 질렀다.

하하하 하고 웃는 티오츠의 얼굴을 보는 것은 오랜만이었다.

이 나라에서 금발은 살아가기 힘들다. 주변의 시선을 두려워하며 일부러 미는 것인가 생각했던 류르는 자신도 깎는 편이 좋을까 하고 조금 창백해졌던 것이었지만, 티오츠야말로 착각했다는 것을 알아채지 못했다.

류르는 그것을 눈치챘지만 말하지 않아도 괜찮으리라. 깨닫고 보니 웃음 덕분에 어쩐지 어깨의 짐까지 내려놓은 듯한 안도감이 퍼져가고 있었다.

이곳에서는 금발이라고 해서 멸시당하거나 하지 않는다. 그것이 무엇보다도 기뻤다.

최근 들어 뒤숭숭했던 주변 상황에 언제나 신경을 곤두세우고 있었기 때문이리라. 류르 자신도 오랜만에 웃은 듯한 기분이 들었다.

숲의 상황을 말하려 했던 류르를 말린 티오츠의 배려를 지금이라면 알 수 있었다.

형인 왕에게 류르의 존재가 들통났다는 말을 들으면, 그 대장간 주인은 서둘러 류르를 감추려 할 것이다.

"내가 알았다고 말해버려도 괜찮았던 걸까?"

"그건 이제, 시간문제일 테죠."

"……형님은 내 목을 노릴까?"

여전히 떨칠 수 없는 불안. 이 마을을 공격해 온다면, 류르는 어찌하면 좋을지 알 수 없었다.

지켜야 할 것, 소중한 것. 그것을 빼앗긴 듀란은 지금 어찌하고 있을까.

그런 것을 이리저리 고민하며 생각에 잠겨 있으려니, 티오츠가 움찔하며 고개를 들었다.

아무래도 로레에게서 염화로 무언가 듣고 있는 듯했다.

"뭐, 뭐라고요……?"

"티오츠? 왜 그래? 무슨 일 있는 거야?"

소리 내 말하면 소문이 진짜가 된다고 하는데, 설마 정말로 있는 곳을 들켜서 듀란이 여기로 오고 있는 것인가 하고 류르는 창백해졌다.

"……에레 님이."

"에레?"

로레의 언니라고 했던 그 하얀 고양이를 말하는 건가 하고 류르가 어리둥절해하고 있으려니 "에레 님이 지금 헬그너에 계시다고……" 라며 말끝을 흐렸다.

"에레는 교회의 정령이라고 들었는데……?"

"헬그너의 왕과 계약했다고…… 소동이 벌어졌다고 합니다."

"뭐?"

듀란이, 에레와 계약했다?

그 사건에서 어쩌다 일이 그렇게 되었는지, 류르는 뭐가 뭔지 알 수 없었다.

*

로레는 에레와 성대하게 싸우고서 돌아왔다.

『이 몸의 나라인데, 어째서 언니가 듀란과 계약하는 것이냐!』

투덜투덜 화내는 로레의 모습에 류르는 쓴웃음을 짓지 않을 수 없었다.

"그리 말씀하셔도, 주인님은 그 인간에게 접근하시지 못합니다."

『그, 그건 그렇지만……!』

"에레 님은 주인님이 자리를 비운 동안, 왕의 옆에 있고 싶다고 말씀하시는 것 같습니다."

『어째서냐—!』

로레가 분노를 가라앉히지 못하자, 류르가 티오츠와의 사이에 끼어들어 자자 하고 로레를 달랬다.

"형님과 에레가 계약했다니…… 이 나라 사람들은 놀라겠지? 어떻게 되려나."

"에레 님은 주인님의 언니라고 신분을 밝힌 데다, 교회 사람들도 설득했다고 합니다."

"어째서……."

어째서 그렇게나 에레는 듀란에게 연연하고 있는 것일까 하고 생각했지만, 그것은 바로 납득이 되었다.

엘렌에게 용서를 구할 때, 에레는 자신 탓에 듀란이 뒤틀리고 만 것이라며 울었던 것을 떠올렸다.

"죄책감인 걸까?"

"아마도……."

"그런 이유로 정령은 계약까지 하는 거야?"

"안 하죠. 기본적으로 정령이 인간과 계약할 때는, 서로의 영혼이 이끌리니까요."

티오츠도 예전에 류르의 어머니와 계약했었기 때문에 안다. 그때의 일을 떠올리는지, 티오츠는 조금 먼눈을 하고 있었다.

『어째서냐! 이 몸의 나라를 교회에 빼앗기지는 않을지 걱정이다! 이러니저러니 하면서 언니는 교회 놈들을 용서해왔느니라!』

로레가 교회 사람들을 싫어하는 이유를 듣고 류르는 놀랐다.
“로레는 에레가 싫어?”
『뭐냐 갑자기! 이 몸의 반쪽인 언니를 싫어할 리가 없지 않으냐! 하지만 이건 다른 문제다!』
흥분해서 털을 바짝 세운 로레를 류르는 번쩍 들어 올렸다.
“내가 생각하기에.”
『뭐, 뭐냐……?』
“에레는, 나와 로레가 함께 있을 시간을 만들어준 게 아닐까 싶어.”
『뭐라, 고……?』
“엘렌 님에게 단죄받은 형님은 로레에게 접근할 수 없어. 그렇다면 형님이 취할 수 있는 행동은 정해져 있어. 나를 데려가거나, 방치하거나, 죽이거나.”
『뭣…….』
“다행히 달리 동생이 있으니까, 방치할 수도 있겠지만…… 정령과 함께 걸어온 나라인데, 정령이 없다는 걸 알면 국민은 잠자코 있지 않을 거야. 그 이유를 알고 싶어서, 형님을 몰아붙이겠지.”
“확실히 그렇군요…….”
진지한 얼굴로 고개를 끄덕이는 티오츠에게 류르도 고개를 끄덕였다.
“로레를 다시 데려갈 생각이라면, 나를 찾아내려 할 거야. 하지만 형님이 있어선 로레가 나라로 돌아가기 힘들지. 그렇다면…… 나를 죽이고 크라하에게 왕위를 넘긴다고 하는 선택을 취할 거야.”

『어째서냐! 어째서 이 몸과 류르를 방해하는 것이냐!』

로레가 화를 내자 류르는 달래듯이 로레의 머리를 쓰다듬었다.

"에레는 그런 일이 벌어지지 않도록, 선수를 쳐준 게 아닐까 하고 생각하거든."

"에레 님이……."

『언니가! 대체 어찌 된 것이냐?!』

로레는 에레가 하필이면 듀란과 계약한 것에 너무나도 놀라서, 머리가 잘 돌아가지 않는 것 같았다.

로레가 혼란스러워하는 모습을 본 류르는 반대로 냉정해졌다.

"나라의 상징이기도 한 로레를 되돌려놓으려 하는 건 왕으로서 당연. 하지만 그걸 간파한 엘렌 님에게 단죄되었지. 형님은 사방이 막히고 말았을 거야."

그 숲에서 들은, 로레 님을 동경해왔다고 하는 듀란의 외침이 귀에서 떨어지지 않았다.

로레에게 선택받지 못했다고 외친 듀란의 비통한 목소리.

에레가 초대 왕의 영혼을 찾아주려 하지 않았다면, 그리 외치는 것은 어쩌면 자신이었을지도 모른다.

"나는, 형님의 기분이 이해돼."

『류르……?』

"로레를 사랑스럽다고 생각하기에 더욱, 형님의 마음이 이해돼. 그런 형님을 걱정해준 에레의 다정함에 감사하다고 생각해."

그렇게 말하고 류르가 로레에게 미소 지어 보이자, 로레도 자신

탓에 듀란이 뒤틀리고 말았다는 자각이 있었기에 더는 아무 말도 할 수 없게 된 듯했다.

"에레가 형님을 구해준 거야."

『그런…… 것이냐?』

"그렇지 않으면, 계약을 못 하지 않았을까? 나로서는 잘 모르겠지만."

계약하지 않은 류르로서는 그 감각을 알 수 없었다.

그러나 계약을 해본 적이 있는 티오츠와 로레는 지적을 받고 퍼뜩 무언가 깨달은 얼굴을 했다.

『허나…… 허나. 언니는 너무하다! 이 몸을 멋대로 병에 걸린 걸로 만들어서, 한동안 나올 수 없기 때문에 대리로 왔다고 백성에게 멋대로 말했단 말이다!』

"아하하하하!"

『류르! 웃을 일이 아니니라!』

"좋잖아. 게다가 에레가 형님을 감시해주면, 나도 좋거든?"

『어, 어째서냐!』

"로레는 한동안 나라로 돌아오지 못한다고 선언되었잖아? 그럼 그만큼 나와 함께 있을 수 있는 거잖아."

『………………읏!』

류르에게 그런 말을 들은 로레는 갑자기 거동이 수상해지고 말았다.

『뭐, 뭐냐…… 갑자기…… 그렇게나 이 몸과 함께 있고 싶은 것이냐?!』

“응. 로레를 독차지하고 싶어.”

『읏!!』

털이 새까매서 알 수 없지만, 로레는 분명 빨개졌으리라고 류르는 멋대로 해석했다.

『뭐, 뭐냐! 뭐냐! 뭐냐!』

갑자기 바동거리며 날뛰어 류르의 품에서 폴짝하고 도망치는 로레를 보고 류르는 웃고 있었다.

“정말이지, 짓궂으십니다.”

옆에서 티오츠도 쓴웃음을 짓고 있었다.

류르는 막연하지만, 이제 자신의 목숨이 위험할 일은 없으리라고 생각했다.

에레와 듀란의 앞날이 평온하기를, 맑게 갠 하늘을 올려다보며 류르는 바랐다.

제67화 정령으로서의 계약

엘렌이 의식을 되찾자, 침대 옆에는 클리렌이 있었다. 엘렌의 얼굴을 들여다보며 "기분은 어떠십니까?" 하고 물었다.

"저기…… 나……."

어째서 자신이 누워 있는지 알 수 없었다. 그리 물으려 했지만, 목이 말라붙어서 기침을 하고 말았다.

클리렌이 허둥지둥 엘렌의 등을 쓸면서 염화로 어딘가로 연락을 하는 것이 전해졌다.

"지금, 여왕님에게 공주님이 깨어나셨다고 연락드렸습니다."

"네…… 저기, 저, 자고 있었나요?"

"열이 나서 쓰러지셨습니다."

"아……."

들어보니, 가디엘과 계약하고서 이틀 정도 지나 있었다. 몸과 마음의 피로가 쌓여서 쓰러졌나 보다.

'그러고 보니, 어머니가 열이 난다고…….'

정말로 그 직후에 쓰러지고 만 듯했다.

'또 중요할 때…….'

금방 쓰러지고 마는 자신에게 한심함을 느꼈다. 혼란에 빠졌다고는 하나, 가디엘에게는 면목 없는 짓을 하고 말았다. 당장 사과하러 가고 싶지만, 어떤 얼굴을 하면 좋을지 알 수 없었다.

'대답……이라…….'

생각한 순간, 화악 하고 열이 오르고 만 것 같은 착각이 일었다. 클리렌도 엘렌의 얼굴이 갑자기 빨개진 것을 알아차리고 허둥댔다.

클리렌이 엘렌의 체온을 내리려고 힘을 써주었다. 클리렌의 손이 아주 시원해서 기분 좋았다.

힘의 파동이 몹시 기분 좋아서, 이대로 잠들어버릴 것만 같아졌다.

"엘렌이 깨어났다는 건 정말인가—?!"

소란스러운 소리에 졸음에서 깨어났다. 로벨이 울면서 돌격하려고 했으나, 다른 대정령들에게 제압을 당해 저지되고 있었다.

"엘렌~~!!"

"로벨 님! 제발 진정해주십시오!"

"이, 거, 놔~~!"

그런 모습을 엘렌은 침대에서 바라보았다. 아직 몸이 뜨거운 엘렌은 멍한 상태로도 로벨의 고함에 미간을 좁혔다.

"아버지, 조용히 해주세요……."

아직 나른함이 사라지지 않은 엘렌이 조용히 말하자 로벨이 저항을 딱 멈추었다.

"……엘렌~."

작은 목소리로 소곤소곤 부르는 로벨의 모습에 엘렌은 그만 웃고 말았다.

"정말이지~ 아버지는……."

엘렌이 상반신을 일으키자, 클리렌이 서둘러 엘렌의 등에 쿠션을 받쳐주었다.

클리렌이 "공주님은 아직 미열이 남아 있어서 조금 더 안정이 필요합니다" 하고, 어째선지 로벨에게 충고하고 있었다.

"어째서 나한테 말하지?"

"로벨 님이 제일, 공주님에게 무리를 시키기 때문입니다."

"크읏!"

로벨에게 하는 충고라는 걸 알지만, 엘렌도 내심 뜨끔했다. 둘이서 클리렌에게 설교 같은 것을 듣고 있는 사이에 레벤이 레모네이드를 가져와 주었다.

"공주님, 드시지요."

"내놔. 내가 하겠다."

"앗, 로벨 님……."

레모네이드를 빼앗아 든 로벨은 엘렌에게 생긋 웃어 보였다.

의기양양한 얼굴로 레모네이드를 건네는 로벨에게 어이없어하며, 엘렌은 레벤에게 감사 인사를 했다.

"미안해요. 레벤. 그리고 고마워요."

"아뇨 아뇨. 열은 꽤 내린 것 같아 안심했습니다."

"자, 엘렌. 레모네이드란다~~."

로벨은 침대 옆에 걸터앉아 엘렌의 등을 한 손으로 받치며 컵을 내밀어주었다.

달콤한 레모네이드가 아주 맛있었다. 다 마시고 한숨 돌리자 "더

마실래?" 하고 로벨이 물었다.

"괜찮아요."

"그래? 아직 얼굴이 빨갛구나."

로벨의 손이 엘렌의 이마를 덮었다. 스스로 뺨을 만져보아도 알 수 없었지만, 몸이 나른하니 분명 열이 있는 것이리라.

"지난번엔 공주님의 힘의 균형이 무너져서 몸에 영향을 주고 있었습니다만, 이번엔 심신이 모두 지친 것 같습니다. 지금은 일단 안정을 취해주십시오."

"네……."

레벤은 생명을 관장하기에 엘렌의 내부에서 무슨 일이 일어나고 있는지 바로 알아챈 것 같았다.

레벤의 말에 가장 안심한 것은 로벨이었다. 엘렌을 지켜보는 대정령들의 시선이 매우 다정했다.

이번엔 대정령들에게도 협력을 받았다. 로벨을 구하기 위해서 엘렌이 무리한 것을 알고 있었기 때문에, 대정령들도 바지런하게 엘렌을 신경 쓰고 있었다.

"깨어나서 다행이야……."

로벨의 중얼거림에 엘렌은 "걱정을 끼쳤어요"라며 로벨에게 기댔다.

로벨은 엘렌의 머리를 쓰다듬으며 뒷머리에 입맞춤해주었다.

"엘렌 덕분에 살았어. 고맙다."

로벨에게 감사 인사를 받는 것은 왠지 간질거린다. 쑥스러워하자 로벨이 엘렌을 꼭 끌어안았다.

가디엘의 반정령화 문제 등이 아직 남아 있지만, 지금은 로벨이 무사하다는 것과 가디엘이 살아주었다는 것으로도 엘렌은 가슴이 벅찼다. 한동안 긴장을 하고 있었던 탓에 열이 난 것이리라.

아니, 어쩌면 지혜열일지도 모른다.

'여러 가지 일들이 있었지…….'

여신으로서의 정화, 영혼의 선정, 가디엘의 반정령화, 계약.

원래부터 무리하면 안 된다는 말을 듣던 몸이다. 한 번에 경험해 버렸으니 어쩔 수 없는 일인지도 모른다.

로벨의 어깨에 이마를 대고 있던 탓인지, 열이 다시 나기 시작한 것을 들키고 말았다.

"엘렌이 뜨거워!"

"그래서 말씀드렸지 않습니까!"

클리렌에게 혼나는 로벨을 보면서, 엘렌은 레벤에 의해 서둘러 다시 침대에 눕혀졌다.

"엘렌~~! 얼른 나아야 한다!"

대정령들에게 질질 끌려가면서 강제로 퇴출되는 로벨을 향해 엘렌은 이불 끝으로 손만 내밀어 바이바이 하고 흔들었다.

*

잠들어 있던 엘렌의 머리에 시원한 손이 올려졌다.

"…………?"

“어머나, 깨워버렸니?”

오리진이 엘렌의 모습을 보러 와 있었나 보다.

“어머, 니…….”

“아직 열이 있어. 조금 차게 해줄게.”

오리진의 이마가 엘렌의 이마에 콩 맞닿았다. 닿은 부분에서 스으윽 하고 열이 빠져나가는 느낌이 들자 엘렌은 후우우 하고 숨을 토했다.

“어떠니? 숨쉬기 힘든 건 없어졌을 것 같은데.”

“고맙습니다…….”

“피로는 어떻게 할 수가 없구나. 지금은 푹 쉬렴.”

“저기…… 네…….”

엘렌은 묻고 싶은 것이 있어서 머뭇머뭇해버리고 말았다.

‘내 자업자득이지만, 물어도 괜찮은 분위기가 아니야…….’

신경 쓰인다고 하면 신경 쓰인다. 도중에 쓰러지고 말아서 더욱.

“도련님 일이 신경 쓰이니?”

“에엣?!”

엘렌이 생각하던 것을 전부 알고 있는 듯했다. 흐뭇해하며 웃고 있는 오리진의 모습에 엘렌은 화끈 하고 얼굴에 열이 오르는 것을 느꼈다.

“후후후, 로벨은 지금 없으니까 괜찮아.”

“저기…… 아버지한테는…….”

“엘렌이 계약한 건 말하지 않았어. 그걸 말하면 도련님을 죽이러

갈 테니까, 엘렌도 말하면 안 된다?"

"에엣…… 설마 그런."

"안 돼. 로벨은 해."

"히익…… 네……."

"로벨은 엘렌을 정말로 사랑하고 있으니까, 자신이 인정한 상대가 아니면 인정할 수 없다 같은 말을 할 거야."

파랗게 질린 엘렌을 보며 오리진은 깔깔 웃었다.

"다만, 반정령화 이야기만은 했어. 한동안 인간계에는 돌아갈 수 없으니까, 로벨한테 속 시커먼 사람에게 전해달라고 부탁했지."

"아…… 그, 그렇군요."

"지금쯤, 놀아나고 있지 않을까?"

"아, 지금 진행 중인 건가요."

먼저 저쪽에 가디엘은 살아 있다고 연락해버리면 로벨이 죽일 수 없게 될 거라며 선수를 친 모양이다. 보르는 "괜찮아"라고 말했다고 하지만, 분명 불안은 떨칠 수 없다.

엘렌이 가디엘과 계약한 것으로, 텐바르에 엘렌이 이용될 가능성도 있었다.

'가디엘에게 부탁받아도 안 하겠지만……'

또 라비스엘과 응수를 하게 될까? 무슨 말을 듣게 될까 상상했더니, 왠지 우스워져서 웃고 말았다.

라비스엘은 정말이지 책사다. 분명 로벨은 지금 그야말로 고전하고 있을 것이 틀림없다.

"어머나, 왜 그러니?"
"아버지, 속 시커먼 분에게 무슨 말을 듣고 있을까 생각했더니."
"흐음~ 무슨 말을 듣고 있으려나?"
"내 아들이 반정령이 된다고? 그거 기대되는군……일까요?"
"아~ ……말할 법하네. 싫다~."
텐바르의 왕족은 정령과 연결되지 못한다. 자신은 이어질 수 없다고 알고 있는 만큼, 제 아들이 쾌거를 올렸다며 기뻐하리라.
"하지만 어떠려나요. 속 시커먼 분, 가디엘에게 접근하는 건 어려워지겠죠?"
"그러게…… 어떠려나? 반정령화라고는 해도, 어느 쪽인가 하면 도련님은 로벨에 비해서도 인간에 가까워. 몸은 상처 하나 없었는걸. 기분 나~쁜 느낌은 들려나?"
본인에게 물어보는 게 어때? 라는 말을 들은 엘렌은 화끈 하며 빨개졌다.
"어머, 엘렌. 아직도 의식하고 있는 거야?"
"아앗, 어머니!"
"정말이지~~. 좋아한다는 걸 알잖아? 다른 아이와는 반응이 다른걸."
"…………다른 아이?"
"카이라는 애."
"어어어어머어어어니이이이!"
몰래 보고 있었다는 걸 안 엘렌은 저도 모르게 소리를 지르고 말았다.

"아니야! 보르 언니야!"

"어느 쪽이든 아우우우우우우우웃!!"

화난 엘렌의 열이 올라가 버렸다는 것은 말할 것까지도 없지만, 몰래 엿보다니 무슨 짓인가요 하고 엘렌은 자신의 몸 상태가 나쁘다는 것도 잊고 오리진을 몰아붙였다.

"보르 언니한테 지금이야! 라는 연락이 왔단 말이야~~!"

"제 태도를 알고 있던 것 같은 분위기였나요?"

"움찔! 그게, 그렇지만~~!"

자세하게 들어보니, 그 후 오리진은 엘렌과 손거울로 이야기하고 쌍둥이 여신의 경계에 있는 그 우유니 소금 호수 같은 곳으로 대피해 있었던 모양이었다.

"로벨이 전이해서 다시 그곳으로 돌아가 버리면 의미가 없잖아? 그래서 내 힘도 미치지 않는 곳으로 한 거야."

"그럼, 수경은 보지 못했다는 건가요?"

"그렇긴 한데, 그곳은 언니들의 힘이 가득한 곳이니까…… 언니가 허가를 내려준 곳만 발밑이 있지, 수경 같은 역할을…… 알지?"

"전부 보고 있었던 거잖아요!"

"아앙~~! 미안해!"

그 타이밍은 로벨이 숲에 들어가기 직전 정도였을 것이다. 로벨에게 들키면, 분수를 알라며 카이에게 제재를 내릴 가능성이 높다.

가디엘을 죽이러 갈 게 틀림없다고 들은 후라 사태가 심각하게 느껴졌다. 엘렌은 오싹해지고 말았다.

'조, 조심해야 해…….'

계약했다고 보고하면, 가디엘에게서 눈을 떼지 못하리라는 생각을 하고 말았다.

"그런데, 어머니. 책임 전가 같은 걸 하면 보르 언니한테 혼날 텐데요?"

"앗! 꺄아아~ 잘못했어요!"

지금도 아마, 쌍둥이 여신이 보고 있으리라. 타이밍 좋게 오리진의 어깨가 흠칫하는 것을 보니, 분명 염화로 한마디 듣고 있는 것이 틀림없다.

"아, 아무튼. 엘렌은 그때랑 도련님 때랑은 태도가 달랐잖아? 그렇지?"

"이야기를 거기로 되돌리고 싶어서 못 견디시겠나 보네요."

"우으……! 엘렌과 사랑 이야기를 하고 싶을 뿐인데!"

"정말, 그런 건 대체 어디서 배워 오시는 건가요?!"

아무래도 오리진은 딸에게 연애 상담을 받는다고 하는 것이 어머니로서의 로망인 모양이었다.

옛날, 로벨이 아버지로서의 로망은 아이에게 수염으로 까끌까끌 문지르는 거라는 말을 들었던 것을 떠올렸다. 정말이지 꼭 닮은 부부라며 엘렌은 쓴웃음을 지었다.

"보통 부모에게 사랑 이야기는 하지 않는다고 보는데요."

"안 돼~! 그런 거야?!"

"말할 때는 사후 보고나, 결혼 보고가 아닐까요?"
"안 돼애애애애! 그건 로벨과 함께 저지할 거야!"
"네?"
"엘렌의 상대는 우리가 제대로 고를 거야!"
"어라……? 어머니도 아버지와 그런 사이였을 때, 쌍둥이 여신에게 이야기하셨나요?"
"응? 안 하지. 그게, 언니들은 보고 있는걸. 문제가 있으면 말해주잖아?"
"…………."
이야기의 화살이 이상하게 돌아갔다며 엘렌은 먼눈을 하고 말았다.
열이 오른 느낌이 든 엘렌은 현실도피라는 듯이 그대로 침대 속으로 파고들어 자려고 했다.
어쩐지 시계열에 위화감을 느끼지 않는 것은 아니었지만, 열이 있는 엘렌의 머리는 따라가지 못할 만큼 움직이질 않았다.
"아앙, 엘렌! 자면 안 돼!"
"정말 왜 그러시는……."
"어머니는 엘렌과 사랑 얘기를 하고 싶습니다!"
"네에~?"
자면 안 된다고 말하면서 오리진은 엘렌 옆으로 파고들어 왔다. 재울 마음 가득한 태세로, 엘렌의 가슴께를 토닥토닥 가볍게 두드려주었다.
이래선 이야기하는 도중에 잠들어버릴 것 같다고 엘렌은 생각했다.

"그게~ 그런 얘기, 로벨이 있으면 못 하잖아? 난리를 피울 테니까."
오리진의 말을 듣고서 그것도 그런가 하고 생각하고 말았다.
"……어머니는 반대하지 않으시나요?"
"어머, 반대라면 했잖아. 그런데도 엘렌이 신경 쓰인다면 어쩔 수 없지."
"그랬었죠……."
후후후 하고 웃으면서 옆으로 몸을 돌려 누웠다. 서로를 마주 보는 형태로 함께 누워 있으려니 어쩐지 학생 시절의 수학여행 같은 기분이 들었다.
오리진과 이런 식으로 이야기하는 것이 얼마 만인지.
"실은 조금 걱정하고 있어. 인간은 조숙해서 누굴 좋아한다든가 하는 이야기를 이른 나이에 한다고 하잖아?"
"네? 그런가요?"
"인간이면 다섯 살쯤부터 자각한다고 로벨이 말했었어. 그래서 로벨은 엘렌이 태어났을 때부터 경계했었지."
"너무 빨라!"
하지만 생각해보니 전생 전의 첫사랑은 그 나이대였던 것 같은 느낌이 들었다.
열이 있는 탓인지 머리가 잘 돌아가지 않는 엘렌은 "어라……? 그랬던가?" 하고 살짝 혼란스러워했다.
엘렌은 몰랐지만, 반과 처음 만났을 때도 빈트에게 선을 보지 않겠느냐는 말을 들었다고 한다.

그 사실에 몹시 놀라고 있으려니 "엘렌한테는 자유연애를 하게 해주겠다고 정했거든!" 하고 오리진이 자신만만하게 선언했다.

그 외에도 끊임없이 정령들에게 선 이야기가 들어왔나 보다.

'아…… 그래서 주변에 또래 아이가 거의 없었던 거구나…….'

로벨이 집요하게 배제한 것이라고 듣고, 이제 엘렌은 정신이 아득해질 것만 같았다.

"엘렌은 기억이 있으니까, 대상이 연상이려나 하는 생각도 했었는데…… 그런 이야기, 하나도 못 들었단 말이야."

"주변 사람에게 그런 감정을 가진 기억은 없는데요……."

"아니야~! 엘렌은 스스로 상대의 연심을 분석해서 뭉개버렸다고!"

"부, 분석해서 뭉개버려……?!"

"어머니는 줄곧 보고 있었거든요! ……앗."

게다가 스스로 무덤을 파고 말았다는 사실을 깨달은 모양이었다.

엘렌이 뚱한 눈을 하고 빤히 보고 있다는 것을 눈치채고 허둥지둥 수습하려 하고 있었다.

"잘못했어……."

솔직하게 사과하는 오리진을 보며 엘렌은 웃고 말았다.

"걱정해주셔서 감사합니다. 제대로 상담할게요."

상대가 가디엘이라면, 텐바르 왕족과 정령의 갈등을 피할 수 없다. 그렇게 되면 여왕이라는 위치에 있는 오리진에게 상담하는 것이 제일이리라.

"후후. 기다릴게."

다정하게 미소 지으며 오리진은 엘렌의 머리를 쓰다듬었다.

“겁내지 말고 한 걸음을 내디디렴. 마음과 함께 몸의 성장도 빨라질 거야.”

“……어머니?”

“이야기가 길어져서 미안해. 잘 자렴, 엘렌.”

뺨에 입맞춤을 받는 것과 동시에, 엘렌의 의식은 스르륵 멀어져갔다.

*

열도 완전히 내려간 엘렌은 기합을 넣고서 드리트라에게 부탁해 가디엘의 꿈속으로 향했다.

오랜만에 만난 가디엘은 어느새 친해진 건지 드리트라와 싹싹하게 이야기를 나누었다.

“우헤헷! 저주받은 왕자는 얘기가 통하거든~!”

“드리트라 님이 이야기 상대가 되어주시고 있어.”

그렇게 두 사람이 이야기를 나누던 중에 드리트라가 히쭉~ 하고 웃었다.

“나, 밖에 나가 있을게! 우헤헤헤헤!”

그렇게 말하고 슈웅 하고 소리를 내면서 사라졌다.

드리트라가 마음을 써주었다는 걸 안 가디엘과 엘렌은 둘 모두 새빨개졌다.

"저기 있지…… 가디엘……."

"으, 으응."

"우선은…… 멋대로 생각을 들어버려서 미안해!"

"아니, 그건 어쩔 수 없는 사고였잖아. 엘렌은 신경 쓰지 않아도 돼. ……언젠가는 말하고 싶었지만."

그렇게 쓴웃음을 짓는 가디엘에게 엘렌은 "그게 그러니까……" 하고 양손을 꼬물거리면서 대답을 하려고 했다.

"기다려줘. 엘렌."

"응?"

어리둥절해하며 가디엘을 보자, 거기에는 진지한 얼굴을 한 가디엘이 있었다.

계약을 했던 그때처럼 한쪽 무릎을 꿇고서, 엘렌을 향해서 오른손을 내밀었다.

"나부터 얘기하게 해줘."

"어……."

"들려버리고 말았지만, 다시 한번 말하고 싶어."

"앗, 그……."

"엘렌."

"네, 네!"

엘렌은 무심코 움찔하며 자세를 바르게 했다.

"좋아해. 줄곧 좋아했어."

"…………웃!"

"줄곧 너와 이야기를 하고 싶었어. 네 옆에 서고 싶었어. 본래 서로 다가서는 것과는 다른 형태지만…… 그래도 나는, 네 옆에 서고 싶어."

"……응."

"사이에 저주가 있다고 해도, 나는 포기하고 싶지 않았어."

"가디엘……."

"이런 갑작스러운 기습 같은 형태가 되어버렸지만, 부디 내 손을 잡아줘."

말은 필요 없다. 그저 행동으로 보여주면 된다고 배려해주는 가디엘은 얼마나 상냥한 것일까.

'겁내지 말고 한 걸음…….'

오리진의 말이 머릿속을 스쳐 갔다. 아무것도 없이 이 고백을 받았다면, 엘렌은 주저했으리라. 신경이 쓰였던 것은 엘렌도 마찬가지다.

나쁜 건 선조이고, 가디엘은 아무것도 잘못하지 않았는데 하고 줄곧 마음에 응어리로 남아 있었다.

입장상 용서해도 될 일이 아니라는 걸 알고 있었기에 더욱, 뒤에서 줄곧 보고 있었던 것이다.

포기할 수 없는 마음이 어느샌가 동포의 마음까지 바꾸어 정화시키고 말았다. 가디엘이 한 걸음 내디딘 것처럼 엘렌도 역시 한 걸음 내디뎠다.

엘렌은 한 걸음 앞으로 나서며, 내밀어진 손을 꼭 잡았다.

튕겨 오르듯 고개를 든 가디엘과 눈이 마주치자 엘렌은 체온이 단숨에 올라간 느낌이 들었다.

횡설수설하면서도 엘렌은 확실하게 전했다.

"아, 그…… 부족한 사람이지만…… 잘 부탁드립니다……."

가디엘의 눈빛을 견디지 못하고 고개를 숙이면서 슬쩍 시선을 피하고 말았다.

얼굴은 새빨갛다. 손에도 땀이 배어 나오고 있을지 모른다. 마지막 부분은 상당히 작은 목소리가 되고 말았다.

'우으……! 부, 부끄러워……!! …………어라?'

반응 없는 가디엘의 상태에 불안해진 엘렌은 잡고 있던 손을 무심코 빼려 했다.

"앗?!"

빼려 한다는 걸 알아챈 것처럼, 오히려 맞잡아 와서 엘렌도 놀라며 그만 가디엘을 보았다.

서로 눈이 마주치고 알았다. 가디엘의 얼굴도 새빨개져 있었다.

천천히 기쁨이 퍼져가듯이 웃는 얼굴이 되어가는 가디엘에게서 눈을 뗄 수 없게 되었다.

"……기뻐. 고마워. 엘렌."

"으, 응……."

꼭 잡혀 있는 손이 뜨겁다. 자신의 체온 같기도 했고, 가디엘의 체온 같기도 했다.

가디엘의 꿈속일 터인데, 왠지 무척이나 현실적이었다.

"그렇지. 엘렌, 이쪽으로."

"응?"

손을 잡은 채로 이끌려 간 곳에는 새까만 공간 속에 둥근 공간이 있었고, 그 안에 소파가 오도카니 놓여 있었다.

"……소파?"

"드리트라 님이 나를 위해 준비해주셨어. 잠들어 있을 때는 의식은 없지만, 꿈으로 불려 오면 여기에 앉아 있는 일이 많아."

"오호~! 편리하네!"

가디엘에게 안내받아 소파에 앉았지만, 한쪽 손은 잡고 있는 채였다.

'어라……? 손을 놓을 타이밍이…….'

어디서 손을 놓으면 좋을지 알 수 없다. 가디엘도 옆에 앉았지만, 손을 잡은 채 기뻐하고 있었다.

"여신님들에게 불려 왔을 때는, 테이블과 의자가 준비되어 있어. 꿈속이지만 재미있는 체험이야."

"쌍둥이 여신? 그 후에도 가디엘의 꿈속에 오셨어?"

"응. 요즘은 정령에 관해 배우고 있어. 여신들의 배려에 감사해. 아주 멋지고 다정한 분들이야."

"……응, 그렇지."

약간 국어책 읽기처럼 되어버린 듯한 기분이 들었다. 쌍둥이 여신이 다정하다는 점에는 동의하지만, 조만간 정령들에게 두려움을 사고 있다는 걸 알면 가디엘은 어떤 반응을 할까?

“앗.”

“왜 그래?”

“그러고 보니, 가디엘의 생각이 들리지 않아…….”

“아, 그 방법도 배웠어.”

“가디엘은 벌써 배웠구나! 대단해. 나도 배워둬야지.”

“후후, 고마워.”

“아냐. 정말로 미안해.”

또 사고가 생기지 않도록, 상대의 생각이 전부 새어 나오게 되는 일은 피하고 싶다고 엘렌은 생각했다.

‘프라이버시는 중요해!’

그런 생각을 하고 있으려니, 문득 로벨의 얼굴이 머릿속에 스쳐 갔다.

“아, 저기…… 아버지에 관한 건데…….”

“응. 여신님께 들었어. ……이렇게 되리라는 건 알고 있었으니까 마음 쓰지 말아줘.”

“뭐? 알고 있었어……?”

“응. 마음을 전하는 것만으로도 목숨이 위험할 것 같다고 생각하고 있었거든. 엘렌은 신경 쓰지 않아도 돼.”

“우으…… 우리 아버지 때문에 미안해!”

과보호에 지나친 자식 바보인 로벨의 행동은 가디엘에게도 읽히고 있었나 보다. 부끄러워서 견딜 수 없었다.

“엘렌한테서 눈을 뗄 수 없다는 마음은, 이제 이해할 수 있어.

엘렌과 같은 마음이 돼서 기쁘지만, 카이라든가가 틈을 노리고 들 것 같으니까."

"어? 카, 카이 군?"

흠칫하고 말았다.

오리진에게도 들킨 것을 떠올리고, 그만 행동이 수상해지고 말았다.

"…………엘렌, 카이와 뭔가 있었어?"

"아아앗?! 어, 어째서?!"

"……고백받았어?"

"어떻게 아는 거야?!"

놀란 나머지 소리치고 말았다.

아차 하고 생각했지만 이미 늦었다. 가디엘을 슬쩍 보자, 웃는 얼굴이었지만 서늘하게 한기가 도는 듯한 미소를 띠고 있었다.

"히익……."

엘렌이 창백해지며 딱딱하게 굳어버리자 가디엘은 잡고 있던 손을 들어 올려 엘렌의 손등에 살짝 입을 맞췄다.

"당연히, 거절했겠지?"

엘렌은 망가진 인형처럼 끄덕끄덕 고개를 위아래로 움직였다.

카이의 고백을 받아들였다면, 가디엘에게 이런 대답 같은 건 하지 않았을 것이다.

"새치기를 당했을 거라고는 생각 못 했어."

분한 듯한 가디엘을 보며 엘렌은 눈을 깜빡였다.

"가디엘, 카이 군에 관해…… 알고 있었어?"
"물론이지. 엘렌이 안 보고 있을 때 우리는 서로 노려보고 있었거든."
"뭐어?!"
오리진에게 들은 대로, 엘렌은 어느샌가 여기저기서 분쇄해대고 있었나 보다.
모르는 사이에 서로 견제하고 있었다는 이야기에 엘렌도 멍해지고 말았다.
"류르 님에게도 연애 상담을 하고 말았어. 지금 생각하면 처음 만난 건데 면목이 없는 짓을 해버렸어."
"뭐어~~?! 가디엘도 사랑 얘기를 하는구나?"
왕족이라도 그런 걸로 이야기꽃을 피우는 것인가 했더니, 가디엘은 어리둥절한 얼굴을 했다.
"그게 이상한가?"
"사랑 이야기인걸!"
"……앞으로는 엘렌이랑 하고 싶은데."
"응?"
"내 마음을 들려줬으니까, 엘렌에 관한 것도 내게 전부 들려줘."
【엘렌, 좋아해.】
"아앗—!"
갑자기 제한을 해제해서 가디엘이 자신의 사고를 들려주었다.
새빨개져서 동요하는 엘렌을 보고, 가디엘은 소리 높여 웃었다.

*

쌍둥이 여신에게 불려간 오리진은 추욱 풀이 죽고 말았다.

"오리진, 보르한테 뭔가 했어?"

바르가 홍차를 마시면서 무심하게 물었다.

"우으…… 잘못했어요……."

"정말이지, 오리진. 나한테 너무하다고 생각하지 않아?"

"엘렌한테 얼버무리려다 보니, 얼떨결에 말해버렸어……."

추욱 풀이 죽은 오리진에게 바르가 "어머머" 하고 말했다.

"엘렌에게 얼버무리는 게 통할 것 같아?"

"맞아. 금방 들켜버렸어! 게다가 보르 언니한테 혼날 텐데요? 랬어. 정말 혼났어~~."

"역시 엘렌이네."

보르도 응응 하고 고개를 끄덕였다.

"나는 알고 있었거든? 오리진이 엘렌을 신경 써서 수경으로 쭈욱 보고 있다는 걸."

쌍둥이 여신의 경계에 가기 전 이야기다. 그때, 엘렌에게 손거울을 건네려고 반을 불렀던 오리진은 움찔하고 어깨를 떨었다.

"카이 아가가 엘렌한테 고백하는 걸 보고, 반을 붙잡아 뒀던 거잖아!"

"꺄아~~! 하지만! 하지만!!"

"알아~~. 반을 엘렌이 있는 곳으로 돌려보내면 엉망이 될 테니까~~."

"오리진도 참, 재미있어하면 안 되잖아."

"아이이이잉! 어쩌다 그런 거야~~~!"

그때, 오리진이 쌍둥이 여신의 경계에 간 것은 로벨과 거의 동시였다.

엘렌이 카이에게 고백을 받았던 때는, 실은 정령성의 수경으로 제대로 보고 있었던 것이다.

"기분은 알지만, 이건 오리진이 잘못한 거야. 그런고로, 에잇!"

보르가 손뼉을 짝짝 치자 메이드들이 죽 늘어서서 고개를 숙였다.

"벌로 오리진이 숨겨둔 과자를 가져와. 지금부터 다과회다!"

"안 돼애애애애애애애애애애애애!!"

오리진의 울부짖는 소리가 정령성에 메아리쳤다.

제68화 부모 자식 싸움

로벨은 엘렌을 재운 오리진에게 일련의 상황을 설명받았지만, 여전히 믿을 수 없는 심정이었다.

'전하가…… 반정령화라고?'

게다가 본인은 그것을 받아들였다고 한다.

엘렌을 구해준 것에 감사는 한다. 그러나 그것이 원인이 되어 목숨을 잃기 직전이라는 말을 듣고, 로벨은 창백해졌다.

로벨도 부모다. 자식이 목숨을 잃을지도 모른다고 들으면, 부모는 어찌할 바를 몰라 하리라.

다른 자들은 대기 중이던 대정령들이 서둘러 텐바르성으로 전이시켜 대피했지만, 가디엘만은 저주받은 탓에 접근하지 못한 것이리라.

그곳에 데려가지 않았다면 하는 생각을 하지 않을 수 없었지만, 이미 뒤늦은 후회였다.

*

"그러니까, 도련님이 돌아올 수 있는 건 반년 후 정도가 될 거라고 속 시커먼 사람에게 전해줬으면 해."

오리진에게 들은 말이 소화되지 않았다.

"……정말로 반정령화하는 건가?"

"그러지 않으면 도련님은 죽고 말아. 도련님은 자신에게 붙어 있던 동포들의 영혼도 정화시키고, 엘렌을 구해줬어. 우리가 답례를 하는 건 당연하지 않아?"

"……전하는 텐바르의 왕족이라고."

"로벨, 그건 도련님과 관계없는 일이라는 것쯤은 알고 있잖아?"

"하지만…… 정령들이 납득할까?"

"어머나, 동포들을 해방시킨 데다가 엘렌을 구해줬으니까 괜찮아. 당신도 그랬잖아?"

로벨도 반정령화했다고는 하나, 처음에는 상당히 반발이 심했다. 텐바르와 관련된 귀족이라는 것과 정령 여왕 오리진과 계약한 뻔뻔한 인간이라며 기피되었던 것이다.

이때의 대정령들은 텐바르 왕족의 행동 탓에 인간 혐오가 심했다. 이것이 일변한 것은 엘렌이 태어났기 때문이었다.

엘렌은 여왕에 이은 새로운 여신이다. 본래대로라면 정령과 인간 사이에서 아이는 태어나지 않는다.

로벨이 반정령화하고, 오리진과 계약했기 때문에 엘렌이 태어난 것이라고 쌍둥이 여신에게 들은 대정령들은 로벨을 정령으로서 인정했다.

반정령화되었다고는 해도 로벨은 인간계가 신경 쓰이지 않은 것은 아니었다.

남겨진 가족. 이자벨라와 사우벨의 그 후가 신경 쓰여도 로벨은 말할 수 없었다.

그러나 엘렌이 태어났을 때 그것들을 떨쳐내고, 로벨 자신도 자신은 정령과 함께하겠다고 마음속으로 맹세했다.

엘렌이 인간과의 사이에서 태어난 아이인 탓에, 정령들에게 받아들여질 수 있을지 걱정이었다.

그러나 엘렌이 두 살이 되어 막상 모두 앞에 선을 보이자, 순식간에 모두의 마음을 사로잡았다.

엘렌은 언제나 모두를 조마조마 두근두근하게 했다. 금세 전이를 배우고, 성 탐색에 나서서 모두에게 폐를 끼쳤다.

손이 많이 가는 아이라고 생각했더니, 지식욕이 왕성해서 정령들을 질문 공세에 빠뜨렸다.

간단한 마법을 써 보이면, 아직 제대로 발음하지 못하는 말로 『대댜내 대댜내!』 하고 손뼉을 치며 기뻐해준다.

그 보석 같은 눈동자를 반짝이며 바라보는 시선을 받은 자는, 인간과의 사이에서 태어났다고 하는 선입관만으로 엘렌을 싫어할 수 없게 되었다.

'나는…… 줄곧 엘렌에게 구원받았다.'

알베르트에게 했던 말을, 자신에게 돌려주게 되리라고는 생각하지 못했다.

【너는 내 딸에게도 도움을 받았다는 자각이 있나?】

'확실히 그렇다. 엘렌을 구해줬다고 한다면, 인정할 수밖에 없겠지…….'

생각에 잠겼던 로벨이 퍼뜩 정신을 차리고 보니 눈앞에 생긋 웃는 오리진이 있었다.

"마음은 정한 거야?"

전부 내다본 그 말에 로벨은 아주 조금 불만스럽게 말했다.

"정말로…… 엘렌이 얽히면 변하지 않을 수 없는 모양이야."

한숨과 함께 그런 말을 중얼거리자 "정말이라니까" 하고 오리진도 웃었다.

*

그 숲에서 사우벨 일행이 탈출하고, 몇 시간이 더 지났을 때.

먼저 돌아온 사우벨 일행이 아미엘의 상태를 이미 보고했으리라. 로벨이 집무실로 전이해 가보니 분위기가 무거웠다.

보고에 따라서는 반크라이프트가가 텐바르에서 없어지는 이야기가 될지도 모른다.

'아니…… 엘렌의 공적을 생각하면 그건 아닌가.'

지금 반크라이프트가는 텐바르에 없어서는 안 될 영지가 되어 있다. 이것도 엘렌 덕분이었다.

이쪽을 가만히 바라보는 라비스엘을 알아차린 로벨은 한숨을 내쉬었다.

"혀, 형님……! 전하는?!"

로벨 주변을 이렇게나 싶을 만큼 두리번거리며 둘러보던 사우벨이 새파란 얼굴로 소리쳤다.

아미엘에 관해 묻지 않는다는 것을 보면 이미 죽었다고 전달받은 것이리라.

배신을 저지르고, 게다가 가디엘을 죽이려 했다. 이렇게 되면 추문을 피하기 위해 조용히 죽은 것으로 만드는 건 당연했다.

"그 일로 보고가 있습니다."

로벨이 라비스엘에게 고개를 숙이며 그리 말하자, 라비스엘은 조용히 "듣지"라고 말했다.

"전하는…… 제 딸을 감싸고 쓰러졌습니다."

"무슨……."

주변의 분위기가 술렁였다. 그러나, 지극히 냉정한 상태인 라비스엘은 핵심만을 물었다.

"살아는 있는 건가?"

"……뭐 일단은, 이라고 해야 할까요?"

"일단이란 건 무슨 뜻입니까? 로벨 님!"

라비스엘의 근위가 으르렁댔다.

그것을 한 손으로 제지한 라비스엘과 무표정하게 마주 보고 있으려니, 사우벨이 앞으로 나섰다.

"전하는 지금 어디에 계십니까?"

"…………."

"형님!"

동생이 위압을 날릴 거라고는 예상하지 못했던 로벨은 작은 목소리로 중얼거리듯이 말했다.

"정령계에 있습니다."

"뭣?"

웅성웅성 단숨에 주변이 술렁거렸다. 그도 그럴 만했다.

이 일련의 흐름은 모두가 기억하고 있었다. 로벨이 정령계로 가게 되었을 때와 같았기 때문이다.

"아들은 살 수 있나?"

"전하는…… 승낙하셨습니다."

"무얼?"

"………………"

"로벨."

라비스엘에게 다시 재촉을 받은 로벨은 무거운 한숨을 한 번 내쉰 후 말했다.

"……전하는, 반정령이 되는 것을 승낙하셨습니다."

주변이 순식간에 고요해졌다. 사우벨과 근위들은 더할 수 없이 눈과 입을 크게 벌리고 있었다.

정령에게 접근하지도 못했던 왕족이 어째선지 정령계에 있고, 게다가 반정령화한다니. 대체 어찌 된 일일까.

모두가 당황한 얼굴을 하고 있는 중에, 그 정적을 깬 것은 라비스엘의 웃음소리였다.

"내 아들이 반정령이 된다고? 그거 기대되는군!"

"아아아아아아아 이래서 싫었다고……!!"

로벨이 그렇게 소리치며 머리를 끌어안았다.

"말해두겠습니다만, 정령들은 아직 인정하지 않았거든요!!"

"호오? 그 발언대로라면 아들은 여신에게 인정을 받았나 보군."

"크으읏……!"

로벨의 불경하기 그지없는 태도에 사우벨은 머리를 끌어안았다.

"형님!"

사우벨이 노려보자 로벨은 움찔하고 어깨를 떨었다.

"전하는 언제, 돌아오실 수 있는 겁니까?"

"오리가 반년은 걸릴 거라고 했다. 나 때도 그랬지만, 몸이 반정령화하고 힘에 익숙해지는 데 조금 시간이 걸려. 정령계와 인간계는 힘의 출처가 다르거든."

로벨이 어깨를 으쓱이며 한 말에 사우벨은 절로 안도의 한숨이 나왔다. 전하가 살아 있다고 듣고 가장 안심한 것은 사우벨이었기 때문이다.

가디엘이 그대로 죽음을 받아들였다면, 사우벨의 목은 틀림없이 날아갔을 것이다.

"반정령화한다는 건…… 앞으로는 내 옆에 있을 수 없다는 거겠지?"

"……그렇겠지요."

"알았네. 또 무슨 일이 있으면 보고하게."

로벨은 싫다는 얼굴을 하면서, 아무 말 없이 전이해 사라졌다.

그런 형의 불경함에 사우벨은 새파래지면서 라비스엘에게 고개를 숙였다.

"저 녀석은 변함이 없군."

"폐하…… 제 조카 때문에…… 죄송합니다."

사우벨이 고개를 숙이자 라비스엘은 한쪽 눈썹을 움찔하고 움직였다.

"너는 그 자리에 있었지 않나?"

"……네?"

"나는 학원 지하에서 여왕에게 맹세했다. 그걸 가디엘이 지켰다. ……그뿐이다."

—나는 맹세한다. 여왕에게, 그리고 그 보물인 엘렌에게. 정령과의 약속을 지키겠노라고. 그리고 엘렌을, 로벨을 온 나라가 나서서 지키겠다고.

"폐하……."

"라스엘을 여기로 불러와라."

이 나라는 없는 것에 매달리는 그런 나라가 아니다.

반정령화한 가디엘에게, 이 이상 텐바르의 책무를 지게 할 수는 없다. 라비스엘 나름의 부모의 마음이었다.

*

가디엘의 반정령화까지 앞으로 반년. 너무나도 시간이 부족하다며, 가디엘의 꿈속에 엘렌도 동석하게 되었다.

쌍둥이 여신이 온다고 하는 날에 드리트라에게 부탁해 함께 기다렸다.

소파에 앉아 셋이서 이야기를 하던 중에 드리트라가 홱 고개를 들었다.

"우헤헤! 주인님이 와!"

드리트라가 그렇게 말하자 주변이 화아악 밝아지고 4인용 테이블과 의자가 준비되었다.

가디엘의 꿈속에 나타난 쌍둥이 여신에게 인사와 함께 고개를 숙인 가디엘의 옆에서, 엘렌도 "안녕하세요!" 하고 기운차게 인사를 했다.

"어머나, 안녕."

"어머 어머, 안녕. 방해가 됐으려나?"

"아, 아니에요!"

당황하면서 손을 옆으로 휙휙 흔드는 엘렌의 반응에 쌍둥이 여신은 웃었다.

"우후후, 드리트라한테 들어서 알고 있어. 도련님의 마음의 소리를 안 들리게 하고 싶다며?"

"후후후, 장난이라도 당했어?"

아무래도 놀린 것인가 보다. 그리고 여전히 모든 것을 내다보고 있다. 엘렌은 "맞아요……" 하고 얼굴을 살짝 붉히면서 쌍둥이 여신에게 부탁을 했다. 그러자 옆에 있던 가디엘이 풀죽은 표정을 지었다.

"엘렌은 그대로여도 괜찮은데?"

"정말—!"

엘렌은 새빨개져서 가디엘을 토닥토닥 때렸다.

맞으면서도 기뻐하는 가디엘과 새빨간 얼굴을 하고 있는 엘렌의 재롱을 쌍둥이 여신은 흐뭇하게 보고 있었다.

"하지만 엘렌, 지금 배워도 일시적일 거라고 보거든?"

보르에게 그런 말을 듣고 엘렌은 놀라서 로벨을 때리던 손을 멈추었다.

"네? 어, 어째서요?"

"어머, 엘렌. 도련님이 반정령화하면 염화를 쓸 수 있게 되잖아."

"앗!"

"여신님, 그 이야기를 자세히 들려주시겠습니까?"

"가디엘은 아직 몰라도 된다고 봅니다!"

일시적이라도 가디엘의 장난이 줄어든다면 받아야 한다고 생각했는데, 염화가 있다는 것을 잊고 있었다.

가디엘은 다른 방법이 있는 것이냐며 흥미진진해했다.

우우웃 하고 볼을 살짝 부풀리고, 화난 얼굴로 엘렌은 가디엘에게 "안 돼"라고 말하려 했다.

그러자 뒤에서 엘렌의 뺨을 보르와 바르가 한쪽씩 콕콕 찔렀다.

"엘렌, 뺨이 다람쥐 같아."

"정말, 다람쥐네."

좌우에서 콕콕 찔린 엘렌의 얼굴이 입을 작게 오므린 이상한 표정이 되어버렸다.

그것을 바로 앞에서 본 가디엘이 "풋" 하고 웃어버리는 바람에, 새빨개진 엘렌에게 다시 토닥토닥 맞게 되고 말았다.

"아, 맞다, 맞다. 엘렌은 이웃 나라에 관해서 들었니?"

"네?"

"그 남자, 낮의 아이와 계약했어."

엘렌은 눈을 깜빡였다. 쌍둥이 여신의 이야기가 어디로 튄 것인지 한순간 이해하지 못했다.

"이웃…… 헬그너의 왕이, 에레와 계약한 건가요?!"

한 박자 늦게 그리 말한 엘렌에게 보르가 "맞아 맞아"라며 웃었다.

옆에서 곤혹스러워하고 있는 가디엘에게 엘렌은 지금까지의 일을 설명했다. 그러자 가디엘은 간단히 정령과 계약한 듀란에게 상당한 질투를 느끼는지 씁쓸한 얼굴을 했다.

"어머, 도련님이 질투하고 있어."

"우읏…… 죄송합니다. 제가 완전히 포기하지 못한 채, 어린 시절부터 정령과 계약하는 걸 꿈꿨다 보니……."

"어머나. 엘렌과 계약할 수 있었잖아. 사랑과 소원을 한꺼번에 이루다니 제법이네!"

"으읏."

"꺄앗."

가디엘과 엘렌이 부끄러워하며 지른 비명이 메아리쳤다.

"기묘하게도 오리진이랑 로벨과 똑같다니, 운명이야!"
"정말이네. 두 번 있었던 일은 세 번도 가능하려나?"
"이런 일이 몇 번이나 일어나면 큰일이거든요……."
쓴웃음을 짓는 엘렌의 모습에 쌍둥이 여신이 서로 얼굴을 마주 본 후, 의미심장하게 웃었다.
"우후후."
"우후후. 그보다도 우리, 엘렌한테 감사 인사를 하고 싶었어."
"맞아. 감사 인사를 하고 싶었거든."
"……감사 인사요?"
고개를 갸웃거리는 엘렌에게 바르가 말했다.
"엘렌만 할 수 있다. 우리는 그렇게 말했지."
"맞아. 엘렌만 해낼 수 있었어."
헬그너의 왕에게 내린 단죄를 말하는 것이라고 이해한 엘렌은 조용히 등줄기를 곧게 폈다.
"우리 여신은, 이 세계를 윤활하게 돌려야만 해. 그렇다고 해서 정령에 치우쳐서도 안 되지."
"이웃 남자가 저지른 죄에 비해서, 남들이 보기에 밤의 아이만 접근하지 못한다는 건 사소한 문제야. 하지만, 반대로 그야말로 치명적."
"그 남자가 완전히 정령에게 버림받으면, 이번엔 같은 나라의 사람에게 살해될 테지. 다음에야말로 밤의 아이를 빼앗았다며 이웃 왕은 새로운 꼭두각시가 되어 전쟁을 선동해 오는 미래가 있었어."

그렇기에 어느 쪽에도 치우쳐서는 안 됐다고 다시 쌍둥이 여신은 말했다.

"엘렌 덕분에, 낮의 아이도 구원받았어."

"에레가…… 말인가요?"

"그 아이도 오랜 시간 인간 불신이었거든. 소중한 반쪽이 오랜 세월, 인간에게 박해를 받았으니까."

"밤의 아이가 인간을 좋아한다는 것도 받아들일 수 없었지…… 그래서 더더욱, 밤의 아이에게 마음을 주는 인간이 신경 쓰이고 만 거야."

"…………."

엘렌의 소중한 것을 빼앗으려 한 듀란은 분명 용서할 수 없었지만, 정령을 좋아하기에 길을 벗어나고 말았다고 하는 이유는 엘렌도 이해할 수 있었다.

'너무 물렀나 싶었는데, 에레가 구원받았다고 한다면…….'

"후후후. 그래. 하지만, 엘렌은 그거면 돼."

"앗."

보르에게 마음을 읽히고 말았다는 걸 깨달은 엘렌은 당황했지만, 쌍둥이 여신은 자애의 시선으로 엘렌을 보았다.

"엘렌이 자비를 남긴 덕분에, 남자와 낮의 아이는 구원을 받았다. 그리고 그게, 남자를 변화시킬 거야."

"……남자를 변화시킨다?"

가디엘의 물음에 쌍둥이 여신이 재미있다는 듯이 웃었다.

"그게 그 남자, 정령을 아주 좋아하는걸!"

"맞아 맞아. 그래서 낮의 아이가 고삐를 쥘 거야! 이걸로 다루기 쉬워지겠지~!"

소리 높여 웃는 쌍둥이 여신의 모습에 엘렌과 가디엘이 얼굴을 마주 보았다.

자세히 물어보니, 로레에게만 매진하는 나라라는 건 앞으로도 위험했다고 한다.

인간을 다스리는 입장인 쌍둥이 여신은, 교회에서 빛과 낮이라는 밝은 의미로 신앙의 대상이 되고 있다.

반대로 상처 입히고, 박해하려 했던 로레를 지키고 있던 헬그너는 이런저런 이유를 붙여서 로레를 박해하는 교회와 적대했다. 쌍둥이 여신에게는 거슬리는 일이었던 것이다.

"엘렌, 정말로 고마워!"

"우리가 보기에 인간 같은 건 성가시고 귀찮단 말이야! 한꺼번에 단죄해줄까 생각하고 있었거든. 덕분에 살았어~~!"

쌍둥이 여신이 한 감사 인사의 의미를 알고서 엘렌은 피로가 한꺼번에 밀려드는 기분이 들었다. 한숨을 한 번 내쉬고 옆을 보자, 가디엘도 같은 기분인 것 같았다.

'헬그너의 왕은, 앞으로 힘들겠어.'

얼굴을 마주 본 엘렌과 가디엘은, 앞으로 듀란이 쌍둥이 여신에게 제멋대로 다뤄지리라 생각하고, 그만 뿜고 말았다.

두 사람은 함께 키득키득 웃었다.

"한 건 해결, 인 걸까?"

"그런 것 같네."

엘렌 안에 남아 있던 떨쳐내지 못했던 응어리가 이 웃음으로 날아갔다.

*

그런 대화를 나누면서 꿈속에서 지낸 반년 후. 드디어 오리진이 산기를 보였고, 엘렌과 로벨은 별실에서 줄곧 안절부절못하고 있었다.

로벨은 엘렌 때 경험했지만, 엘렌은 첫 경험이다.

반크라이프트령의 치료원에 새롭게 설립한 조산원의 강습회에는 몇 번인가 참가했지만, 막상 중요한 순간이 되자 역시 긴장이 되었다.

"하~~~ 두 번째지만 전혀 익숙해지질 않아……."

소파에 앉아서 몸을 앞으로 숙이고 양손을 깍지 끼고 고개를 아래로 숙이고 있는 로벨 앞에서, 엘렌은 테이블에 매달려 중얼거리며 정신없이 종이에 무언가를 적어넣고 있었다.

테이블에는 사전이 산뜩 놓여 있었고, 이게 아냐 저게 아냐 하고 무언가를 조사하고 있는 듯했다.

"엘렌, 무얼 하고 있니?"

아무래도 신경이 쓰였는지 로벨이 엘렌의 등 뒤에서 손가를 들여다보았다.

종이에는 갓난아기의 기저귀 가는 방법과 식사에 관한 주의 사항, 목욕 방법 등이 적혀 있었다.

"……치료원에서 나눠주고 있는 거니?"

"맞아요!"

"엘렌………… 무척이나 말하기 어렵지만, 그건 유모의 일이거든?"

순간, 엘렌은 쿠궁! 하고 충격을 받은 표정을 지었다.

"어? 네? 안 하는 건가요?!"

"마음은 이해해. 나도 엘렌한테 하려다가 엄청나게 혼났거든. 이번에도 하게 해주지 않을 것 같은데."

"아앗—?!"

정령계에서도 역시 여왕의 아이쯤 되면, 인간계의 귀족과 대우가 그다지 다르지 않은 것 같았다. 엘렌 본인에게도 분명 유모가 있다.

엘렌은 반크라이프트령의 조산원에서, 예행 연습이 될 거라며 자원봉사를 해왔다.

그 모습을 보고 있던 로벨은 동생이 태어나면 해보고 싶은 거구나 하고 눈치챘지만, 줄곧 말하지 못했던 것이다.

"요즘 세상엔 남성도 육아에 참여해야 합니다!"

"응? 응. 그건 치료원에서도 들었어."

"유모 같은 건 관계없습니다! 하고 싶으니까 한다! 그게 전부입니다!"

"헉! 엘렌, 그렇지! 나도 그렇게 생각한단다!"

그렇게나 엘렌은 로벨에게 자식한테서 벗어나라고 부탁해왔으면서, 엘렌도 로벨처럼 되어버렸다며 방에서 대기하고 있던 메이드들은 파랗게 질렸다.

"아아~~ ……오리 옆으로 가서 쭉 붙어 있고 싶어……."

"저도요……."

둘 모두 줄곧 오리진을 걱정하고 있다. 이 상태가 열 시간 가까이 이어지고 있었다.

"성이 반파되지 않으면 좋겠는데……."

"에엑?!"

조용히 중얼거린 로벨의 말에 엘렌이 놀라 소리를 질렀다. 정령의 출산은, 남편의 동석은 허락되지 않는다고 한다.

그건 태어난 순간, 부모와 아이의 마력이 충돌하는 일이 벌어져 큰 사고가 되기 쉽기 때문이라고 한다.

태어난 순간, 갓난아기가 부모를 죽일 수도 있다는 말을 듣고 엘렌은 매우 놀랐던 것을 기억하고 있었다.

게다가 오리진의 강한 힘을 생각해 엘렌 때와 마찬가지로 엄중한 경계 태세가 갖춰져 있었다.

성의 수호를 맡고 있는 다른 정령들과 함께 로벨이 성의 결계를 강화하고 있는데, 그것을 깨부수기라도 한다는 것일까?

'아버지, 잠깐요. 이 타이밍에 말하면 플래그잖아요!'

엘렌은 식은땀이 나고 말았다. 엘렌과 로벨의 대기 장소가 오리진이 있는 곳에서 가장 먼 것도 그런 이유 때문이란 걸 알고, 창백해지지 않을 수 없었다.

"엘렌 때는 성이 거의 붕괴했거든……."

"죄송합니다—!!"

엘렌 때는 그 정도로 대단했던 모양이다. 그런 이야기를 하고 있던 때였다.

콰아아아아아아아아아앙…….

오리진이 있는 방향에서 땅울림과 함께 성이 흔들렸다.
"태어난 건가?!"
"네에에에엣?!"
갓난아기의 첫울음이 흔들림과 땅울림이라니 너무 크다. 서둘러 일어난 로벨과 함께, 엘렌은 적지 않은 컬처 쇼크를 받은 상태에서도 소파에서 일어났다.
그러자 다음 순간.

콰아아아아아아아아아아아앙!

제2파가 찾아왔고, 엘렌과 로벨은 비틀거렸다.
"어라?"
"두 번?"
얼굴을 마주 본 로벨과 엘렌은 서둘러 오리진이 있는 곳으로 달려갔다.

*

몇 겹이나 마법진이 펼쳐져 있는 그 너머에서, 엘렌과 로벨을 눈치챈 대정령이 만면에 미소를 띠며 말했다.

"로벨 님, 엘렌 님. 축하드립니다! 남녀 쌍둥이 자제분이십니다!"

"와아아아 쌍둥이―?!"

"오리! 잘했어!"

남자아이와 여자아이.

새 가족이 이 세상에 태어났다. 로벨과 엘렌은 눈물을 글썽이며 서로를 얼싸안고 기뻐했다.

아기들의 힘을 억누르는 결계가 펼쳐져 있어, 쌍둥이 여신의 축복을 받은 후에 엘렌과 로벨은 겨우 오리진을 면회할 수 있었다.

지금 아기들은 유모와 메이드들이 목욕을 시키고 있다고 한다.

쌍둥이 여신은 어딘가에 보고를 해야 한다느니 하며, 엘렌과 로벨에게 축하한다는 축하 인사 한마디를 남기고 바로 떠났다.

"어머니!"

"오리!"

오리진이 누워 있는 침대로 달려갔다. 지친 표정이기는 했지만, 오리진은 생긋 웃으며 두 사람을 맞아주었다.

"둘이나 배에 있었다니, 놀랐어~."

"아아, 오리…… 고마워."

로벨이 오리진에게 키스를 하자, 오리진은 기쁜 듯 웃었다.

"어머, 니…… 우읏……."

감동한 나머지 훌쩍훌쩍 울고 있는 엘렌을 보고 오리진은 어머어머 하고 엘렌의 머리를 누운 채로 쓰다듬었다.

"엘렌도 참. 이제 언니이자 누나가 되는 거니까 울면 안 되지."

"우으~~ 오늘만이에요~~."

"그럼 어쩔 수 없지."

엘렌은 눈물을 소매로 닦으면서 오리진의 뺨에 입을 맞췄다.

로벨은 간지러워하는 오리진과 울며 웃고 있는 엘렌을 사랑스럽다는 듯 보고 있었다.

"충격파가 두 번이나 있어서, 오리진한테 무슨 일이 생긴 건가 했어……."

로벨의 걱정에 엘렌도 고개를 위아래로 끄덕끄덕 움직였다.

"나도 놀랐어~. 첫째를 안아 든 대정령이 방심하다 날려갔거든."

"으아아…… 모두 무사한가요?"

"우후후, 괜찮아. 방도 무사해서, 이 정도로 끝났다며 기뻐하던걸."

정령의 출산은 이렇게나 격렬한 것인가 하고 엘렌은 살짝 먼눈을 했다.

"어머나. 이번 출산은 그래도 괜찮은 편이야. 엘렌 때는 성이 부서졌는걸."

"으아아! 진짜 정말 죄송합니다!"

최근, 엘렌 때는 이랬다라는 말을 자주 듣게 되었다.

그런 이야기를 들으면, 엘렌은 이제 사죄할 수밖에 없게 되고 만다.

"그리고, 아우스 때도 큰일이지 않았던가? 빈트는 한동안 태어난 지 얼마 안 된 반과는 만나지 못했다고 들었어."

"반 군네는 그랬나요?"

"짐승 모습으로 출산을 하니까, 흥분한 모친이 부친을 죽일 수도 있거든."

"히익…… 너무 과격해……."

그 후에 자세히 들어보니, 백호 일족은 갓난아기의 눈이 뜨일 때까지 약 한 달 정도 모친과 아기는 방에 틀어박히고, 남편은 만나지도 못한다고 한다.

아기와 만날 수 있게 될 때까지, 빈트도 줄곧 진정하지를 못했다고 오리진이 설명해주었다.

그렇게 이야기꽃을 피우고 있으려니, "실례합니다"라는 목소리와 함께 포대기에 감싸인 쌍둥이 아기가 대정령들과 함께 방으로 들어왔다.

"와아아!"

처음은 오리진과 로벨. 다음으로 엘렌이 포대기 안을 들여다보았다.

"머리카락은…… 어머니랑 똑같아!"

"정말이네. 하지만 역시 옆머리가 뻗친 건 로벨을 빼닮았어!"

오리진의 플래티나 블론드에 로벨의 피가 짙게 나타나는 뻗친 옆머리 모양.

갓 태어나 부드러운 머리카락일 터인데, 이 부분만 탄력이 있어서 힘차게 뻗쳐 있었다.

"엘렌처럼, 오리를 닮으려나?"

"아버지를 닮을지도 몰라요!"

두근두근 설레는 마음으로 아기의 가까운 장래를 생각하며 들떴다.

"그러고 보니, 이름은 어떻게 하나요?"

"그건 이 아이들이 눈을 뜨고, 힘이 안정된 다음이려나. 관장하는 것을 모르면 이름을 정할 수 없거든."

엘렌의 이름도 엘리먼트에서 왔다. 정령은 관장하는 속성에서 이름을 따 오는가 보다.

관장하는 것과 관련하여 이름을 붙이면 정령으로서의 힘도 증폭된다. 물론 관계없는 이름을 붙이는 일도 있다고 하지만, 그러한 것이 족쇄가 되어 힘이 나오지 않게 되어버리거나, 축복을 받지 못하거나 하는 정령도 있어 꺼려진다고 한다.

"무얼 관장할지 기대되는걸~~."

"눈동자 색은 확인했어?"

"지금은 붉대. 하지만 엘렌 때도 그랬으니까, 힘이 안정되면 엘렌처럼 변화하지 않을까?"

"그런 건가요?"

"엘렌의 눈동자처럼 예쁘려나?"

"엘렌의 눈동자 색이랑 같으면 좋겠는데. 처음 봤을 때는 정말로 예뻐서 감동했었는걸."

"그러게. 세계를 표현하는 색이라고 생각했지."

엘렌 때를 떠올렸는지, 오리진과 로벨이 그런 옛날이야기를 신나게 나누었다.

엘렌으로서는 처음 듣는 이야기였기 때문에 왠지 부끄러워졌다.

“저는 어머니와 아버지 눈 색깔이 좋을 것 같아요!”

“어머나.”

“기쁜 말을 해주는걸.”

그런 식으로 어느 쪽이 될까 기대하며 기다린 지 닷새. 드디어 쌍둥이가 눈을 떴다.

둘 모두 적자색 눈동자로, 오리진과 로벨의 색을 아름답게 더한 듯한 색이었다.

그리고 또 하나, 모두가 보고 크게 웃었다.

“몰라~~~! 로벨과 똑 닮았어! 너무 귀여워!!”

“아버지가 둘 있어—!”

오리진과 엘렌이 크게 흥분하면서 아기를 귀여워하고 있었지만, 눈초리가 사나운 쌍둥이에게 빤히 응시당하고 있는 로벨은 왠지 복잡한 표정을 짓고 있었다.

*

오리진이 출산을 무사히 마치고, 약 2주 후.

드디어 가디엘의 반정령화 의식을 위한 준비가 시작되었다.

이번엔 오리진이 출산한 지 얼마 안 되었기 때문에, 보좌로서 쌍둥이 여신과 아크도 입회하게 되었다.

"조금 더 나중에 해도……."

면목 없다는 듯이 가디엘이 말했지만, 이 이상은 오히려 가디엘의 영혼이 위험해진다는 말을 쌍둥이 여신에게 듣고 말았다.

그리고 드디어 의식 전날. 엘렌은 드리트라에게 부탁해 가디엘의 꿈속으로 누구보다도 먼저 이동했다.

"엘렌!"

엘렌의 얼굴을 보고 기뻐하며 달려오는 가디엘에게 엘렌은 손을 흔들었다.

"어쩐 일이야?"

"그게…… 이야기가 있어서……."

"이야기? 그래, 소파로 갈까?"

꿈속의 엘렌과 가디엘은 어째선지 언제나 손을 잡는 것이 버릇이 되어 있었다.

오늘도 만나자마자 바로 손을 잡고, 소파에 앉았다.

"아, 저기 있지…… 아미엘에 관한 건데……."

"아미엘?"

그 일 후로 언급하지 않았던 이름. 가디엘의 얼굴에 그림자가 드리워졌다.

"……쌍둥이 여신에게 들어서 사건의 전말은 알고 있어. 내 사촌 여동생이라고는 하지만…… 엘렌까지 말려들게 해서 정말로 미안해."

"아냐. 그렇지 않아. 게다가 가디엘이 구해줬으니까 괜찮아!"

고개를 숙이는 가디엘에게 엘렌은 허둥지둥 아니라며 고개를 가로저어 보였다.

"저기 있지…… 나, 그때 저주와 동화해버린 아미엘의 영혼을 정화하려다, 핵에 해당하는 감정과 접촉했어."

"핵의…… 감정?"

"저주와 동조해버린 아미엘의 감정…… 그 근본이라고 할까. 그때의 아미엘은 말이지…… 계속 울고 있었어."

엄마와 아빠를 찾으며 울고 있던 것. 외롭다며 울부짖었던 것.

그때 느꼈던 감정을 엘렌은 솔직하게 전했다.

"아미엘은 줄곧 외로웠던 거라고 생각해. 아미엘의 유일한 편은 아기엘 씨였어. 하지만, 아기엘 씨에게 미움을 받았다며 울고 있었어. 아마도, 그게 방아쇠가 되어 저주와 동화해버린 게 아닐까 싶어……"

"숙모님이……."

애처로워하는 가디엘에게 엘렌은 감추고 있던 것을 솔직하게 말했다.

"그때 아미엘의 울음소리를 듣고서, 나는 생각했어. 미아가 되어버렸을 뿐인 아이와 뭐가 다르지? 하고…… 엄마 어디 있어? 라며 울부짖는 작은 여자아이라고 생각했어."

"……응."

"정화란 뭘까 생각했어. 내가 하려고 한 것은, 모든 기억을 지워버리는 것. 그 영혼이 가지고 있던 것 전부, 저주로 변해버린 감정, 기억의 모든 걸 지우는 거야. 하지만, 그저 울고 있던 아이가…… 사라지는 게 무서워, 외로워하고 소리쳤어."

"아미엘이……?"

"그래서 나…… 외롭다면, 함께 있자고 전했어."

"……뭐?"

가디엘의 눈이 놀라 크게 떠졌다. 엘렌이 무슨 말을 하는 것인지 잘 이해되지 않는 듯했다.

"너덜너덜해진 영혼에게, 함께 있겠다고 전했어. 내 안으로 받아들여서, 잠들라고…… 일어나면 옆에 있어주겠다고."

"……어? 뭐? 그건, 아미엘의 영혼이…… 엘렌 안에 있다는 거야?"

놀라 당황하면서도 가디엘은 어떻게든 이해하려 하고 있었다.

엘렌은 그 말대로라며 고개를 끄덕였다.

"이걸, 영혼의 선정이라고 한다나 봐. 나는 모른 채로 선정해버렸어……."

영혼의 선정의 의미. 여신이 시대를 낳기 위한 선정으로, 아미엘의 영혼을 고른 것.

그러한 것들을 설명하자, 가디엘은 경악한 나머지 멍한 얼굴을 한 채로 굳어지고 말았다.

"……가디엘? 괜찮아?"

"미, 미안…… 너무 놀라서…… 아미엘이, 엘렌 안에……?"

여전히 믿기지 않는다며 엘렌을 바라보는 가디엘의 시선 끝은, 엘렌의 어딘가에서 아미엘의 파편을 찾으려 하고 있는 것만 같았다.

"그…… 엘렌에게 안 좋다거나 한 건…… 괜찮을까?"

"아미엘의 영혼은 너덜너덜해진 채 잠들어 있어서, 여신은 되지 못할 거래. 하지만, 만약 눈을 뜬다면 옆에 있어주고 싶어."

앞으로 엘렌과 가디엘은 함께이고, 곁에 있는다.

그때 가디엘이 놀라지 않도록, 엘렌은 사전에 고백해두려 한 것이다.

"솔직히 말하자면…… 너무 놀라서 뭐라 말하면 좋을지 모르겠는데……."

"으, 응. 그렇겠지. 갑작스럽게 미안해."

"아, 아니 그보다도…… 나는 엘렌에게 감사 인사를 해야만 해."

"뭐? 어째서?"

"영혼의 선정이라든가…… 그런 걸 엘렌이 여신으로서 짊어지고 있다는 걸 알게 됐지만, 그보다도 내가 알게 된 건, 엘렌이 아미엘을 구해줬다는 사실이야."

"구했다고……?"

"분명 아미엘은 엘렌의 손을 잡은 거겠지?"

그때, 엘렌에게 바짝 다가온 아미엘의 영혼이 중얼거린 한마디를 떠올렸다.

"따뜻하다고……."

"……그렇구나."

그때의 감정이, 아미엘을 생각한 감정이 되살아나서 엘렌은 투둑하고 눈물을 떨어뜨렸다.

가디엘이 그 눈물을 닦아주었다. 엘렌은 조용히 울면서 자기 안에 감추어두었던 말을 토해냈다.

"……내, 제멋대로인 자기만족이 아닐까 하고……."

"엘렌, 그건 아니야. 뭐든 다 짊어지려 하지 않아도 돼."

가디엘은 엘렌을 다정하게 꼭 끌어안았다.

"나를 둘러싸고 있던 저주도. 아미엘의 영혼도, 틀림없이 엘렌에게 구원받았어."

"……정말, 로?"

"그럼. 게다가 나도 구원받았어. 앞으로 너와 함께 있을 수 있다고 생각하면, 미래가 참을 수 없이 기대돼."

"나도, 가디엘에게 구원을 받았는데……?"

"후후후, 그건 기쁜걸."

다시 꼭 안으면서 가디엘은 엘렌의 머리카락에 입을 맞췄다.

"엘렌, 혼자서 끌어안으려고 하지 않아도 돼. 앞으로는 나도 함께 짊어지게 해줘."

"가디엘……."

"엘렌, 사랑해. 계속 함께 있게 해줘. 아미엘이 눈을 떴을 때도, 나는 옆에 있을 거야."

가디엘은 그렇게 말하며 울고 있는 엘렌의 얼굴에 살며시 키스했다.

가디엘이 입꼬리에 입을 맞추자, 엘렌이 눈을 크게 떴다.

서로를 바라보고, 그리고 천천히 눈을 감고, 살며시 닿을 뿐인 상냥한 키스를 했다.

*

가디엘의 반정령화 의식을 행하기 위해 엘렌은 오리진과 함께 성의 지하로 이동했다.

그곳에서는 이미 쌍둥이 여신과 아크 그리고 로벨이 기다리고 있었다.

엘렌과 오리진이 온 걸 알아챈 쌍둥이 여신이 이쪽을 향해서 살랑살랑 손을 흔들었다. 엘렌과 오리진도 손을 마주 흔들었다.

지하의 중앙에는 거대한 하얀 마법진과 대좌 같은 것이 있었다.

문이 열린 순간, 이 완전히 폐쇄된 공간을 보고 엘렌은 아크가 잡혀 있었던 학원 지하를 떠올리고 조금 안색이 나빠졌다. 하지만 의외로 엘렌의 다리는 대좌 쪽으로 나아갔다.

마법진이 빛나고 있는 것도 원인이었지만, 쌍둥이 여신의 경계처럼 주변이 온통 새하얘서 매우 밝았기 때문이리라.

방이 어두웠다면, 분명 주저했을 것이 틀림없다.

"로벨 때가 생각나네."

바르가 그렇게 말하면서 손을 움직이자 대좌 조금 윗부분이 더욱 빛났다.

다음 순간에는 눕혀진 채인 가디엘의 몸이 공중에 떠오른 상태로 대좌에 안치되었다.

가디엘의 주변엔 결계가 펼쳐진 채였다.

새하얀 얼굴을 하고서 잠들어 있는 가디엘을 보고 엘렌은 저도 모르게 달려갔다.

"엘렌, 괜찮아."

깔깔 웃으면서 보르가 엘렌의 어깨에 손을 올렸다.

"이제부터 반정령화가 시작되는 건가……"

미간에 주름을 잡은 채로 로벨이 조용히 중얼거렸다.

자신의 몸도 이렇게 해서 반정령화한 것인가 생각하면, 역시 왠지 복잡한 기분이 되는 것이리라.

"로벨 때는 큰일이었어. 오리진이 언제까지고 울고 있었거든."

"맞아~. 몸이 너덜너덜해서, 하나부터 소체를 만들어야 하는 상황이 됐었지."

"……소체?"

수상쩍은 단어에 로벨이 움찔하며 반응했다.

"아, 아아아……!"

엘렌은 허둥댔다. 로벨은 자신의 몸 대부분이 다시 만들어졌다는 사실을 모르는 것이다.

오리진이 일부러 로벨에게 알리지 않은 일이기에 여기서 들켜도 괜찮은 건가 하고 엘렌은 허둥지둥 오리진과 로벨을 번갈아 보았다.

"네 몸, 몬스터 템페스트로 너덜너덜해졌었잖아."

"그랬지. 네 몸을 수복시키느라 힘들었다고."

"……수복시킨 거라면, 소체라는 건? 전하의 몸도 소체를 쓰는 건가?"

"소체란 영혼이 담겨 있지 않은 정령의 몸을 말해. 몸에서 한 번 떨어진 영혼은, 더는 몸에 달라붙지 않거든. 그래서 원래의 몸을 그릇으로 삼아서, 새 몸을 만들어야만 했어…….”

풀죽은 오리진의 고백에 로벨은 어리둥절한 얼굴을 했다.

그리고 자신의 몸을 내려다보고, 무언가 납득이 간다는 얼굴을 했다.

“그런가! 그래서 나이를 먹지 않게 된 건가!”

“아버지, 그 부분인가요?!”

더 심각한 사태가 되리라고 생각했던 엘렌이 무의식 중에 지적했다. 그러자 의외로 오리진도 멍한 얼굴을 했다.

점점 글썽글썽해진 오리진이 울음을 터뜨렸다. 여기에는 로벨과 엘렌이 놀랐다.

“나, 나…… 멋대로 로벨의 몸을…….”

“아아, 그건가. ……오리, 이리 와.”

로벨이 울고 있는 오리진을 끌어당겨 안고서 이마에 키스를 했다.

“나는 오리와 함께 있을 수 있다면, 무슨 짓을 당해도 상관없어.”

“로벨…….”

“오리진 덕분에 어머니와 남동생과 다시 만날 수 있었고, 게다가 오리는 내게 많은 가족을 주었잖아. 그때 나는 이미, 모든 걸 포기하고 있었어. 이렇게 기쁜 일은 없을 거야.”

“…………”

“오리, 네 옆에 있게 해줘서 고마워.”

“우으…… 당신~~!”

포옹하는 두 사람의 모습을 보고서 엘렌은 안심했다.

떳떳하지 못한 마음이 있었던 만큼, 오리진도 속이 시원하다는 얼굴을 하고 있었다.

'나란히 선다는 건…… 멋지구나.'

자신도 이런 부부가 되고 싶다. 그리 생각한 순간, 자신의 머릿속에 어떤 그림이 떠올라 엘렌은 화르륵 얼굴을 붉혔다.

'으아! 으아! 으아!'

망상을 떨쳐내려는 듯이 엘렌은 머리를 좌우로 흔들었다.

문득 고개를 들어보니, 보르와 눈이 마주쳤다. 다 내다보았다고 말하는 것처럼 히쭉 웃고 있었다.

'으아아아아아아아아아!'

"후후후, 엘렌도 참, 귀여워!"

와락 하고 보르에게 끌어안긴 엘렌은 그 풍만한 가슴에 파묻혔다.

"으뀨우우우우우."

"어머나, 좋겠다~ 나도 엘렌을 꼬오옥 하고 싶어!"

"엘렌은 안으면 아주 기분이 좋다니까. 폭 파묻혀!"

"어머나, 정말이네!"

바르까지 시작이다! 하고 엘렌은 무심코 아크에게 도움을 청하려고 했다.

그러나 정작 그 아크는 기다리다 지쳤는지, 고개를 꾸벅거리고 있었다.

'잠들었어!'

질식사……! 그런 말이 머릿속을 스쳐 간 순간, 로벨의 손에 의해 풀려난 엘렌은 헐떡거리며 숨을 뱉고 있었다.

"방심할 틈이 없다니까!"

"아앙~ 엘렌!"

"미안해. 엘렌이 너무 귀여워서."

쌍둥이 여신은 후후후 하고 웃었다. 엘렌은 로벨의 등 뒤에 숨어서 쌍둥이 여신을 경계했다.

"아잉, 설마 미움받는 거야……?!"

"그런, 엘렌……!"

"우으…… 죽는 줄 알았어요……."

"아앙, 잘못했어!"

"이제 안 할게!"

"에잇! 너희 엘렌에게 접근하지 마! 이 변태 여신들이!"

으르렁하고 엘렌을 지키려 하는 로벨을 보고 울고 있던 오리진이 미소 짓고 있다는 것을 엘렌은 눈치챘다.

'다행이다…….'

근심 걱정 따위 없는 편이 좋은 게 당연하다. 로벨이 쌍둥이 여신에게 꽥꽥 화내고 있는 옆에서, 본격적으로 잘 태세에 들어가려 하고 있던 아크를 로벨이 두들겨 깨웠다.

그러자 아크가 "아직……?" 하고 눈을 부비적거린지라, 서둘러 끝내자며 로벨이 손뼉을 쳤다.

"오리, 네 몸은 괜찮은 거야?"

"응, 모두가 도와줄 거야."

"그렇군…… 무리는 하면 안 돼. 전하에 관한 건 제쳐놔도 돼."

"아버지!"

엘렌이 화를 냈지만 로벨은 태연했다. 그것을 보고 있던 쌍둥이 여신이 한숨을 내쉬었다.

"엘렌의 생명의 은인이야."

"정말이지. 제멋대로인 사람."

"너희한테 듣고 싶지 않거든?!"

쌍둥이 여신에게 덤벼드는 로벨을 무시하고, 오리진과 쌍둥이 여신은 술식을 개시했다.

오리진의 중심에서 여러 겹의 마법진이 전개되어가는 것을 쌍둥이 여신이 지탱하듯이 보좌했다.

그것을 보고 이번엔 아크가 주변 마소의 힘을 모아서 도움을 주고 있는 듯했다.

엘렌에게 보이는 것은 힘의 움직임뿐이라, 대체 무슨 일을 하고 있는 건지는 알 수 없었다.

한동안 그 상태가 이어지는구나 생각한 다음 순간, 오리진의 주변에 있던 마법진이 전부 가디엘의 몸으로 빨려 들어갔다.

그리고 이어서 오리진이 허공으로 양손을 뻗자, 무지갯빛의 비눗방울 같은 빛나는 덩어리가 둥실둥실 나타난 것이 보였다.

무지갯빛은 빛의 간섭이라고 알고 있었지만, 어디선가 본 적 있는 색조로도 보였다.

"엘렌이 지켜주고 있는 거구나."

"후훗."

무지갯빛을 보고 쌍둥이 여신이 즐겁게 웃었다.

그러나 그 말에 숨겨진 의미를 재빠르게 눈치챈 로벨이 고개를 틀며 미간에 주름을 잡았다.

그러나 목소리를 높여서 오리진을 방해하는 짓은 할 수 없다고 생각했는지 조용하기는 했지만, 엘렌은 불안했다.

'정말—!'

엘렌은 빨강인지 파랑인지 잘 모를 안색이 되어 있었다. 선 위치적으로 이 얼굴이 로벨에게 보이지 않았던 것이 다행이었다.

그 일곱 색으로 빛나는 것이 엘렌과 계약하여 이어진 가디엘의 영혼이라는 걸 깨달았다.

가디엘의 영혼이, 누워 있는 가디엘의 가슴 부근으로 스윽 빨려 들어가 사라졌다.

그러자 무언가의 파편이 맞아 들어간 것 같은 '찰칵' 하는 소리가 들려온 것만 같았다.

빛나던 마법진이 살며시 사라지고, 가디엘을 덮고 있던 결계도 소멸했다.

"후우……."

한숨을 내쉬는 오리진의 목소리에 엘렌은 무심코 "끝난 건가요?" 하고 물었다.

"응, 끝났단다. 이제 눈을 뜨기만 하면 돼."

오리진의 말에 엘렌도 안심하며 가슴을 쓸어내렸다.

"오리진, 수고했어! 로벨은 눈을 뜨기까지 이 상태부터 1년은 걸렸는데, 도련님은 어떠려나?"

"아…… 그렇게나요……?"

"어머나, 말 안 했던가?"

"그게…… 반정령화가 반년 후라고…… 앗!"

그랬다. 오리진의 출산을 기다린 후에 가디엘의 반정령화가 행해진다는 뜻이다.

확실히 로벨 때도 눈을 뜨는 데 1년 정도 걸렸다고 들었었다.

엘렌은 어깨를 축 늘어뜨리고 낙담하고 말았다.

'바로 이야기할 수 있을 거라고 생각했는데…… 또 드리트라에게 부탁해야겠네.'

그런 엘렌의 얼굴을 본 로벨이 무언가 눈치챈 것 같은 표정을 지었다.

로벨의 모습에 쌍둥이 여신이 "어머 어머" 하고 소리를 냈다.

"정말이지 엘렌에 관해서는 예리하네."

"오히려 반년이나 용케도 숨겼다고 생각해……."

그런 쌍둥이 여신의 말에 겹쳐지듯이 남성의 신음소리가 들렸다.

"응?"

엘렌은 허둥지둥 가디엘의 곁으로 달려갔다. 이 일에는 오리진들도 놀란 모양이었다.

"어머…… 설마 벌써?"

"우으……."

가디엘의 미간에 주름이 잡혔다. 방이 눈부신지 눈을 뜨려다 신음하고 있었다.

"도련님 몸은 무사해서 소체를 최소한으로 끝내기는 했지만, 설마 영혼의 정착이 이렇게나 빠를 줄은 몰랐어."

술식을 실행한 오리진도 놀람을 감추지 못했다.

실제로 로벨 때와 같이 머리카락 색이 변하는 등의 변화는 보이지 않았다.

그러한 변화가 없는 만큼, 가디엘이 깨어나는 것이 빨랐던 게 아닐까 싶었다.

"……에, 엘렌?"

"가디엘!"

엘렌이 가디엘의 손을 꽉 잡자, 그것에 의지해 가디엘은 신음하면서도 상반신을 일으켰다.

"눈이……."

"눈? 눈이 왜? 눈부셔?"

"세계가……."

왠지 멍한 가디엘의 목소리에 엘렌이 걱정을 하고 있으려니, 가디엘의 눈이 점점 뜨여갔다.

"세상에!"

"어머 어머!"

쌍둥이 여신이 놀라는 것도 무리는 아니다. 가디엘의 눈이, 엘렌과 비슷한 일곱 색이 되어 있었던 것이다.

다만, 가디엘의 원래 눈 색이 영향을 준 것인지, 푸른 빛이 강한 느낌이었다.

"…………어떻게 된 거지?"

가디엘의 눈을 본 로벨에게서 땅을 기는 듯한 몹시 낮은 목소리가 들렸다.

로벨의 목소리와 동조하듯이 방의 온도까지 내려갔다. 방의 네 귀퉁이가 로벨의 마력에 영향을 받아 투둑투둑 얼어갔다.

'이런!'

본능적으로 상황이 좋지 않다고 깨달은 엘렌은 눈 깜짝할 새에 가디엘과 로벨 사이로 뛰쳐나가 가디엘을 둘러싸도록 석벽을 만들어낸다.

순간, 재주 좋게 엘렌을 피한 위치에서 석벽을 향해 여러 개의 얼음 화살이 날아가 꽂혔다.

그 가차 없는 공격에 쌍둥이 여신도 오리진도 깜짝 놀랐다.

"아버지!"

"엘렌, 비키렴. 그건 아버지가 없애주마."

싱긋 웃은 로벨의 모습에 오싹하고 오한이 들었다. 엘렌은 로벨을 노려보며 소리쳤다.

"언니분들!"

"어? 우리 말이야?"

"음? 어라, 뭘까……?"

"쌍둥이 여신의 경계로 가디엘을 대피시켜주세요!"

"어머."

"어, 어쩔 수 없지. 역시 로벨의 역린을 이 정도로 건드릴 줄은 몰랐어."

쌍둥이 여신도 서둘러 가디엘을 전이시켰다. 쌍둥이 여신의 경계에서는 오리진의 힘도 통하지 않으니, 로벨이 손을 대지 못하리라는 건 알고 있었다.

"첫."

대놓고 혀를 찬 로벨은 그대로 엘렌에게 말했다.

"엘렌, 어째서 숨기는 거니?"

"아버지가 가디엘을 죽이려 하기 때문이에요."

"당연한 거잖아? 멋대로 딸과 계약하다니…… 정말이지 화가 치밀어."

"계약은 제 문제예요. 제가 정합니다!"

"어째서 하필이면 그 녀석의 아들 따위와…… 쯧!"

로벨에게 있어 텐바르 왕족은 그 정도로 싫은 상대다.

이것만큼은 로벨의 어린 시절부터의 갈등인지라, 엘렌도 이러쿵저러쿵 말할 입장이 아니었다.

"엘렌을 구한 답례는 반정령화로 치렀을 텐데. 엘렌과 계약이라니 언어도단이야!"

로벨은 엘렌의 계약의 의미를 알지 못했다. 그렇기에 화를 내는 것이다. 그것을 깨달은 오리진이 허둥지둥 로벨에게 설명했다.

"여보, 엘렌과의 계약은 반정령화를 위해 필요했어."

"뭐……?"

오리진이 "설명을 하지 않았었어" 하고 면목 없다는 듯이 말했다.

"당신과 내가 계약을 여전히 하고 있는 것처럼, 반정령화를 해도 영혼은 인간인 채야. 그러면, 이번에는 반정령화한 몸의 힘과 영혼의 힘이 불균형해지게 돼. 그래서 여신의 계약이 필요했어."

"그런 거라면, 딱히 엘렌이 아니어도 됐잖아!"

그리 외친 로벨의 손끝은 쌍둥이 여신을 향하고 있었다. 그것을 본 엘렌도 어리둥절한 얼굴을 하고, "……그러네" 하고 무심코 중얼거리고 쌍둥이 여신을 보았다.

당시에는 엘렌이 계약하는 것이 당연하다는 흐름이었지만, 쌍둥이 여신이 계약하지 못하는 이유가 있다고는 듣지 못했다.

"어머, 이야기의 화살이 이쪽으로 향하고 말았네."

"안 돼. 들켜버렸어. 하지만, 그렇지?"

쌍둥이 여신은 왠지 꼬물꼬물하고 있었다.

두 사람의 상태에 엘렌도 "어라……?" 하고 중얼거리며 쌍둥이 여신을 보았다. 그러자 바르가 보르를 팔꿈치로 쿡쿡 찔렀다.

마치, 말해버리라고 재촉하고 있는 것 같았다.

"엘렌과 계약하는 편이, 로벨 반응이 재미있으려나 생각했지."

그렇게, 만면에 미소를 짓고서 보르가 말했다. 그 옆에서 바르도 크게 웃고 있었다.

"너희드으으으을!!"

격노한 로벨이 쌍둥이 여신을 향해서 얼음 화살을 쏘았다. 그 위력은 어마어마했다.

이런 상황에 익숙한 오리진이 굳어 있는 엘렌을 슬쩍 방 한쪽으로 대피시켰다.

“하지만 이렇게라도 하지 않으면, 엘렌은 자신의 마음에 뚜껑을 닫고서 자각하지 못하는걸~~!”

“맞아! 도련님도 그렇게 될 미래를 바라고 있었으니까, 우리는 그저 도움을 줬을 뿐이야!”

화살이 올 곳을 아는 것이리라. 두 사람은 휙휙 얼음 화살을 너무나도 간단히 피했다.

“웃기지 마아아아아!!”

“꺄아~~ 로벨이 화났어~!”

“꺄악~~ 도망치자~~!”

재미있어하며 쌍둥이 여신은 전이해 도망쳤다.

“젠장! 도망치는 것만큼은 늘 빠르다니까!”

“정말. 그렇게 말하는 로벨이야말로 손이 빨라.”

언니들한테 화살을 날리면 안 되잖아 하고 오리진이 로벨에게 “떽!” 하고 주의를 주었다.

전개를 따라가지 못한 엘렌은 잠시 멍하니 있었지만, 쌍둥이 여신이 한 말을 듣고서 자신의 가슴을 눌렀다.

확실히 그 말대로, 엘렌은 사랑한다는 시선으로 가디엘을 보지 않도록, 자신의 마음에 의도적으로 뚜껑을 덮어두었다.

상대는 반크라이프트가에까지 관여하고 들었다. 저주받았다고 하는 이유를 면죄부로 삼아, 지금까지 관여하지 않도록 해왔었다.

그러나, 어째선지 정령제 때에 한해서 가디엘의 목소리가 엘렌의 귀에 들려왔다. 몇 년이고, 몇 년이고.

가디엘의 순수하고 진지한 목소리에 져서, 엘렌은 몰래 엿보러 갔었다.

분명 그때 이미, 엘렌은 무의식적으로 가디엘을 신경 쓰이고 있었던 것이리라.

"엘렌!"

"꺄!"

로벨의 목소리에 놀란 엘렌은 자신이 생각으로 도망치고 있었다는 것을 깨달았다.

"계약을 해제해!"

로벨의 무조건적인 말에 엘렌은 울컥했다.

"싫어요."

"엘렌!"

"저는."

가디엘이 해준 말을 떠올리면서 엘렌은 가만히 로벨을 바라보며 말했다.

"가디엘과 함께 걸어가고 싶어요."

진지한 엘렌의 표정에 로벨은 눈을 크게 부릅떴다. 로벨의 옆에 있던 오리진도 "어머!" 하고 놀랐다.

"무, 무슨……."

"아버지."

"왜, 부르지……? 엘렌……."

몹시 놀란 것인지, 동요를 숨기지 못하는 로벨을 향해서 엘렌은 방긋 웃었다.

"자식한테서 벗어나 주세요. 저도 부모님에게서 벗어날 거니까요."

움찔 입꼬리가 경련하고 있는 로벨 옆에서 오리진이 중얼거렸다.

"어, 어머…… 엘렌도 화났어……."

자신의 행동이 엘렌의 성장에 영향을 주고 있다는 주의를 쌍둥이 여신에게 받았었다.

이러한 로벨의 과보호인 일련의 행동이 엘렌의 성장을 저해하는 원인인 것이다.

엘렌이 성장하기 위해서도, 이제 로벨이 자식한테서 벗어나는 것이 가장 중요했다.

그것을 절절하게 잘 알고 있는 만큼, 로벨은 더는 아무것도 말할 수 없게 되고 말았다. 아연실색하며 멈춰 선 로벨을 오리진에게 맡기고 엘렌도 전이했다.

가디엘을 대피시켜준 쌍둥이 여신에게 줄 답례품을 들고 가려고, 엘렌은 반크라이프트가로 향했다.

*

엘렌의 진지한 표정을 보고 만 로벨은 하얗게 타버린 것만 같았다.

상당히 충격을 받아버린 모습의 로벨을 보고, 오리진은 쓴웃음을 지었다.

"여보, 들어버리고 말았네."

"그런…… 그런…… 엘렌이……."

"지금 당장이라고는 하지 않을게. 하지만 지켜보는 것도 중요하지 않을까?"

"오리……."

로벨이 왈칵 얼굴을 일그러뜨렸다. 무너지듯 무릎을 꿇은 로벨의 머리를 오리진이 다정하게 안으며 쓰다듬었다.

"이 이상 이러쿵저러쿵 말하면, 미움받을걸?"

로벨의 어깨가 움찔하고 떨렸다. 그것만큼은 무슨 일이 있어도 피하고 싶은가 보다.

"틈을 봐서 죽이는 건……."

"들키면 미움받는 정도로는 끝나지 않게 되겠지."

"우으…… 역시 일찌감치 죽여놨어야 했어……."

흉흉한 말을 중얼거리면서도, 그 어느 때보다도 로벨은 침울해지고 말았다.

지금까지 상황을 잠자코 지켜보던 아크는, 엘렌이 한 말의 의미를 이해하지 못해 미간에 주름을 잡고 있었다.

결국에는 매달리듯이 시선을 오리진에게 던지면서 물었다.
"함께 걷는다는 건 무슨, 의미?"
엘렌의 말에 아크 나름의 불안을 느낀 것이리라.
"결혼한다는 뜻이려나?"
지금, 이 자리에서는 상당한 지뢰가 될 말을 오리진은 가차 없이 투하했다. 당연하게도, 로벨과 아크는 충격을 받은 나머지 쓰러지고 말았다.

*

반크라이프트의 저택. 갑작스러운 엘렌의 방문에 로레는 조금 놀랐지만, 엘렌의 부탁을 흔쾌히 받아들여 주었다.
선물을 준비한 엘렌이 염화로 쌍둥이 여신을 부르자, 곧장 쌍둥이 여신의 경계로 전이되어 갔다.
"엘렌~."
"무사했니?"
보르와 바르가 손을 살랑살랑 흔들며 엘렌을 맞아주었다.
"……아버지가 폐를 끼쳤습니다. 그리고 가디엘을 대피시켜주셔서 감사합니다."
추욱 풀이 죽어서 감사 인사를 하는 엘렌의 모습에 보르가 깔깔 웃었다.
"어머나, 신경 쓸 것 없어. 로벨은 거의 정령화되어 있는걸. 어쩔 수 없는 일이야."

맥락 없는 말에 엘렌은 고개를 갸웃거렸다.

로벨의 정령화라니 무슨 말일까?

"맞아 맞아. 로벨은 반정령이라도 오리진한테 몸도 마음도 바쳤어. 인간과 정령을 천칭 위에 올려놓으면 망설임 없이 정령을 택할 거야. 도련님이라고 해도, 엘렌과 주변 정령에게 해가 된다고 진심으로 판단하면, 거기에 망설임 따위는 전혀 없을걸?"

"맞아. 게다가 엘렌이 태어나기 전엔, 그 로벨이 평범한 거였거든? 어쩐지 반가웠어!"

정말로! 하고 쌍둥이 여신은 웃으며 말했다.

"우, 웃을 일인가요?!"

얼굴을 한껏 찡그린 엘렌을 보며 쌍둥이 여신은 "아, 어머나……" 하고 동요했다.

"엘렌에게는 좀 자극이 강했을지도 모르겠네……."

"그, 그러게. 우리는 로벨한테 언제나 당했으니까 익숙하지만……."

바르가 엘렌에게 다정하게 말했다.

"엘렌, 로벨은 원래 인간을 죽이는 일에 이미 주저는 없단다. 그 정도로 어린 시절부터 모든 걸 미워할 만큼 궁지에 몰려 있었어. 자신을 구해준 오리진에게 모든 걸 바치겠다고 반정령화되었을 때 맹세했을 정도로. 그러니 텐바르의 왕족인 도련님에게는 더욱 가차 없는 거야."

"…………."

"도련님의 일족은 정령에게 민폐만 끼쳐왔잖아? 그래서 로벨이 지키고 싶은 엘렌에게 손을 대려 한 도련님을 무조건 죽이고 싶을 만큼 화가 난 거야."

엘렌의 얼굴이 또다시 왈칵 일그러지고 말았다.

천천히 눈물이 고이자 쌍둥이 여신이 더욱 당황했다.

"그, 그러니까 있지, 그건 로벨로서는 무리도 아니라고 할까……!"

"맞아, 엘렌! 울지 마! 엘렌 덕분에, 로벨은 인간에게 조금이라도 다가갈 수 있게 되었거든!"

"그래도…… 그래도…… 인간을 아무렇지 않게 죽이려 하는 건 안 돼요……."

"그렇지! 확실히 그래!"

"그러게! 다음에 다 같이 얘기해주자!"

쌍둥이 여신이 열심히 엘렌을 달래주려 하고 있었다. 엘렌은 그게 기뻤지만 동시에 슬펐다.

지금, 돌이켜보면 반도 라필리아가 유괴되었을 때 말했었다.

『나는 정령이다. 어째서 인간의 아이를 구해야만 하지?』

호제 역시 말했었다.

『자만하지 말아라. 인간 놈들. 너희는 여왕님과 공주님의 온정으로 살아 있는 것에 지나지 않는다.』

엘렌은 인간 쪽만 보고 있었다. 애초에 인간과 정령은 가치관이 다른 것이다.

'그래도…… 인간이었던 아버지가 인간을 미워하고 증오하는 건……'

슬프다. 그렇게 생각하고 마는 것이었다.

*

가디엘이 있는 곳으로 안내되어 간 엘렌은 소파에 축 늘어져 누워 있는 가디엘을 보고 당황했다.

"가, 가디엘!"

"엘렌, 괜찮단다. 그저, 역시 너무 빨리 깨어났나 봐."

"맞아. 눈이 아직 세계의 색에 익숙해지지 않은 거야."

"……세계의 색이라고요?"

"우리가 보는 세계는 있지, 정령만 볼 수 있는 것도 포함되어 있거든."

"정령만…… 볼 수 있는 것?"

"기본적으로 인간은 정령이 보이지 않잖아? 그런 식으로, 우리가 당연하게 보고 있는 것이, 단숨에 보이게 된 도련님은 지치고 만 거란다."

"아……."

단색의 세계가 갑자기 다양한 색으로 물든 것 같은 인상인 걸까?

소파에 누워 있는 가디엘의 옆으로 엘렌이 다가가자 가디엘이 목소리를 높였다.

"……엘렌?"

"가디엘, 깨어 있었어?"

“아, 미안. 아직 눈을 뜰 수가 없어서…… 여신님들에게 이야기는 들었어.”

그렇게 말하면서 소파에서 몸을 일으켰다. 쌍둥이 여신은 힘을 써서 테이블과 의자 등을 준비했다.

엘렌도 가져온 선물을 테이블에 올려놓고 감사의 선물이라고 쌍둥이 여신에게 말하자, 안에 들어 있는 과자를 알아챈 쌍둥이 여신이 기뻐하며 들떴다.

“어쩜~! 멋진 과자!”

“차를 준비할게!”

서둘러 준비를 하는 쌍둥이 여신을 배웅하고, 엘렌도 가디엘의 옆에 앉았다.

“엘렌, 구해줘서 고마워.”

“아냐, 아버지가 정말로 폐를 끼쳤어. 미안해.”

가디엘을 진심으로 죽이려 한 로벨의 살기를 떠올리자, 엘렌은 눈물이 멈추지 않았다.

기척으로 엘렌이 울고 있다는 걸 알았는지, 가디엘이 실눈을 뜨고서 엘렌의 눈물을 닦았다.

“로벨 님에게는 예전에, 엘렌에게 뭔가 한다면 죽여버리겠다고 직접 들은 적이 있으니까, 마음 쓰지 마.”

“뭐엇?!”

“그러니까, 언젠가 그런 사태가 될 거라는 각오는 하고 있었는데…… 가차 없어서 오히려 속 시원하다는 생각까지 들었어.”

"뭐어엇?!"

엘렌이 기막혀하자 가디엘이 쓴웃음을 지었다.

"우리 왕족은…… 그 정도로 로벨 님을 몰아붙였었어. ……정말 미안해."

"가, 가디엘이 사과할 일이 아니야……! 폐하와 아기엘 씨가 원인이잖아?"

"아니, 그렇다고 해도야. 엘렌, 내가 계기가 되어버려서 미안하지만, 로벨 님과 엘렌의 사이를 망치고 싶지 않아. 나도 눈이 제대로 뜨이게 되면 로벨 님과 이야기를 나누고 싶어."

"가디엘……."

"그게, 눈이 제대로 보이지 않으면 도망칠 수 없으니까. 엘렌에게 보호받기만 하는 게 아니라, 스스로 대처할 수 있게 되어야지."

후후후 하고 웃는 가디엘을 보며 엘렌은 멍해지고 말았다.

순간, 엘렌의 얼굴이 왈칵 일그러지고 눈물이 뚝뚝 떨어졌다. 의도치 않게 로벨의 지뢰를 밟아버려서 놀라고 만 일과 지금까지 부모 자식 간에 큰 싸움을 한 적이 없었던 만큼, 엘렌은 로벨과 만나는 것이 무서워졌다.

모두가 부러워할 만큼 사이가 좋았었기에, 한 번 관계가 틀어졌을 때 복구하는 방법을 알지 못했던 것이다.

그런 엘렌의 불안을 깨달은 가디엘은 해결의 실마리를 엘렌에게 전한 것이다.

가디엘의 다정함을 느끼고, 지금까지 참아왔던 눈물이 둑이 무너진 것처럼 넘쳐흘렀다. 엘렌의 오열을 알아챈 가디엘은 엘렌을 안고서 등을 부드럽게 쓸어주었다.

"흐윽, 흐윽, ……아버, 지랑, 싸워, 버렸어……."

"……응."

"으아앙…… 아버지……."

훌쩍훌쩍 우는 엘렌의 등을 쓸어주고 있으려니, 돌아온 쌍둥이 여신이 "어머어머" 하고 말을 걸어왔다.

"엘렌도 부모에게서 벗어나는 건 아직 일렀나 보네."

"어머, 어쩔 수 없지. 그나저나 정말로 엘렌은 로벨과 똑 닮았다니까."

키득키득 웃은 쌍둥이 여신은 흐뭇하다는 듯이 엘렌과 가디엘을 보면서 말했다.

"엘렌이 로벨 님과 닮았나요……?"

머리 색과 머리 모양이 닮기는 했지만, 얼굴이나 모든 걸 받아들이는 방식은 닮았다고 생각하기 어려웠다.

고개를 갸웃거리는 가디엘에게 보르는 웃으면서 말했다.

"싸웠다는 거에 충격을 받아서 훌쩍훌쩍 울고 있는 게 똑 닮았지."

"오리진한테, 엘렌에게 미움받았어~~! 하고 지금 외치고 있거든. 똑 닮았지?"

키득키득 웃으며 쌍둥이 여신이 한 말에 가디엘도 쓴웃음을 지었다.

"엘렌, 로벨 님도 후회하고 있나 봐. 진정되면 함께 사과하러 가자."

"………………."

가디엘의 말을 듣고서 고개를 든 엘렌은 눈물을 닦으면서 결의를 담은 표정을 짓고 딱 잘라 말했다.

"아버지를 만나러는 가겠지만…… 저는 절대로 사과하지 않을 거예요! 가디엘을 죽이려 한 것엔 지금도 화나 있어요!"

그 말을 들은 쌍둥이 여신은 소리 내 크게 웃었다.

"후후! 역시 엘렌이야."

"맞아, 진짜로! 그러니까 로벨도 못 당하지."

눈물이 맺혀 있었나 보다. 손수건을 꺼내서 살며시 눈가를 닦아주는 쌍둥이 여신을 보며 엘렌은 반대로 침착해졌다.

"이제 괜찮아?"

"응, 고마워. 가디엘."

포옹을 풀고서 바르게 고쳐 앉았지만, 가디엘의 한쪽 손은 엘렌의 어깨에 올려진 채였다.

상당히 거리가 가깝다는 것을 깨닫고 엘렌은 아주 조금 부끄러워졌다.

"그러고 보니, 나 엘렌한테 물어보질 않았어."

꽤 차분해진 바르가 차를 한 모금 마시고서 그런 말을 꺼냈다.

"뭘요?"

"엘렌에게 도련님과 무리하게 계약을 시킨 것 말이야. 후회하고 있니?"

"네?"

"그 왜, 로벨이 여신과의 계약이 필요하다면 우리랑 했어도~ 하고 말했잖아?"

"아, 네."

"평소의 엘렌이라면, 바로 그 사실을 눈치챘을 거야. 어째서일까?"

"그게……."

그러고 보니, 어째서일까? 하고 엘렌은 생각에 잠겼다.

그때의 일을 떠올리려 해도, 가디엘이 죽고 만다며 초조해했던 기억밖에 없었다.

"가디엘의 일만으로도 벅찼어요……."

조금 부끄러워하면서 솔직하게 말하자 쌍둥이 여신과 가디엘이 움찔하고 소리를 내며 굳어졌다.

"우으…… 엘렌…… 너무 기특해……."

"어쩜…… 우으…… 도련님, 그 이상은 안 돼."

"아!"

보르의 날카로운 제지에 무심코 엘렌을 끌어안으려 하던 가디엘은 헉하고 엘렌의 어깨를 잡고 있던 손을 휙 뗐다.

"마음은 이해하지만 안 돼. 엘렌은 몸이 작거든."

"맞아. 최소한 앞으로 몇 년은 참아줘."

"컥, 쿨럭! 쿨럭!"

"왜, 왜 그래? 괜찮아?"

새빨개져서 갑자기 기침을 터뜨린 가디엘의 등을 엘렌은 허둥지둥 쓸어주었다.

“세상에…… 나, 로벨의 마음이 절절하게 이해돼…….”

“응, 그러게…….”

엘렌의 둔함에 걱정스러운 시선을 보내며 쌍둥이 여신은 후우 하고 한숨을 내쉬었다.

“엘렌은, 우리가 도련님과 계약한다고 하는 흐름이 되었다면 반대했을까?”

“언니분들과 가디엘이 계약……이요?”

“응. 로벨이 그 가능성이 있었다고 말했었잖아? 엘렌은 어떻게 생각해?”

“어떻게라고 말씀하신들…….”

곤혹스러워하는 엘렌을 가디엘이 조마조마한 기색으로 지켜보고 있었다.

가디엘의 입장에서는 쌍둥이 여신이 갑자기 “도련님과 계약할 거야”라는 말을 꺼내면 엘렌이 승낙할지도 모른다고 하는 공포가 있었다.

엘렌도 어째서 지금 그런 걸 묻는 건가 싶어 당황하고 있었다.

“그건 가디엘에게 직접 물었어요. 나로 괜찮아? 라고.”

“그러네. 말했었지.”

“가디엘이 괜찮다고 말해줬으니까…….”

“싫지 않다고도 말했었지.”

“네.”

“그럼, 그걸 묻기 전에 도련님이 다른 사람과 계약하게 되었다면,

싫었을까?"

"네?"

쌍둥이 여신은 뭔가 두근두근 설레는 표정을 하고서 엘렌에게 질문 공격을 하고 있었다.

쌍둥이 여신이 엘렌을 놀리고 있다는 걸 옆에서 보며 알았지만, 가디엘로서는 안절부절못할 만한 질문이었다.

여기서 "딱히"라든가 하고 태연하게 대답한다면 좌절할 거다…… 라고 가디엘의 얼굴에는 선명하게 쓰여 있었다.

"으음~ 가디엘이 다른 사람과 계약……."

그렇게 말하면서 엘렌이 가디엘을 힐끗 보았다.

가디엘은 뜨지 못하는 눈을 열심히 뜨려 했고, 미간에 주름이 잡혔다.

아무래도 초조해하고 있는 모양이라는 것은 알았지만, "엘렌이 좋아"라고 말해준 가디엘의 말에 완전히 안심하고 있다는 것을 깨달았다.

'나, 가디엘의 다정함에 어리광을 부리고 있어…….'

이상하게도 마음이 너무 편해서 자연스럽게 응석을 부리고 있었다.

어쩐지 로벨과도 닮은 포용감을 느끼고 있다는 것을 깨달았다.

'이 편한 느낌을 알아버린 지금에 와서, 다른 사람에게 빼앗기다니…… 그런 걸 알기 전이라든가 하는 말을 해도…….'

"싫어, 요……."

저도 모르게 입 밖으로 나온 말에 엘렌 자신이 놀랐다.

"엘렌~~!"

"그렇지, 싫지!"

기뻐하는 쌍둥이 여신의 반응에 엘렌이 놀랐다. 어째서 그렇게까지 기뻐하는지 이해할 수 없는 엘렌은 무심코 가디엘을 보고 눈을 크게 떴다.

가디엘의 귀부터 목에 이르는 부분까지, 전부 새빨갛게 되어 있었다.

"읏~~~!"

이끌리듯이 엘렌도 새빨개졌다.

독점욕을 그대로 드러내고 말았다고 깨달았지만 이미 늦었다.

"잘됐구나~ 엘렌."

"안심했어. 괜찮을 것 같아."

"네? 괘, 괜찮아?"

"그래. 이런 질문을 해서 미안해. 엘렌의 몸에 관련된 중요한 일이었거든."

"제 몸……이요?"

"도련님도 진지하게 들어줘. 우리와 정령은, 겉으로 보이는 나이와 정신 연령이 몇몇 예외를 제외하면 거의 달라지지 않아. 엘렌은 사정이 있어서 성장이 저해되고 있었잖아?"

"아, 네."

"그건 엘렌의 신체 연령과 반응에, 거의 차가 없다는 거야."

엘렌의 몸은 거의 열 살 무렵부터 성장하지 않았다. 즉, 신체에 맞춰서 나오는 감정이 열 살과 거의 다르지 않다는 것이다.

"아…… 저, 어린애 같았던 거군요……."

에둘러 행동이 어린아이 같다는 말을 들었다고 생각한 엘렌은 추욱 풀이 죽고 말았다.

"잠깐! 엘렌은 틀림없이 어린아이거든! 오히려 나쁜 방향으로 어른스러워서 걱정이라고!"

"이렇게 어른스러운데 몸이 전혀 성장하지 않아서 이상하다는 걸 눈치챈 거야. 정령은 내용물이 조숙하면, 신체가 커지는 것도 빠르다고!"

"그, 그런가요?!"

예상하지 못한 말을 듣고 엘렌도 쿠궁 쇼크를 받았다.

엘렌은 전생한 기억을 보유하고 있었기 때문에 더 성장이 빠를 거라고 여겨지고 있었다고 한다.

그랬던 것이 정반대의 반응을 보인 탓에 오리진과 쌍둥이 여신에게 무척이나 걱정을 끼쳤다는 것을 알고 엘렌은 고개를 들 수 없었다.

뭔가 있을 때마다 오리진도 쌍둥이 여신에게 상담했다는 말에, 엘렌은 찌잉~ 감동했다.

"어머니……."

"엘렌이 쓰러질 때마다 걱정했거든. 나중에 고맙다고 말해줘."

"맞아. 그리고 있지, 문제는 지금부터야. 엘렌의 어른스러운 태도 속에서, 유일하게 자라지 않은 게 있거든."

"네?"

"후후후후후!"

"오호호호호!"

여기에 이르러 엘렌이 무엇에 둔한지 겨우 알아챘다. 에둘러 연애 면의 감정이 성장하지 않았다는 말을 하고 있는 것이다.

"읏~~~~~~!"

새빨개진 엘렌을 보며 쌍둥이 여신은 기쁜 듯이 웃었다.

"눈치챘네!"

"잘됐어! 일보 전진이야!"

쌍둥이 여신이 하이터치를 하며 기뻐했다.

"도련님, 엘렌은 자신의 감정을 이제 막 눈치챘어."

"초조해하지 말고 옆에 있어줘. 그렇다고 해서 한눈을 팔면 안 되거든? 그때는 로벨과 같이 우리도 참전할 거야."

"이 세계의 여신과 정령이 전부 적이 될 테니까 기억해둬."

가디엘이 에둘러 엄청난 협박을 받자 엘렌은 창백해지면서도 무심코 옆을 보았다.

그러자 가디엘은 실눈 상태였지만, 쌍둥이 여신을 보며 미소 지었다.

"그런 일은 있을 리 없다고 여신님께 맹세하겠습니다."

"……어머."

"……이 애, 누구랑 닮았네."

두 사람은 미간에 주름을 잡고, 당당하게 선언하고 있는 가디엘을 빤~히 바라보았다.

가디엘의 선언에 엘렌은 자신의 심장이 두근두근 고동치는 것을 자각했다. 얼굴도 새빨개졌는지도 모른다.

부끄러워하는 것을 들키지 않도록, 슬쩍 가디엘과 쌍둥이 여신에게서 시선을 돌렸다.

"알았다! 이 애, 바탕이 로벨이랑 똑같아!"

"어머나 세상에! 정말! 분명 무뚝뚝할 거야!"

예상하지 못한 쌍둥이 여신의 발언에 엘렌과 가디엘의 목소리가 "에엣!" 하고 하모니를 이루었다.

"아버지랑 가디엘이……?"

"로벨 님과 닮았습니까?"

엘렌과 가디엘은 어디가 닮은 것인지 잘 이해되지 않는 것 같았다.

"무뚝뚝은 아무리 그래도 부정하고 싶은데……."

"응? 가디엘, 뭐라고 했어?"

조용히 중얼거린 가디엘의 목소리가 들리지 않았던 엘렌이 고개를 갸웃거렸다. 그러자 가디엘은 고개를 옆으로 몇 번이나 저으며 아무것도 아니라고 급하게 부정했다.

쌍둥이 여신은 한숨을 섞어가며 말했다.

"로벨은 아무래도 어렵지."

"정말로. 장난처럼 얼버무리면 역이용해서 사랑을 속삭이기 시작하잖아. 절대로 똑 닮았을 거야."

그런 말을 들은들, 엘렌은 와닿지 않았지만 가디엘은 "과연" 하고 무언가 깨달은 듯했다.

【내 마음, 이걸로 믿어줄래? 사랑해.】

방심하던 엘렌은 가디엘이 염화를 할 수 있게 되었다는 것을 잊고 있었다.

새빨간 얼굴로 "으앗—!" 하고 소리쳤다.

*

아무래도 그날 엘렌은 정령성으로 돌아가는 것을 망설이지 않을 수 없었다.

그런 엘렌의 속마음을 눈치챈 쌍둥이 여신이 눈치를 발휘해서, 가디엘의 눈이 정상적으로 보일 때까지 경계에 있어도 된다고 말했다.

엘렌은 눈을 깜빡였다.

"……괜찮은가요?"

"괜찮아. 다만, 오리진이랑 모두가 걱정하면 안 되니까 제대로 연락은 해야 해."

"그리고, 묵는 곳은 우리가 있는 곳. 도련님은 다른 곳을 준비할 거야."

"네. 고맙습니다!"

"도련님 눈은 내일이면 보이게 될 거야. 하지만 하루가 아니라, 계속 있어줘도 괜찮거든?"

보르가 그렇게 말하면서 윙크를 해주었다.

그 말에 안심이 되었다. 지금은 아무튼 머리를 식히고 싶었다.

"하지만 너무 늦어지면, 더 돌아가기 힘들어질 것 같으니까……."

로벨과는 제대로 이야기를 나누어야만 한다. 이곳에 오래 머물면, 그 결심이 흔들리고 말 것 같았다.

"실은 아까부터 로벨한테 오는 염화가 시끄럽거든. 얼른 엘렌을 돌려보내라고."

"에엣?"

"도련님과 외박하는 게 용서할 수 없나 봐."

그렇게 말하며 보르는 크게 웃었다.

"어머, 우리가 있는 걸 로벨은 잊은 거야?"

아무래도 쌍둥이 여신의 경계에는 손을 댈 수 없어서인지, 엘렌만이라도 돌려보내라고 몇 번이고 연락을 하고 있는 듯했다.

보호자가 있다고 해도 들으려고 하지 않는가 보다.

"직접 엘렌한테 말하면 될 걸, 정말로 어쩔 수 없는 아이라니까. 하지만 뭐, 이걸로 달라지겠지."

"정말이라니까. 그렇게나 충고했는데, 자식한테서 벗어나질 못하는걸. 다음 아이가 태어나도 달라지질 않으니, 어떤 의미에서는 대단해."

"그건 아마도, 로벨과 쏙 빼닮아서일 거야……. 이번에는 반대로 오리진이 과보호가 될 것 같아서 위험해."

두 사람이 한숨을 내쉬고 있는 옆에서, 그 말을 듣고 있던 엘렌은 면목이 없어졌다.

로벨이 과보호가 되어버린 원인은 틀림없이 엘렌에게 있었다.

예전부터 과보호이기는 했지만, 지난 몇 년 사이에 엘렌은 몇 번이고 무리를 해서 쓰러지고 말았다.

학원 때는 아크가 영혼을 돌려놓지 않았다면, 엘렌은 죽었을지도 모른다. 그래서 더더욱 눈에 보이는 범위에 없으면 불안해지고 마는 것이리라.

엘렌에게 있어, 지금은 가디엘이 같은 입장이었다.

눈을 뗀 틈에 언제 죽임을 당할지 알 수 없다. 그래서 옆에 있고 싶다. 그리 생각하고 마는 것이다.

그리 생각하고 말았더니, 이번에는 로벨 일도 신경이 쓰이기 시작하고 말았다.

"저, 저기…… 저도 아버지에게 어리광을 부렸으니까……."

"엘렌도 부모한테서 벗어나야 한다는 거야?"

"그렇기는 한데, 그……."

뭐라 말하면 좋을까.

그 말에 고민하고 있으려니, 꿰뚫어 본 보르가 "안 돼" 하고 볼을 검지로 부드럽게 콕 찔렀다.

"지금, 로벨의 어리광을 받아줘선 안 돼. 이건 엘렌에게도 중요한 일이야. 이해하지?"

"…………."

"괜찮아. 하루라도, 많이 진정될 테니까."

"네……."

그 후 염화로 오리진에게 쌍둥이 여신의 경계에서 묵겠다고 전하자, 오리진이 "편하게 있으렴"이라고 말해줘서 안심했다.

'어머니는 대단해…….'

그 정도의 일이 있었어도 전혀 동요하지 않는, 평소와 같은 가벼운 태도에 위안을 받는다.

'내일에 대비해서 다시 기합을 넣어야지……!'

제대로 로벨과 대화를 나누겠다고, 엘렌은 기운을 불어넣기 위해 자신의 양쪽 뺨을 찰싹 때렸다.

*

같은 시각, 정령성은 그 사이좋은 로벨과 엘렌이 부모 자식 간에 싸움을 했다는 충격에 휩싸여 있었다.

게다가 로벨에게 화가 나 가출을 한 엘렌을 걱정한 정령들의 사실 확인으로 밝혀진 그 이유가 더욱 큰 혼란을 낳게 된다.

두 사람이 싸움을 한 이유가, 정령들을 학살한 텐바르 왕족의 후예가 반정령화한 데 있다고 안 정령들 사이에서 큰 동요가 일었다.

원수라고도 할 수 있는 인간의 후예가, 어째서 반정령화하게 되었는가. 어째서 그것을 여왕님이 허락했는가.

헬그너에 동석했던 대정령들이 가디엘이 동포의 영혼을 정화한 것, 엘렌을 감싸다 쓰러진 것을 이야기하면서, 그 일은 단 하루 만에 정령성에 퍼졌다.

제69화 축복받은 두 사람

보르의 말대로 가디엘의 눈은 하룻밤이 지나자 문제없이 보이게 되었다.

그러나 때때로 두리번두리번 주변을 둘러보고 있다. 새롭게 보이는 것에 시선을 빼앗긴 것이리라.

일단 보호자로서 쌍둥이 여신도 함께 정령성으로 돌아가게 되었다.

기합을 넣고서 정령성에 있는 수경의 방으로 전이하자, 그곳에는 오리진과 로벨을 비롯해 재상인 빈트, 아우스톨, 반이 대기하고 있었다.

"엘렌!"

로벨이 소리치며 다가가려 하자 엘렌은 찌릿하고 로벨을 노려보았다.

"우으……."

그 순간 로벨의 다리가 멈추었다. 그 표정은 슬픈 듯했고, 연약했다. 고작 하루건만, 로벨은 몹시도 변해 있었다.

눈 밑에는 다크서클이 생겼다. 엘렌이 경계에 머문다고 듣고 잠들지 못했던 것이라. 그래도 엘렌은 보르에게 들은 대로 로벨에게 물러져서는 안 된다고 마음을 단단히 먹으며 힘을 주었다.

"아버지."

"엘렌…… 그, 아버지가 잘못했으니까 돌아오렴."

"아버지."

"……네."

"아무리 분노의 감정을 품었다고 해도, 사람을 죽이려 해서는 안 됩니다."

"네……."

"가디엘은 텐바르의 왕족입니다. 반크라이프트령에 있는 사람들에게 생길 영향을 생각해주세요."

"네……."

무표정하게 로벨을 보고 있는 엘렌의 모습에 주변 이들은 쩔쩔맸다.

"분노에 내맡겨 가디엘을 죽이려 하는 아버지는……."

점점 낮은 목소리가 되어가는 엘렌을 보며 로벨은 창백해져갔다.

"저어어어엉말 싫어요."

쌓이고 쌓인, 정말 싫다는 말에 엘렌의 진심을 알았다.

로벨의 안색은 새하얘졌고 비틀거리며 쓰러질 뻔했다.

"꺄악~! 로벨!"

허둥지둥 오리진이 로벨을 안아 받았다. 비척비척하는 건 잠을 못 잔 것도 이유이리라고 생각되지만, 그렇다고 해도 왠지 약하다.

"엘렌, 도련님 일이라면 이제 괜찮아."

"……어떻게 그렇게 딱 잘라 말할 수 있나요?"

"도련님에 관해 소문이 났어. 엘렌이 가출했다며 큰 소동이 벌어졌고, 정령들이 진상을 알고 싶어 했거든."

"가, 가출? 어느 틈에 얘기가 그렇게……."

"그게~ 로벨이 엘렌한테 혼나는 건 늘 있는 일이지만, 두 사람이 대립하는 일은 없었잖아? 어차피 로벨이 뭔가 해서 엘렌을 화나게 한 걸 거라고 정령들이 사정을 물으러 왔고…… 도련님에 관해 바로 들켰어~."

오리진이 아우스톨 쪽을 보면서 그렇게 말했다.

"아~ 미안. 술기운에 말해버렸어!"

아하하하하! 하고 아우스톨이 웃었다. 그러나 텐바르 왕족의 후예가 반정령화했다는 사실은, 정령들에게 있어서 터무니없는 사건이었다.

빈트가 매서운 눈을 하고서 가디엘에게 물었다.

"당신이, 공주님을 구해주신 겁니까?"

"……네. 가디엘 랄 텐바르라고 합니다."

가디엘이 자기소개를 하고 고개를 숙였다.

빈트가 한 걸음 앞으로 나와서 가디엘을 빤히 보았다. 눈을 가늘게 뜨고 "저주받지 않았어……"라고 중얼거리면서 가디엘의 눈을 보고는 몹시 놀랐다.

"그 눈…… 아가씨와 계약한 겁니까?!"

여전히 믿을 수 없다고 하는 눈으로 가디엘을 보았다. 그것은 반도 마찬가지인지, 반도 빤히 가디엘을 보고 있었다.

"호오. 그럼 너랑 공주님이 결혼하는 건가?"

아우스톨이 태연하게 말했다.

그 말에, 그 자리는 한순간 고요해졌다.

"아버지는 허락 못 해애애애애애애애애애애!!"

로벨의 절규가 메아리쳤다.

"무리! 싫어! 절대! 무리!"

하나하나 끊어서 강조하는 로벨의 반응에 엘렌 일행은 어이없어 했다.

"정말, 로벨이 청혼받은 게 아니잖아?"

오리진이 한숨을 내쉬면서 로벨에게 주의를 주었지만, 로벨은 더욱 싫어했다.

"싫, 어—! 그 녀석이 가족이라니 싫어—! 드디어 해방되었는데! 엘렌과 결혼시킬까 보냐—! 그 녀석은 틀림없이 못된 시아버지가 될 거야!!"

"그건 로벨도 마찬가지잖아?"

오리진이 지적하자 주변 사람들도 마음속으로 동의하고 말았다. 아무래도 옛날의 트라우마가 되살아났나 보다. 그 정도로 로벨은 라비스엘을 싫어했다.

로벨이 소리쳐 대는 것을 듣고 있던 엘렌이 기막혀하며 말했다.

"어째서 바로 결혼 이야기가 되는 건가요?"

분명 좋아한다는 말을 듣고 교제를 승낙했다. 그러나 엘렌은 전생 전의 상식이 있는 탓에, 교제 이퀄 약혼이라는 관계가 이해되지 않았다.

그러나 인간계는 귀족 사회. 게다가 엘렌도 정령계를 다스리는 여왕의 딸.

이 세계에 약혼하지 않은 '교제'라는 습관은, 약혼자가 당연한 귀족들에게는 거의 없는 것이나 마찬가지다.

이번엔 엘렌의 발언을 듣고 주변이 경악했다.

"……엘렌은 받아들여 준 거라고 생각했는데."

충격을 받은 가디엘을 보며 엘렌은 어라? 하고 고개를 갸웃거렸다.

'결혼 약속 같은 걸…… 했던가?'

"엘렌, 엘렌. 도련님의 고백은 승낙한 거지?"

보르가 엘렌에게 확인을 했다. 엘렌은 얼굴을 붉히면서도 고개를 끄덕였다.

"네?! 아, 네……."

엘렌의 모습에 반응에 바르가 "설마……" 하고 중얼거렸다.

"엘렌, 도련님은 인간 귀족이야. 교제라고 할까, 그 전에 약혼을 하는 게 당연하거든?"

"네?"

"인간계 귀족이 결혼 전에 교제한다는 건, 결혼이 전제거든? 특히 여성은 그러지 않으면 추문이 되겠지?"

"…………."

이때야 겨우 엘렌의 인식이 얼마나 어긋났는지를 알았다.

'옆에 선다느니 함께 걷는다느니 하는 게 그런 의미—!'

인간 왕족과 이른바 정령의 왕족인 엘렌. 약혼도 하지 않고 사귄다는 것이 애초에 불가능한 것이다.

게다가 엘렌은 스스로도 로벨과 모두에게 가디엘과 함께 걷겠다고 말했다. 그건 즉, 가디엘과 결혼합니다 하고 스스로 선언한 것이나 마찬가지였다.

"엘렌! 나도 네게 사랑한다고 전했을 텐데?!"

"미, 미안…… 몰랐어."

"뭐?! 하, 하지만 내 마음에는 고개를 끄덕여줬잖아? 아, 그렇지. 엘렌은 정령이니까 인간의 관습과는 다른 건가? ……그럼, 다시 한 번 직접 말할게."

정령과 인간의 상식이 다른 건지도 모른다고, 가디엘은 바로 납득하고 서둘러 엘렌에게 프러포즈를 하려고 했다.

"잠깐 기다려—!"

가디엘의 말을 자른 로벨은 "크크큭" 하고 검은 웃음을 흘리면서 가디엘을 향해 소리쳤다.

"딸은 결혼 못 시켜!"

가디엘에게 딱 잘라 말한 로벨을 무시하고 가디엘은 엘렌을 향해 한쪽 무릎을 꿇었다. 엘렌의 왼손을 잡고, 다시 마음을 전했다.

"엘렌, 나랑……."

"내 말을 들어—! 애초에! 너! 텐바르크의 왕태자잖아! 약혼자가 있는 주제에 엘렌에게 접근하지 마!!"

로벨의 말에 엘렌이 우뚝하고 굳어졌다.

"약, 혼, 자……? 가디엘, 약혼자가 있어……?"

순간 엘렌 주변에서 파직파직하고 불꽃이 튀었다. 그 모습에 움찔하고 주변 이들이 초조해하는 것보다, 무엇보다 가디엘이 당황했다.

"어, 없어! 나는 엘렌을 처음 만났을 때부터 쭉 좋아했으니까……!"

"거짓말 마―! 나조차도 열 살에 무조건적으로 그 여자와 약혼당했다고! 분명 한 명이나 두 명은 있을걸! 후보까지 포함하면 다섯 명은 있을 거다!! 이 녀석은 일국의 왕자니까!"

로벨의 말은 지당하다. 가디엘은 이미 성인이다. 왕태자인데 약혼자가 없는 편이 이상하리라.

"가디엘…… 약혼자가 있으면서……."

"아냐! 엘렌, 내 이야기를 들어줘! 폐하께 확인을 해봐도 좋아! 여신께 맹세코 없어!!"

다른 사람의 말을 듣지 않게 되어버린 세 사람을 무시한 채 오리진을 비롯한 이들은 "이런이런" 하고 상황을 지켜보았다.

"우리가 있다는 걸 잊은 걸까……."

"도련님에게 약혼자가 있었다면 내가 단죄했을걸?"

"듣고 있질 않은 것 같아……."

꺅꺅 서로 떠들어대는 것은 로벨과 가디엘이었고, 엘렌은 너무나도 충격을 받은 나머지 가디엘의 목소리가 들리지 않는 모양이었다. 조용하게 분노로 떨며 불꽃을 흩뿌리고 있었다.

그 모습에 한숨을 내쉬면서도 오리진은 어딘가 안심한 기색이었다.

"엘렌은 자각을 잘 못하니까, 휩쓸려 가고 있는 건 아닐까 걱정했는데. 도련님에게 다른 여자의 자취가 있다고 알면 저렇게 화를 내는구나."

흐뭇한 딸의 모습에, 오리진이 꺅꺅하고 소란을 피웠다.

"아가씨의 약혼자 후보는, 로벨 님이 모조리 제거해왔으니까요. 그 왕족의 후예라는 점은 험악해지는 요인이지 않을까 싶지만, 동포의 영혼을 정화시켰다고 한다면, 뭐 조만간…… 인정받을 테지요……."

빈트는 왠지 눈을 가늘게 뜨고, 안경을 쓱 밀어 올렸다. 마지막 쪽은 낮고 작은 목소리인 것이, 역시 인정하고 싶지는 않다고 하는 마음이 지금은 큰 듯했다.

실은 몇 번이나 엘렌과 반의 약혼을 로벨에게 저지당한 경위가 있는 만큼, 빈트 안에서도 가디엘을 받아들일 수가 없는 모양이었다.

아우스톨은 로벨과 모두의 모습을 보고 뒤통수를 긁적였다.

"뭐야, 아직이었던 건가. 결혼할 거라고 생각해서 소문냈는데."

"어머님. 당분간 술은 멀리해주십시오."

"싫거든."

엘렌의 발언으로, 주변 사람들도 완전히 결혼하는 거라고 생각하고 있었다.

그 발언 직후에 외박이라고 들으면, 이미 기정사실을 만들어버리자며 행동하고 있다고 받아들여져도 어쩔 수 없다.

그래서 단 하루 만에 로벨이 이토록 초췌해진 것이라는 사실을, 엘렌은 알 도리가 없었다.

가디엘과의 양보할 수 없는 싸움에 인내심이 끊어진 로벨이 크게 소리쳤다.

“그럼 그 녀석에게 물어보자고! 어차피 네가 모르는 곳에서 약혼자를 열 명은 준비하고 있었을 게 당연하니까!”

“어째서 점점 늘어나는 겁니까?! 한 명도 없다고 말씀드리고 있지 않습니까! 꼭 폐하께 물어봐 주십시오!”

두 사람 모두 전혀 물러서지 않았고, 빠직빠직 불꽃이 튀었다.

제대로 이야기를 하겠다고 하기에 정령성으로 돌아왔건만, 대체 상황은 어디로 가버리고 있는 것일까. 쌍둥이 여신은 서로의 얼굴을 마주 보면서 어깨를 으쓱였다.

“그 녀석한테 간다!”

로벨이 엘렌과 가디엘의 팔을 잡고서 전이했다. 즉시 행동이다. 그 정도로 엘렌을 결혼시키고 싶지 않은가 보다.

사라진 세 사람을 지켜본 오리진 일행은 기가 막혔다.

“어머나…….”

“로벨은 성질이 급하네.”

그런 대화를 나누고 있으려니, 보르가 어깨를 움찔 들썩이고 바로 웃음을 터뜨렸다.

“세상에—! 이게 뭐야—! 아하하하하!!”

“어머, 왜 그래?”

“로벨이 좀 우습게 됐어! 직접 보러 가자!”

그렇게 말하고서 보르까지 바르의 손을 잡고 전이했다. 아무래도 텐바르 성으로 향한 것 같았다.

앞으로 일어날 일을 내다보다가, 크게 웃을 만한 일이 있었나 보다.
오리진도 빈트 일행과 얼굴을 마주 보았다.
"재미있을 것 같으니까 나도 가볼래!"
설레하며 전이한 아우스톨을 보고 반이 한숨을 내쉬었다.
"어머님……."
"아우스톨이 간다면 나도 가겠습니다!"
그렇게 말하고 빈트 일행도 전이했다.
남겨진 오리진은 한 박자 늦게 소리쳤다.
"안 돼~~! 나도~~~~!"
그런 이유로, 텐바르의 라비스엘이 있는 곳에 여신과 대정령들이 밀려들었던 것이다.

*

계속해서 집무실로 전이해 오는 면면을 보고, 라비스엘은 서류에 사인을 하던 손을 멈추었다.
버티고 선 로벨, 부루퉁한 엘렌, 그리고 오랜만에 보는 가디엘이 그곳에 있었다.
무사한 모습에 안심한 것은 한순간이었다. 라비스엘은 바로 미간에 주름을 잡고서 로벨에게 말했다.
"……오기 전에 뭔가 한 마디 정도 할 수 없는 건가."
"그건 죄송하군요. 급한 일이라!"

"형님……?"

"사우벨도 여기 있었던 건가! 마침 잘됐군. 증인이 되어다오!"

"증인? 그, 그보다도 가디엘 전하! 무사하셨습니까!"

라비스엘의 옆에는 사우벨이 있었다.

사실 사우벨은 가디엘이 반정령화해 눈을 떴다는 소식을 반과 카이를 통해서 전달받았고, 그것을 라비스엘에게 보고하던 중이었다.

마침 잘됐다는 듯이 로벨은 그 자리에 있던 사우벨에게 증인을 강제로 맡겼다.

"지금, 돌아왔습니다."

"그래. 생각보다 빨랐구나."

가디엘이 자세를 바르게 하고 라비스엘에게 고개를 숙였다.

고개를 든 가디엘을 보고, 라비스엘의 눈이 가늘어졌다. 사우벨도 눈치를 채고 "앗!" 하고 소리를 질렀다.

"전하, 눈이……."

"아…… 그, 어울리나?"

놀란 사우벨이, 쑥스러워하는 가디엘의 옆에 있던 엘렌을 휙 보았다.

엘렌과 가디엘을 번갈아 보고, 점점 놀라며 눈을 크게 떴다. 가디엘의 눈은 본래의 푸른빛이 강하기는 했지만 엘렌과 같은 색을 띠고 있었다.

"호오? 그래서, 모두 한꺼번에 어쩐 일이지? 네 귀환을 배웅해주고 있는 건가?"

겨우 그것만으로 라비스엘도 무언가를 눈치챈 것이리라. 그리고 농담도 잊지 않았다.

그러는 사이에도 쌍둥이 여신과 대정령들이 차례차례 방으로 전이해 왔고, 넓을 터인 실내가 비좁게 느껴졌다.

사우벨과 뒤늦게 나타난 호위들이, 허공에 떠 있는 여신과 대정령을 보고 얼어 있었다.

"폐하에게 확인을 받고 싶어서 찾아왔습니다."

"무얼 말이냐?"

가디엘의 진지한 표정에 라비스엘은 고개를 갸웃거렸다. 가디엘에 이어서, 로벨이 소리쳤다.

"전하에게 약혼자가 있을 테지요?!"

"……?"

갑자기 무슨 말을 하는 거지? 라는 얼굴을 하고 있는 사우벨의 옆에서, 라비스엘은 엘렌의 부루퉁한 태도를 보고 무언가를 짐작한 모양이었다.

"잠시 기다리게."

제지하는 라비스엘의 태도를 보고 로벨이 가디엘을 몰아붙였다.

"그것 봐! 역시 있잖아!"

"어, 없습니다! 폐하는 기다리라고 말씀하셨을 뿐이지 않습니까!"

"있다는 증거를 가져오겠다는 거겠지!"

"…………."

뚱하게 부루퉁해 있는 엘렌은 더는 가디엘의 얼굴을 보려고도 하지 않았다.

그것을 알아챈 가디엘이 “엘렌, 내 이야기를 들어줘!” 하고 다가가려 하다가 로벨에게 “내 딸에게 접근하지 마!”라며 제지당했다.

라비스엘은 근위에게 “서기를 부르게”라고 한마디 명령하고, 서둘러 누군가를 불러왔다. 그리고 그 인물을 향해서, 지금부터의 일을 기록하라고 전했다.

“네!”

“그쪽은 사우벨이 증인이 되는 건가?”

“물론입니다.”

“잠깐 기다려주십시오. 대체 무슨 증인입니까?!”

“흐음. 로벨보다도 사우벨 쪽이 형편 좋으려나……. 그렇지. 여왕님도 이 자리에 있으니, 꼭 증인이 되어주셨으면 좋겠군.”

“어머나.”

“우리도 증인이 되어줄게.”

“그러네. 좋아.”

오리진과 닮은 생김새의 두 여성을 보고 라비스엘은 바로 쌍둥이 여신이라고 깨달은 듯했다.

“그것참, 그것참. 참으로 든든하군.”

싱긋 웃는 라비스엘과 웃음을 참고 있는 보르.

대체 무슨 일이 시작되는 것인가 하고 사우벨과 호위들은 고개를 갸웃거렸다. 서기가 서둘러 마법서를 펼치고 펜을 들더니 “기록하겠습니다” 하고 선언했다.

그 말과 함께, 마법진이 빛났다.

"그럼, 로벨. 질문의 답 말이다만……."

"어차피 후보를 포함하면 잔뜩 있을 테죠? 정말이지, 어찌할 도리가 없군요!"

"가디엘에게 약혼자는 없다."

"약혼자가 있으면서 딸에게 접근하는 그런 짓을………… 에?"

"없다."

"…………뭐어?!"

"후보가 있었던 적은 있었지만, 어느 날 전부 거절했다."

"자, 잠깐! 왕태자라고! 있잖아?!"

경어도 잊고서 로벨은 라비스엘에게 덤벼들었다. 그것을 사우벨이 "형님!" 하고 말하며 팔을 결박하며 제지했다.

"네게 딸이 있다고 들었으니까. 전부 백지로 돌렸다."

싱긋 웃는 라비스엘을 보며 로벨의 얼굴이 굳어졌다.

분명 라비스엘은 아리아의 소행을 거래 소재로 삼아 엘렌에게 맞선이라고 칭한 등성을 강요했던 적이 있었다.

기이하게도 왕가의 저주를 엘렌이 눈치채고, 그 손을 뻗는다고 하는 사고를 당하고 말았지만, 그것은 정말로 맞선이었던 것이다.

"엘렌, 들었어? 나한테 약혼자는 없어. 엘렌을 처음 본 그날부터, 엘렌만을 줄곧 보고 있었어. 나는 너를 포기할 수가 없어서, 마음의 정리가 될 때까지 기다려 달라고 폐하께 부탁드렸거든. 그 후의 약혼 이야기도 전부 거절해왔어."

가디엘이 한쪽 무릎을 꿇고서, 엘렌의 양손을 잡고 올려다보며 말했다.

고개를 숙이고 있던 엘렌은 머뭇머뭇 가디엘을 보았다.

"응? 그러니까 안심하고 내 마음을 받아줬으면 해. 내 마음은, 예전부터 엘렌으로 가득해. 다른 사람이 들어올 여지 같은 건 전혀 없어."

"………………정말?"

"정말이야. 쭉 좋아했어. 사랑하고 있어. 이 마음에 거짓 따위는 없어. 줄곧, 줄곧. 앞으로도, 네 옆에 있게 해줘. 저와 결혼해주십시오."

"………………."

가디엘의 진지한 청에 엘렌의 흔들리던 눈은 가디엘 쪽을 똑바로 바라보았고, 고개를 끄덕였다.

"내가 지켜보았고, 증인이 되었다. 기록해라."

"네, 네에에에에에!"

"잠깐 잠깐 잠깐—!! 아버지가 허락하지 않는다고 말했잖아—!!"

"형님! 진정하십시오!"

"사우벨, 이, 것, 놔, 라—!"

사우벨이 로벨을 뒤에서 잡아 제압하고 있는 사이에 가디엘은 기뻐하며 엘렌을 꼭 끌어안았다.

"엘렌, 고마워!"

엘렌의 얼굴이 조금씩 붉어졌다.

모두가 보는 앞이라 부끄러웠는지, 끌어안은 가디엘의 품속으로 파고들려는 듯이 고개를 도리도리하며 문지르고 있었다.

가디엘은 그런 엘렌이 귀여워 견딜 수 없었다.

"엘렌이 받아들였어. 내가 증인이 되겠어."

오리진의 말과 함께 작성이 끝난 마법서가 빛났고, 글자가 반짝이면서 마법서에서 떠올랐다.

그 글자만이 휘익 하고 바르의 손안으로 날아갔다.

"받았어."

"그래, 약혼 성립이야. 엘렌, 축하해."

보르와 바르의 말에 로벨이 말이 되지 못한 비명을 질렀다.

"……윽?!"

그런 로벨을 보고 라비스엘이 웃었다.

"훗…… 네가 그런 요청을 해 올 줄이야."

"무슨?!"

"내 승인, 반크라이프트가 당주의 승인, 여왕님의 승인, 쌍둥이 여신의 승인이 한 번에 갖춰지다니. 상당히 볼 만했어."

"앗?!"

라비스엘의 말에 로벨의 머리가 새하얘지고 만 듯했다. 자신이 무슨 짓을 저질렀는지, 이제야 겨우 이해한 것이리라.

"무, 무, 무………………."

"가디엘, 아무리 그래도 내 눈앞에서 할 거라고는 생각 못 했다만…… 잘했다."

조금 기막혀하면서도 라비스엘이 축복을 해주었고, 가디엘도 기뻐하며 대답했다.

"네!"

"엘렌 옆에 선다고 하는 말에 거짓은 없겠지?"

"네. 저는 반정령이 되었습니다. 왕가의 저주도…… 이 눈에 보이고 있습니다."

"알았다. 지금부터 라스엘을 왕태자로 삼는다. 근위, 라스엘을 불러라. 서기, 그대로 대기하도록."

"네, 네에에에에!"

덜덜 떠는 서기의 손안에 있는 마법서가 쌍둥이 여신에게 반응해 줄곧 빛나고 있었다.

실제로 마법서에 쓰인 문자가 쌍둥이 여신 쪽으로 빛나며 날아간 것을 보고, 공중에 떠 있던 여성이 쌍둥이 여신이라고 깨달은 것이리라.

동그랗게 눈을 부릅뜨고 있던 서기와 눈이 마주친 바르와 보르가 윙크를 했다.

로벨이 비틀거리며 쓰러졌다.

그것을 보며 비명을 지른 오리진과 크게 웃고 있는 쌍둥이 여신과 아우스톨, 그리고 라비스엘이 있었다.

이날, 텐바르의 제1 왕자였던 가디엘은 정령 공주님에게 데릴사위로 갔다는 소식이 대대적으로 보도되었고, 라스엘이 왕태자가 되었다.

에필로그

텐바르 왕가의 왕태자 가디엘과 정령계의 공주인 엘렌의 약혼 발표는 대대적으로 보도되었고, 그것으로 큰 소동이 벌어졌다.

그러나, 그것은 인간계에서의 이야기.

“저는 납득하지 못하고 있습니다만…….”

엘렌이 어릴 때부터, 줄곧 제안을 하고 거절당해왔다.

그것을 갑자기 나타난, 그것도 저주받은 일족의 인간 남자가 채가다니 부아가 치밀었다.

“여왕님과 쌍둥이 여신이 인정한다고 해도 관계없습니다. 파기시켜 보이겠어요.”

히죽 웃은 남자는, 쓰고 있던 안경을 밀어 올리며 그렇게 말했다.

■작가 후기

8권을 읽어주셔서 정말로 감사드립니다.

인터넷 연재본은 여기서 완결이 되었습니다만, 실은 알려드릴 소식이 있습니다.

무려, 9권 발매가 결정되었습니다~! (아자~!)

에필로그가 불온해서 이미 눈치챈 분도 계시지 않았을까요?

여기까지 올 수 있었던 것도 여러분 덕분입니다. 정말로 고맙습니다!

이번 권의 keepout 선생님의 일러스트를 받은 순간, 정말 감개무량했습니다.

권두 그림 뒤를 본 순간, 이제 다 이뤘다는 느낌과 기쁨이 뒤범벅돼서, 한동안 멍하니 있었습니다.

그것참, 아직 9권이 있다고! 하고 다시 기합을 넣고, 마지막까지 달릴 생각입니다.

다음 권은 완전히 새로 쓰게 되는지라 조금 시간이 걸릴지도 모릅니다만, 계속해서 부디 잘 부탁드립니다!

그러고 보니, 테츠는 가르마 무늬와 줄무늬를 두고 고민했습니다. 테츠의 인간화한 머리가 갈색이라는 설정이라 치즈 태비도 후보에 있었습니다만, 왠지 이미지가 달라서…….

로레(검정)와 에레(하양)의 색이라면 범 무늬려나? 아니 그래서는 반과 겹쳐! 하고, 한동안 고양이에 관한 기사를 모조리 읽어대던 시기가 있었습니다.

줄무늬는 검정과 흰색과 갈색이 섞여 있을 것 같아서, 최종적으로 줄무늬가 되었습니다.

로레와 에레를 쓰면서 고양이의 동작 등을 알기 위해 영상을 계속 보는 사이, 깨닫고 보니 고양이 굿즈를 사고 있었다는 건 어쩔 수 없는 일이라고 생각합니다. (웃음)

지난번에 이어서 책을 손에 들어주신 분들. 인터넷에서 응원해주시는 분들.

언제나 신세를 지고 있습니다. 담당 K님, M님, 교정자님, 디자이너님, 영업 I님.

바쁘신 중에 언제나 감사드립니다. keepout 선생님.

코미컬라이즈 만화, 오호리 유타카 선생님, 스퀘어 에닉스 담당 W님.

응원하고 격려해주는 친구들, 형제들, 친척들. 언제나 고맙습니다!

또 다음 권에서 만날 수 있기를, 진심으로 기도합니다. 감사드립니다!

아빠는 영웅, 엄마는 정령, 딸인 나는 전생자. 8

초판 1쇄 발행 2023년 9월 10일

지은이_ Matsuura
일러스트_ keepout
옮긴이_ 이신

발행인_ 최원영
편집장_ 김승신
편집진행_ 권세라 · 최혁수 · 김경민 · 최정민
편집디자인_ 양우연
관리 · 영업_ 김민원

펴낸곳_ (주)디앤씨미디어
등록_ 2002년 4월 25일 제20-260호
주소_ 서울시 구로구 디지털로 26길 111 JnK디지털타워 503호
전화_ 02-333-2513(대표)
팩시밀리_ 02-333-2514
이메일_ lnovellove@naver.com
L노벨 공식 카페_ http://cafe.naver.com/lnovel11

ISBN 979-11-278-7045-4 04830
ISBN 979-11-278-5213-9 (세트)

값 11,000원